도톰한 계란말이

聽鹽生長的聲音: 80後短篇小說集

서우즈·수차오 외 지음
김택규 옮김

도톰한 계란말이

묘
보
설
림
——
14

|일러두기|

• 이 책은 『聽鹽生長的聲音-80後短篇小說集』(外語敎學與硏究出版社, 2016)에서 일곱 편의 작품을 가려 뽑아 묶은 것이다.

차례

도톰한
계란말이

厚 煎 鷄 蛋 卷

—

수차오

□

오후 3시에 중요한 약속이 있었다.

병원에 하루 휴가를 내고 일찍 집에 돌아갔다. 전날 저녁에 미리 꼼꼼히 방을 치워놓기는 했지만 그래도 아직 마땅치가 않았다. 나는 차한 잔을 따라 거실의 일인용 소파에 앉아서 다른 쪽의 이인용 소파위에 놓인, 노란색과 회색 체크무늬의 쿠션 몇 개를 자세히 살폈다. 어디어디가 마음에 안 드는지는 알았지만 그것들을 처리하려고 보니 적당한 방법이 잘 안 떠올랐다.

시계는 2시 50분을 가리키고 있었고 차는 잎을 너무 적게 넣었는지 맛이 조금 싱거웠다.

기다리는 것 말고는 할 수 있는 일이 없어서 나는 계속 그 크고 작은 체크무늬 쿠션들만 뜯어보고 있었다. 구체적으로 말하면 모두 다섯 개였으며 두 개는 크고 세 개는 작았다.

노란색과 회색의 그 체크무늬 쿠션들은 보기에는 요즘 유행하는 색깔 배치인 듯했다. 그리고 두툼한 천에 반복적으로 찍힌 크고 작은 원형 도안은 분명 팝아트에 속했다.

하지만 아무리 그래도 손님들이 별로 앉을 일이 없는 소파에 팝아트풍의 쿠션을 다섯 개나 놓는 것은 너무 과한 듯했다.

2시 56분에 초인종이 울렸다. 정말 시간을 잘 지키는 손님이었다.

문 앞에는 피부가 하얀 여자애가 서 있었다.

"오래 기다리셨죠?"

"아니, 시간관념이 너무 정확한 것 아냐?"

나는 허리를 굽혀 슬리퍼를 집어서 그녀에게 건넸다. 그러면서 운동화를 신은 그녀의 발부터 위로 올라가며 무릎, 치마, 가는 혁대를 찬 허리, 앞가슴, 얼굴까지 쭉 훑어보았다.

그녀는 확실히 피부가 좋았다. 부드러운 그녀의 피부는 은은하게 윤기가 도는 핑크빛이었는데 한편으로는 단맛을 띤 유백색 같기도 했다. 상대적으로 이목구비는 별로 특별한 데가 없었다. 그 나이의 다른 여자애들처럼 작고 깜찍하면서도 조금 세보였다.

집에 들어온 뒤, 그녀는 손님 접대용으로 놓인 그 이인용 소파에 거침없이 앉았다. 방금 전 내가 오래 뜯어보고 있던 쿠션들은 자연히 그녀에 의해 한쪽으로 치워졌다.

그녀는 보통 손님들처럼 내가 따라준 음료수를 받으며 사방을 쭉 둘러보았다.

손님들은 다 그렇다. 먼저 앉아서 잠시 환경에 적응하고 나서야 주인과 이야기를 나눈다.

그리고 꼭 주인이 먼저 화제를 꺼내야 한다.

잠시 조용히 분위기가 무르익은 뒤에 나는 입을 열었다.

"오후에는 수업에 갈 필요가 없나보지?"

"네?"

그녀는 작고 매끄러운 손가락으로 잔을 들었다.

"왜 이 시간으로 약속을 잡았는지 물어보시는 거예요?"

"아니. 네가 교복을 안 입고 있어서. 너희 학교는 교복이 아주 예쁘잖아."

"그런가요?"

그녀는 조금 의아해하는 눈빛으로 나를 힐끔 보았다.

"저와 선생님은 둘 다 학교에서 이미 쫓겨났어요."

조금 사이를 두고 그녀가 말했다.

그 순간 여자애의 목소리는 마치 아기 새처럼 낭랑했다. 그래서 그 말은 한참동안 거실 안에 메아리쳤다.

부엌의 전기포트가 땡, 하고 울리면서 스위치가 꺼졌다. 물이 다 끓은 것이다.

나는 일어나 부엌으로 가서 내 찻잔에 뜨거운 물을 따랐다. 어쨌든 조금 움직여줘야 했다. 안 그러면 무슨 말을 해야 할지 난처했다.

"그래? 두 사람 다 학교에서 이미 쫓겨났다고……"

일인용 소파로 돌아와 앉아 나는 여자애의 말을 혼잣말로 따라 했다.

"네. 그래서 좀 상의를 드리러 왔어요."

"하지만 난 아는 게 전혀 없어서 무슨 도움을 줄 수 있을지 모르겠는데."

나는 멍하니 여자애의 얼굴을 바라보았다. 그녀는 또 다른 표정으로 나를 마주보았다. 초조하고 희망이 가득한 표정이었다. 나는 그런 표정을 보는 것이 조금 두려웠다.

아직 집을 나가지 않았을 때 남편은 정색하고 내게 몇 차례 이야기한 적이 있었다. 그때 그도 그녀와 똑같은 표정이었다.

"아, 정말 내가 뭘 해줘야 할지 모르겠어."

나는 말을 더듬었다.

"어쨌든 그 사람이 집을 나간 지 벌써 넉 달이 됐잖아. 내가 그 사람의 삶에서 아무 역할도 할 수 없었기 때문에 그 사람은 이 집에서 나간 거야."

여자애는 조금 신경질적으로 자리에서 일어났다.

"그래도 어쨌든 선생님은 아직까지 아주머니의 남편이잖아요. 아주머니는 선생님이 저와 함께 있던 넉 달 동안 선생님이 어떻게 살았는지 전혀 모른다는 게 조금 웃기지 않나요?"

"아니, 조금……"

"선생님이 죽든 살든 전혀 관심이 없어요?"

"그건……"

"애정 없는 결혼이란 게 그런 거예요?"

"아니, 그렇게 말하는 건……"

"그래서 넉 달 사이에 그 이혼이라는 결과를 받아들이기로 한 거고요?"

여자애는 말이 무척 빨랐고 사람을 너무 몰아붙였다. 나는 이런 사람과는 대화를 잘 못했다. 하지만 그런데도 내 리듬에 맞춰 천천히 문제를 생각했다. 차분히 대답하지 못하면 정말 나와 그녀에게 다 예의가 아닐 것 같았다.

"솔직히 말해 난 두 사람이 잘될 거라고 생각하지 않아."

나는 숨김없이 말했다.

방금 전 질문을 단숨에 다 쏟아낸 후 여자애는 다시 소파에 털썩 앉아 조금 숨가빠하며 내 대답을 기다리고 있었다.

내 말을 듣고 그녀는 오히려 풋, 하고 웃었다.

"괴짜네."

그녀가 말했다.

"뭐라고?"

"아주머니는 정말 괴짜예요."

그녀는 길게 한숨을 쉬듯 되풀이해 말하고는 입을 벌려 웃었다.

"담배 있어요?"

"부엌 렌지후드 위의 찬장을 열어봐."

여자애는 담배를 꺼내 거실로 오는 김에 부엌에서 작은 재떨이도 가져왔다.

남편이 집을 떠나 다른 여자와 함께 생활한 지 넉 달이 되었고 그 넉 달 동안 이 집에서는 아무도 담배를 피우지 않았다. 그래서 집안에 는 담배 연기가 전혀 배지 않았으며 재떨이도 깨끗했다.

그런데 지금 남편과 동거하는 여자애가 이곳에 와서 담배를 피우고 있으니 기분이 정말 묘했다.

"선생님은 계속 담배를 못 피우게 해요. 자기 제자한테는 예외가 없 죠."

여자애는 요령 있게 담뱃재를 떨었다.

"그래서 저는 계속 스트레스가 많았어요. 그렇게 좋은 선생님이랑 함께 살기는 하지만 '너를 위해서야'라는 명목으로 이래라 저래라, 이 러지 마라 저러지 마라, 한단 말이에요."

"그 사람은 원래 그런 성격이야."

"네? 그래요? 아주머니랑 함께 살 때도 선생님이 그랬어요?"

"당연하지."

"그러면 아주머니는 어떡했어요? 음, 뭐라고 그래야 하나, 참고 넘어 가셨어요?"

"거의 모른 척했어."

나는 말했다.

"대부분은 아예 모른 척하는 게 좋아. 콜라 더 마실래?"

"더 마실래요."

"얼음은?"

"얼음도요."

그녀는 내가 자기 잔에 콜라를 더 따르고 얼음 6개를 넣어주는 것 을 보고 있었다.

"얼음이 떨어졌네. 가서 조금 더 만들게."

여자애는 나를 쫓아 부엌에 와서 냉장고에서 제빙기를 꺼내는 것을 도왔다. 그리고 내가 플라스틱 칸에 물을 붓는 것을 지켜보았다.

"선생님이 그러는데 아주머니는 의사라면서요?"

"맞아."

"무슨 의사인데요?"

"아, 무슨 의사냐 하면, 제일 전망 없는 의사라고 해야겠지. 노인전 문병원 의사거든. 나이 많은 노인들이 병이 있든 없든 매일 노인전문 병원에서 숨을 거두곤 하지. 나는 그들을 마지막 단계에서 치료해주 는 의사인 셈이야. 그런데 너도 한번 생각해보렴. 이미 마지막 단계가 되면 당연히 어떤 치료도 소용이 없어. 유일하게 해줄 수 있는 건 그 사람들을 편안히 보내주는 거야. 병원에서 따로 사고가 없게 하고 가족들한테도 적절히 설명해줘야 하지."

"그건 선생님이 하는 일이랑 완전히 다르네요."

여자애가 정곡을 콕 찔러 말했다.

"확실히 남들에게 무슨 희망을 보여주는 일은 아니지."

나는 말했다.

제빙기에 물을 다 붓고서 냉동실에 넣으려는데 여자애가 냉장고 문을 열어주었다. 나는 물이 가득 담긴 제빙기를 잘 받쳐 들고 살살 냉동칸에 집어넣었다. 우리 둘은 조심스레 손발을 맞췄다.

"처음에 어떻게 선생님을 알았니?"

"다른 사람 소개로 만나 친해졌어요."

"아, 너희 세대 애들은 그런 걸 참 좋아하더라."

여자애는 투덜거렸다.

"옛날에도 그러지 않았나요?"

나는 남편을 알고 한동안 사귄 뒤에 결혼했던 것을 떠올렸다. 겨우 6, 7년 전의 일이었다.

그러나 6, 7년 전은 이 여자애의 나이를 생각하면 한참 옛날에 속했다.

"왜 아이를 안 원했죠?"

나는 아무 소리도 않고 냉장고 문을 닫고서 곧장 거실로 돌아가 이미 식은 차를 한 모금 마셨다.

"미안해요, 제가 아픈 데를 건드렸나 보죠?"

"아냐. 부엌이 너무 더워서 목이 좀 말랐어."

나는 또 차 한 모금을 마셨다. 이런 날씨에는 확실히 식은 차를 마시는 게 입에 맞았다.

"애가 없었던 건 역시 결혼할 때 벌써 나이가 많았기 때문이야. 게다가 두 사람 다 일이 바빠서 아예 애를 가질 생각이 없었던 것 같아."

여자애는 미소를 지었다.

"배가 고파요. 먹을 것 좀 없어요?"

"아무것도 없는데."

"그러면 평소에 식사는 어떻게 하세요?"

"야근할 때는 병원에서 도시락을 사먹어."

"야근이 없을 때는요?"

"집에 도시락을 사 갖고 오지."

"냉장고 안을 좀 봐도 돼요?"

"응, 좋을 대로 해."

여자애는 냉장고 문을 열고 안을 둘러보고는 또 가스레인지를 살폈다. 냉장고 문이 닫혔을 때 그녀의 손에는 계란 4개가 들려 있었다.

"계란말이를 만들어도 돼요?"

"그건……"

"돼요, 안 돼요?"

"그래, 만들어도 돼. 그런데 왜 하필 계란말이를 만들려는 건데?"

"집에 딱 계란 4개랑 프라이팬 하나밖에 없으니까 그렇죠."

그녀는 당당하게 말하면서 슬쩍 나를 흘겨보았다.

여자애는 손을 씻고 계란을 깨뜨리며 내게 말했다.

"계란이 대여섯 개 있으면 스페니쉬 오믈렛을 만들어드릴 수 있어요. 내려가서 다른 야채를 사와 곁들일 만도 하고요."

"와, 그럼 계란이 4개도 안 되면?"

"그러면 일부러 나가서 야채를 사올 필요가 없죠."

"우리 집에는 늘 계란이 4개 밑으로 있어. 두세 개 정도지."

"만약 3개면요……"

여자애는 프라이팬에 기름을 두르기 시작했다.

"계란프라이를 하면 돼요. 2개면 삶아서 반숙을 만들어 나란히 놓으면 보기가 괜찮아요."

"그럼 하나밖에 없으면?"

"그럼 힘들일 필요 없이 포기하고 말죠. 여자 있는 집에서 냉장고에 달랑 계란 하나뿐이면 포기할 수밖에요."

여자애는 쌀쌀맞게 말했다.

그녀가 가스레인지를 켜자 파란색 불꽃이 피어올랐다. 잠시 후에는 젓가락에 계란물을 묻혀 프라이팬에 떨어뜨렸다. 계란물이 치익, 소리를 냈다.

"이제 부쳐도 되겠네."

그녀는 능숙하게 계란물을 천천히 프라이팬에 붓고 먼저 골고루 얇게 편 뒤, 조금 익자마자 반으로 접어 앞으로 옮겼다. 그리고 바로 프라이팬에 새 계란물을 부어 익힌 뒤 다시 반으로 접었다. 그녀는 이렇게 같은 일을 되풀이했다. 차츰차츰 프라이팬 위에 도톰하고 매력적인, 커다란 반원 하나가 나타났다.

나는 무한한 존경의 눈초리로 옆에서 보고 있다가 진심으로 칭찬의 말을 건넸다.

"와, 진짜 예쁜 계란말이야."

"네모난 프라이팬에서 부치면 더 예뻐요."

여자애가 차분한 목소리로 말했다.

"먹어봐도 돼?"

"당연하죠."

나는 작은 접시 두 개와 젓가락 두 벌을 꺼내 부엌으로 갔다. 여자애는 벌써 어디서 꺼냈는지 모를 하얀 도자기 접시에 계란말이를 담아 조금 쭈뼛대며 작은 식탁 위에 놓았다.

"무슨 맛이야?"

나는 바보처럼 물었다.

"단 걸 좋아하시는지, 짠 걸 좋아하시는지 몰라서 간장과 설탕을 뿌렸어요."

"난 짠 게 좋아."

나는 도톰한 계란말이를 크게 한 젓가락 떼서 입에 넣었다. 과연 맛이 그윽하고 촉촉했다. 게다가 입 안에서 계란피의 결이 한 겹 한 겹 다 느껴졌다. 여자애가 그때그때 불의 세기를 잘 처리했기 때문이었다.

계란말이의 맛에 내가 찬탄을 금치 못하고 있을 때 여자애가 불쑥 말했다.

"선생님은 단 걸 좋아하는데."

나는 입 안이 꽉 찬 상태에서 돌연 그녀의 존재가 생각났다.

잠시 침묵이 이어졌다. 부엌의 공기 속에는 계란말이의 달콤한 냄새와, 내가 음식을 씹고 삼키는 소리만 감돌았다.

"미안해."

간신히 맛있는 계란말이를 다 삼키고서 나는 진심으로 여자애에게 말했다.

그녀는 말없이 뚫어지게 내 얼굴을 바라보고 있었다. 방금 전 필사적으로 계란말이를 먹던 추한 모습까지 다 그녀에게 들킨 듯했다.

"정말 미안해."

나는 망설임 없이 말했다.

"이렇게 맛있는 계란말이는 처음 먹어봐."

여자애는 여전히 아무 말도 없었다. 나는 그녀가 눈물을 흘릴지도 모른다는 생각이 들었다.

하지만 그녀는 울지 않았다.

정반대로 내가 눈시울이 젖어들었다.

"그러니까 난 이런 요리를 만들어본 적이 없어."

나는 울먹였다.

"좋은 아내였던 적이 없다고. 심지어 네 눈에는 무슨 라이벌로도 안 보이겠지."

여자애의 눈에 혐오의 빛이 어리는 듯했다. 그래도 그녀는 별로 동요하지 않았다.

"그러면 아주머니는 좋은 의사인가요?"

"그것도…… 그것도 아닌 것 같아."

그녀는 또 풋, 하고 웃었다.

"그러면 아주머니는 진짜 실패한 인생이네요."

나는 쓴웃음을 지었다. 정말로 그랬다.

여자애는 갑자기 벌떡 일어나 똑바로 나를 쳐다보며 말했다.

"알았어요, 저는 내일 떠나요."

"뭐?"

"내일 떠난다고요. 다른 지역에 가서 고등학교를 다닐 거예요."

"왜?"

"아까 말했잖아요, 학교에서 쫓겨났다고. 선생님하고 있었던 일 때문에."

"그래서……"

"그래서 다른 지역에 가서 다른 고등학교에 들어갈 수밖에 없어요. 부모님이 전근을 왔다는 식으로 뻥을 쳐야죠. 엄마도 도와주신다고 했어요."

"그러면 그 사람은?"

"그 사람? 선생님 말이에요? 당연히 포기했죠."

나는 진심으로 걱정하며 여자애의 얼굴을 보았다.

"그래서, 이 말을 해주려고 오늘 만나자고 한 거야?"

"아, 그건 당연히 아니죠. 바보처럼 라이벌의 집에 와서 '이봐요 내일 당신 남편을 돌려줄게요'라고 하지는 않았잖아요."

"하지만 분명히 그랬잖아, 그 사람과 헤어졌다고."

"그건 내친김에 한 말이고요."

여자애는 또 담배에 불을 붙이고서 배시시 웃으며 말했다.

"혹시 몰랐어요? 사실 저는 아주머니한테 계란말이를 어떻게 만드는지 가르쳐드리러 왔어요."

"그건 좀 너무……"

"그런데 솔직히 말하면 말이죠……"

여자애는 시선을 떨구고 담뱃재를 털며 말했다.

"아주머니는 정말 신기한 사람이에요."

"내가? 왜?"

그녀는 또박또박 이야기했다.

"말한 대로 됐잖아요. '난 두 사람이 잘될 거라고 생각하지 않아'라고 아주머니가 말해서 나랑 선생님은 진짜로, 진짜로, 잘될 수 없게 됐어요."

"아니……"

"다만 선생님은 지금 저처럼 쫓겨나서 돌아갈 데가 없어졌거든요. 그러니까 거둬주셔야 해요, 오갈 데 없는 부랑자긴 하지만."

"나도 솔직히 말하면 부랑자를 거둬주는 건 좋아하지 않아."

나는 말했다.

"하지만 나는 일이든 생활이든 다 언제나 부랑자를 거둬주는 것 같았지."

"그러면 됐어요."

여자애는 5시 45분에 집을 나서면서 내게 말했다.

"불의 세기를 조심해야 해요. 처음부터 끝까지 세지도 약하지도 않게 불을 유지해야 맛있고 폭신폭신한 계란말이를 만들 수 있어요."

우리 뭐라도 하자

我們幹點什麼吧

—

서우즈

□

마치 약속이라도 한 듯이 우리의 여자친구들은 차례로 우리 곁을 떠났다. 우리란 나를 비롯해 냐오鳥 형, 리둥李東, 샤오시小西를 말한다.

"갈 테면 가라지! 낡은 게 가야 새로운 게 오는 거야."

냐오 형은 이렇게 말했다. 리둥은 조금 슬퍼하며 말했다.

"그렇게 말하면 안 되지, 냐오 형. 나는 아직 그 애를 정말 사랑한단 말이야."

"이 녀석, 이 꼬락서니를 보게. 날마다 사랑이란 말을 입에 달고 산다니까."

샤오시는 말없이 술만 마시고 있었다.

"뭐라고 말 좀 해봐."

리둥이 그의 어깨에 손을 올리고 몇 번 흔들자, 그는 뜻밖에도 고개를 떨군 채 엉엉, 울음을 터뜨렸다. 우리는 그가 그렇게 우는 것을 한 번도 본 적이 없었다.

우리는 어려서부터 알고 지냈다. 그 사이 한동안 떨어져 지내기는 했다. 나는 다른 지역에서 학교를 다녔고 냐오 형은 자기 아버지와 트럭을 몰았으며 리둥은 거리에서 몇 년을 빈둥거렸다. 그리고 샤오시는 줄곧 집에만 있었다. 내가 다시 이 소도시로 돌아와 다 같이 모였을 때 우리는 우리 중 샤오시가 가장 복 받은 사람이라는 데에 의견이 일치했다.

"너도 좀 보라고. 다들 한 바퀴 빙 돌아 제자리에 왔지만 뭐 하나 제대로 건진 게 없잖아."

이 말을 했을 때 냐오 형은 계속 샤오시의 여자친구 샤오마小麻의 몸을 훑어보고 있었다. 그날 우리는 샤오시를 진탕 취하게 하고 놀려대며 그의 바지를 벗겼다. 마치 어릴 때 놀던 것처럼 말이다. 그런데 샤오시의 여자친구는 우리에게 화가 단단히 났다.

"이 사람들은 다 내 형제야, 친한 친구라고."

샤오시가 자기 여자친구에게 말했다.

"친한 친구면 멋대로 나를 만져도 되는 거야?"

그녀는 화가 나서 두 눈이 새빨개졌다. 나중에 우리는 모두 냐오 형이 그녀를 만진 게 분명하다고 생각했다. 물론 그것은 추측일 뿐이었다. 누가 정답을 요구하면 나는 그저 난 안 만졌다고 말할 수밖에 없다.

냐오 형의 아버지의 말에 따르면 우리가 그렇게 된 것은 자업자득이었다. 그는 우리 앞에서도 그렇게 말했고, 우리의 아버지들 앞에서도 그렇게 말했다. 냐오 형은 원래 착한 아들이었는데 우리가 다 망쳐놓았다는 게 그의 생각이었다. 전에 그는 우리에게 이런 말을 했다.

"너희가 없었던 몇 년 동안 우리 애가 얼마나 말을 잘 들었는데. 매일 새벽같이 일어나서, 내가 일어났을 때는 물건 준비가 다 돼 있고 차까지 예열이 끝나 있었단 말이다. 그런데 너희가 돌아오자마자 애가 못쓰게 됐잖아. 밤에는 안 자고 낮에는 못 일어나고 말이야. 너희는 도대체 무슨 짓을 하는 거냐?"

그렇다, 도대체 우리는 무슨 짓을 한 걸까? 매일 오후, 우리 중 누가 다른 친구들에게 전화를 돌리긴 했다. 당구를 쳤나? 치지 않았다. 마작을 했나? 안 했다. 요즘 재수가 없어서다. 그러면 홍콩 주점에 갔었나? 안 갔다. 지난번 거기 여자가 내 속을 뒤집어놓는 바람에 생각만 해도 구역질이 난다.

"제길, 당구는 재미없고 넌 뭐하고 싶어?"

"아무것도 안 하고 그냥 멍때리고 싶어."

"씨발, 그래도 뭘 하긴 해야 하잖아!"

"씨발, 너는 뭘 할 건데?"

"나도 몰라. 네가 말해봐."

"씨발, 그러면 우선 나와. 나와서 생각하자."

"다 불렀어?"

"불렀어!"

"알았어. 좀 있다 갈게. 그때 거기서 봐. 갈 때까지 기다려."

우리는 어쨌든 뭐라도 해야 했다! 얼마 후 우리는 마작을 하며 그 문제에 관해 논의했다.

"하려면 큰 걸 해야지."

냐오 형이 말했다.

"우리 노래방을 열자. 그게 돈이 되거든."

"노래방을 열려면 뒷배경이 있어야 해. 형은 그것도 모르면서."

"그러면 탄광에서 일하는 건 어때?"

"니미, 힘 쓸 데가 그렇게 없어?"

뭘 해야 하느냐는 얘기만 나오면 우리는 하나같이 뭐라도 해보고 싶어 안달이 났다.

"좀 현실적인 프로젝트를 찾아야지."

샤오시가 말했다. 이 녀석은 늘 자기가 무슨 사장이라도 되는지 입만 열면 프로젝트 운운했다. 그래서 그의 아버지는 그에게 이런 말을 했다.

"이 개자식아, 허구한 날 그 프로젝트란 말을 입에 물고 사는데 네놈이 그걸 삼키는 것도, 싸는 것도 난 본 적이 없어!"

언젠가 우리는 하마터면 할 일을 찾았다고 착각할 뻔했다. 그 일의 시작은 이랬다. 리둥이 감옥에서 사귄 친구가 어느 날 갑자기 그에게 전화를 했다.

"부자가 될 기회가 있어."

상대방은 수수께끼 같은 소리를 했다.

"할래, 안 할래?"

리둥은 그 말을 듣자마자 침대에서 뛰어내렸다.

"말해봐, 무슨 기회인데? 내가 곧장 달려갈게."

"와서 얘기하자."

그 후, 리둥은 일주일 넘게 사라졌다가 우리에게 각각 전화를 돌려 역시 수수께끼 같은 소리를 했다.

"부자가 될 기회가 있어. 할래, 안 할래?"

우리는 듣자마자 두 말 않고 그가 있는 곳으로 달려갔다. 냐오 형의 차비는 역시 그의 아버지가 댔다.

"이번에는 진짜 큰일을 할 거예요."

그는 자기 아버지에게 말했다.

"리둥은 벌써 시작했어요. 늦으면 기회가 사라진다니까요."

그의 아버지는 결국 설득을 당했지만 마지막으로 이런 말을 했다.

"이놈아, 남에게 이용이나 당하지 마. 다들 자기 잇속부터 차리는 법이니까."

냐오 형의 아버지가 그렇게 말한 데에는 다 이유가 있었다. 바로 리둥의 소문이 안 좋아서였다. 그것은 이해할 만했다. 리둥은 감옥에 다녀왔기 때문이다. 감옥에 다녀온 것은 싸움 때문이었는데 그것은 더 이해할 만했다. 냐오 형은 늘 리둥에게 이렇게 묻곤 했다.

"어차피 감옥에 갈 건데 넌 왜 토끼를 안 건드린 거야?"

리둥은 말했다.

"씨발, 안 건드리고 싶었던 게 아니라 누가 못 건드리게 한 거잖아."

"어쨌든 감옥에 갔잖아."

냐오 형은 머리가 단순해서 누구든 어차피 감옥에 갈 거면 토끼를 건드려야 이득이라고 생각했다. 토끼는 우리의 고교 동창인데 예쁘장하게 생겨서 모두 좋아했다. 하지만 아버지가 성질이 불같아서 누구든 감히 토끼를 꼬시려고만 하면 찾아가서 다짜고짜 땅바닥에 드러눕혔다. 그런데 유독 리둥은 예외였다. 토끼 아버지는 리둥한테는 줄곧 잘해주었다. 우리는 그가 왜 그러는지 이해가 안 갔다. 상식적으로 생각해도 리둥은 잘생긴 편도 아니고 집도 잘 못 사는데 말이다. 나중에야 우리는 리둥이 토끼 아버지의 약점을 쥐고 있다는 것을 알았다. 하지만 그 약점이 무엇인지에 관해 리둥은 죽어도 입을 열지 않았다. 우리는 꽤 오래 머리를 굴렸지만 결국 알아내지 못했다.

우리는 먼지를 뒤집어쓴 채 부리나케 리둥을 찾아갔다가 역시 부리나케 집으로 돌아왔다. 우리는 리둥을 뒤에 내버려두고 차에서 내렸다. 그때 리둥은 부끄러움 가득한 표정으로 말했다.

"나도 어쩔 수가 없었다고. 너희가 안 왔으면 난 그 소굴을 못 빠져나왔을 거야."

"너, 아무 말도 하지 마."

냐오 형이 리둥에게 말했다.

"이제 우리 아버지는 콩으로 메주를 쑨다 해도 우리를 안 믿을 거야."

"그냥 여행 좀 다녀왔다고 생각하면 안 돼? 우리는 이렇게 클 때까지 여행 한 번 다녀온 적이 없잖아. 밖에 나가 기분 전환 좀 했다고 생각해줘."

돌아온 뒤 우리는 누구에게도 우리가 뭘 하고 왔는지 얘기하지 않았다. 하지만 그래도 누가 알아냈는지 사람들은 우리만 보면 배를 움켜쥐고 깔깔 웃어댔다. 가장 격하게 웃은 사람은 바로 토끼 아버지였다. 그는 입에 물고 있던 술을 땅바닥에 뱉고는 리둥에게 물었다.

"이번에 우리 리 형님이 한탕 하러 어디를 갔다 왔다면서?"

리둥은 아무렇지도 않다는 듯이 말했다.

"어떤 프로젝트 상담을 좀 하고 왔죠."

토끼 아버지가 웃음을 참으며 또 물었다.

"큰 프로젝트였나 보지?"

"그렇고 말고요."

우리는 돌아가며 리둥의 옷자락을 잡아당겼다.

"야, 그만둬. 다단계한테 속은 거 모르는 사람이 없어."

그날 오후, 샤오시가 울음을 터뜨리더니 계속 그칠 줄을 몰랐다.

"좀 너무하잖아. 우리도 다 여자친구가 도망갔는데 왜 너만 이렇게 반응이 심한 거야?"

우리는 한편으로 뭘 할지 의논하면서 그에게 따져 물었다.

"마작이나 하러 가는 게 좋겠어."

리둥이 제안했지만 냐오 형은 바로 고개를 흔들었다.

"난 돈 없어."

"내가 빌려줄게."

"안 빌릴 거야."

"니미럴, 그러면 우리는 뭘 해야 해?"

우리는 도시 동쪽 끝에서 서쪽 끝까지 걸어갔다가 다시 서쪽 끝에서 동쪽 끝까지 걸어왔다. 맥주를 너무 많이 마셔서 모두 뱃속에서 꿀렁꿀렁 소리가 났다. 결국 너무 피곤해서 중앙 광장 분수대 옆의 꼬치구이 노점 앞에 퍼질러 앉았다.

"뭐라도 먹자. 먹고 나면 다들 상태가 괜찮아지겠지."

샤오시는 이제 감정이 좀 가라앉았는지 조용히 고개를 숙이고 양꼬치를 먹기 시작했다. 그런데 먹는 모습을 보아하니 마치 사흘은 굶은 사람처럼 양손에 꼬치를 한 다발씩 쥔 채 입에도 몇 꿰미를 쑤셔 넣고 우물거렸다.

"샤오시!"

우리가 불렀지만 그는 응, 대답만 하고 고개도 들지 않았다.

"니미럴, 샤오시!"

리둥이 돌연 욕을 퍼부었다.

"그딴 시시한 년 때문에 계속 이러기야?"

샤오시는 묵묵히 계속 먹기만 했다. 우리는 그만하라고 리둥에게 손짓을 했다.

"그냥 먹기나 하자. 자, 너도 이거 먹어."

냐오 형이 말했지만 리둥은 그의 손을 뿌리쳤다.

"씨발, 이 염병할 새끼들."

솔직히 그날 나는 싸우고 싶은 생각이 전혀 없었다. 그러나 리둥은 싸우고 싶어 한다는 것을 알고 있었다. 그 개새끼는 우리 중에서 가장 싸움을 좋아했다. 나와도 싸워봤고 냐오 형하고도 싸운 적이 있었다. 만약 협조만 해줬으면 틀림없이 샤오시와도 싸웠을 것이다. 하지만 안타깝게도 매번 그가 시작도 하기 전에 샤오시는 두 손을 들었다. 리둥은 벌써 수도 없이 샤오시에게 똑같은 말을 했다.

"샤오시, 나랑 한 판 싸우자."

"왜?"

"왜긴 왜야, 한 판 싸우고 나면 좀 편해질 거야."

"그럴 리 없어."

"싸워보지도 않고 어떻게 알아?"

리둥이 펄쩍 뛰며 샤오시에게 물었다.

"나는 알아. 사람과 사람의 일은 다르다고. 내 문제는 싸운다고 해결되지 않아."

"아우, 이 씨발 놈."

샤오시가 말했다.

"싸우려면 냐오 형이랑 싸워."

"나는 너랑 싸우고 싶다고."

"난 안 싸워."

"만약 내가 억지로 싸우려고 하면?"

"그러면 도망갈 거야!"

"만약 못 도망가면?"

"그러면 손 놓고 가만히 있을 거야."

리둥은 일어나서 샤오시의 어깨를 잡아당겨 그의 얼굴을 빤히 보았다.

"샤오시, 만약 내가 네 여자친구와 잤어도 안 싸울 거야?"

샤오시는 구해달라는 듯이 나와 냐오 형을 보았다. 하지만 우리는 못 본 체했다.

"싸울 거야, 안 싸울 거야?"

"안 싸워!"

"왜?"

"왜냐하면 넌 안 잤으니까!"

"씨발!"

리둥은 말했다.

"나, 잤으니까 싸울 건지 안 싸울 건지 빨랑 말해."

샤오시는 눈가에 눈물이 그렁그렁해지더니 바로 꺽꺽 흐느끼기 시작했다. 리둥은 그의 어깨를 놓아주고 다시 땅바닥에 퍼질러 앉았다.

한때 우리는 샤오시의 여자친구 샤오마가 우리의 여자친구들보다 더 예쁜 것이 마음에 안 들었다. 둘이 나란히 나타날 때마다 냐오 형은 입 속에 파리라도 한 마리 있는 것처럼 입이 딱 벌어졌다. 그리고 리둥은 습관적으로 이런 말을 하곤 했다.

"씨발, 쇠똥에 꽃을 꽂은 격이네."

그나마 다행히도 우리와 처음 만났는데도 불구하고 샤오마는 무척 불쾌해했다. 하지만 나중에 서로 친숙해지면서 그녀는 우리에게도 잘해주었다. 그 키 크고 두 다리가 쫙 빠진 여자가 우리 사이에 앉아 있으면 우리는 저마다 욕망이 꿈틀거렸다. 아주 여러 번, 냐오형은 술이 거나해진 다음에 샤오시가 화장실에 간 틈을 타 샤오마에게 말했다.

"샤오마, 나랑 사귀자. 샤오시하고는 미래가 없어."

샤오마는 샤오시가 간 쪽을 힐끔 보고는 냐오 형에게 물었다.

"너하고 사귀면 무슨 미래가 있는데?"

냐오 형은 나와 리둥을 보며 답했다.

"우리는 부자가 될 거거든. 안 그래, 리둥?"

리둥은 술을 한 모금 들이키며 말했다.

"그럼, 그럼. 냐오 형은 부자가 될 거야."

샤오마는 코웃음을 치며 고개를 흔들었다.

"헛소리. 너희들 미래는 그냥 빈둥대며 사는 거야. 지금처럼 말이야."

냐오 형은 그녀에게 물었다.

"너는 왜 나랑 안 사귀고 샤오시하고 사귀겠다는 거야?"

샤오마도 적잖이 취한 상태였다. 그 여자는 술을 아주 잘 마셨다. 그녀는 우리를 돌아보며 말했다.

"난 조만간 샤오시 곁을 떠날 거야."

나중에 그녀는 또 한 마디를 덧붙였다.

"난 조만간 너희 곁을 떠날 거라고."

샤오마만 떠나려 했던 게 아니라 우리의 여자친구들도 전부 떠나려 했다. 이에 대해 우리는 너무나 잘 알고 있었다. 우리는 입으로는 갈 테면 가라고, 전혀 개의치 않는다고 말했다. 심지어 그녀들이 정말로 짐을 싸고 우리 앞에서 크거나 작게 흐느끼는 척하며 알쏭달쏭한 눈물을 몇 방울씩 흘린 뒤에도 우리는 말했다. 갈 테면 가라고, 낡은 게 가야 새로운 게 오는 법이라고. 그런 일은 생각하면 머리만 아프고 문제 해결에 아무 도움이 안 됐다.

"우리 뭐하지?"

리둥은 수도 없이 되풀이해 말했다.

"우리 뭐라도 하자."

우리는 그의 생각을 잘 알고 있었다. 더 아무것도 안 하면 우리 자신조차 우리 곁을 떠나려 할 것 같았다.

지금 우리는 꼬치구이 노점 앞에 앉아 한 꿰미 또 한 꿰미 양꼬치를 먹고 있었다. 그러면서 헌팅캡을 쓰고 수염을 덥수룩하게 기른 주인에게 계속 고추를 더 달라고 했다. 우리는 더 많은 고추가 필요했고 더 많은 맥주도 필요했다. 자극도 필요하고 끊임없이 땀을 흘리는 것도 필요했다. 그렇게 해서 스스로 조금 안정감을 느끼고 싶었다. 그 뜨거운 오후에 우리는 반바지와 러닝셔츠 그리고 슬리퍼 차림이어서 끊임없이 꼬치를 먹고 맥주를 마시기에 알맞았다. 옆을 보니 우리 같은 차림의 젊은이들이 많았다. 그들은 하나같이 근심스러운 표정이었다.

"형제들, 우리 뭐라도 하자고!"

리둥이 갑자기 벌떡 일어나 외쳤다. 사람들은 고개를 들어 그 괴물을 힐끔 보더니 다시 고개를 숙이고 꼬치를 먹었다. 보아하니 녀석이 꼬치를 너무 많이 먹은 것 같아 우리는 녀석을 끌어당겨 다시 앉혔다.

"나한테 화났어?"

잠시 후 리둥이 샤오시에게 물었다.

"내가 장난 좀 친 거야."

샤오시는 끊임없이 맥주만 들이켰다. 계속 그러다가는 지난번처럼 우리 몸에 번갈아가며 구토를 할 게 뻔했다. 그때만 해도 우리의 여자친구들은 아직 건재했다. 하지만 기분은 확실히 별로여서 이상한 눈초리로 우리를 훑어보았다. 우리는 그녀들이 무슨 생각을 하는지 알고 있었다. 하지만 아무런 방법이 없었다. 우리는 마음속 깊이 양심의 가책을 느꼈다. 그전 두 달 동안, 그녀들은 차례로 낙태를 했다. 사실 다른 선택의 여지도 있었다. 예를 들어 우리가 결혼을 했다면 열 달 뒤 아버지가 돼서 아들이나 딸을 데리고 이따금 모여 자기 아들이 쓸 만하다고 자랑을 하거나 그 애들에게 노래나 춤을 시키켰을 것이다. 그런 풍경은 생각만 해도 꽤나 근사했다.

하지만 우리의 여자친구들은 그런 선택을 하지 않았다. 우리한테 일언반구도 없이 주저 않고 병원에 갔고 돌아와서는 대성통곡을 해서 우리를 어쩔 줄 모르게 했다. 우리는 온갖 수단을 동원해 그녀들을 위로했지만 아무 소용이 없었다. 결국에는 그녀들 스스로 마음을 가라앉혔다.

이제 그녀들은 잠깐 우리를 보다가 금세 고개를 숙이고 자기들끼리 쑥덕거렸다. 우리는 너무 괴로워서 핑계를 대고 함께 화장실에 갔다. 다들 한참을 서 있었지만 오줌은 한 방울도 안 나왔다. 너무나 이상한 일이었다. 뱃속에 그렇게 많은 맥주를 들이부었는데 마치 바다 속으로 죄다 사라진 것 같았다. 우리는 각자 러닝셔츠를 들추고 처음처럼 홀쭉한 배를 확인했다.

"맙소사, 맥주가 다 어디로 간 거야?"

우리는 최대한 긴장을 풀려고 했지만 안타깝게도 아무 효과도 없었다. 그때 우리는 오래 화장실에 있었다. 뱃속의 맥주를 급히 배출하려는 녀석들이 밖에서 고성을 지르지만 않았다면 계속 거기서 담배를 피며 수다를 떨었을 것이다. 어쨌든 밖에 있는 것보다는 더 편했으니까.

"계속 이러고 있으면 안 돼."

지금 리둥이 서글픈 목소리로 말했다.

"우리 뭐라도 해야 하지 않아?"

결국 샤오시가 벌떡 일어나 리둥에게 말했다.

"리둥 너 이 새끼, 그거 알아? 네 여자친구가 도망친 건 다 너 때문이야."

리둥은 이미 지칠 대로 지쳐 있었다.

"맞아."

"리둥 이 개새끼, 나랑 한 판 해!"

샤오시는 소리치며 리둥을 잡아 일으켰다.

"일어나!"

나와 냐오 형은 샤오시에게 말했다.

"샤오시, 조용히 해. 너는 리둥한테 안 돼."

하지만 샤오시는 뜻밖에도 또 소리쳤다.

"두 사람은 입 닥쳐. 나는 너희 둘하고도 싸울 거야. 이 개새끼들 같으니."

우리는 입을 다물었다. 마음이 무척 찔렸다. 샤오시가 왜 그러는지 알고 있었으므로 우리는 그에게 말했다.

"샤오시, 우리는 정말 네가 생각하는 것처럼 그렇지 않아."

"닥쳐, 씨발. 내가 머저리인 줄 알아? 눈 감고도 니들이 무슨 생각하고 있는지 다 알거든."

샤오시의 생각대로 우리는 모두 그의 여자친구에게 집적댄 적이 있었다. 냐오 형이 말했다.

"샤오시, 함부로 말하지 마. 우리는 다 여자친구가 있었고 각자 자기 문제도 처리하기 어려웠는데 어떻게 네 문제까지 건드렸겠어?"

"내가 냐오 형에 대해 모르는 게 있는 줄 알아? 형이 무슨 짓을 했는지 하나부터 열까지 다 알고 있다고. 그만 닥치고 리둥, 빨리 말해! 나랑 싸울 거야, 안 싸울 거야?"

실제로 샤오시는 진짜 우리를 오해하고 있었다. 우리 모두가 그의 여자친구를 좀 어떻게 해보려고 하기는 했지만 말이다. 우리는 온갖 방법을 다 강구하고 수도 없이 시도했다. 이 점에 있어서는 내가 냐오 형과 리둥보다 더 비열했다. 그 두 사람은 내 앞에서도 태연히 일을 벌였지만 나는 그렇지 않았다. 그들처럼 하면 효과가 없을 것 같았고 또 샤오시에게 너무하는 일 같았기 때문이다. 한 번은 거의 성공했다고 착각한 적이 있었는데, 그때 그들은 다 술이 떡이 되어 흐느적거리고 있었다. 나는 그 틈을 타 몰래 샤오마를 더듬었다.

하지만 조금 더듬은 게 다였다. 샤오마가 아무 말도 하지 않아서 다음 단계로 가도 되겠다고 생각하고 있을 때, 그녀가 단호히 뿌리치며 내게 말했다.

"네 여자친구한테나 잘 해줘."

이 말이 떨어지자마자 나는 온몸이 얼어붙었다.

샤오시가 또 소리를 질렀지만 우리는 그를 이해했다. 우리는 그를 의자에 눌러 앉히고 말했다.

"우리는 진짜 다 실패했어. 네가 우리보다 샤오마를 더 잘 알잖아. 그녀가 순순히 우리가 하자는 대로 했을 것 같아?"

샤오시는 말했다.

"이 머저리들 같으니."

우리는 고개를 끄덕였다.

"맞아, 우리는 다 머저리야."

우리 머저리들은 호주머니를 털었다. 남은 동전으로 양꼬치를 수십 꿰미는 더 먹을 수 있었다. 우리의 여자친구들이 떠난 뒤로 이런 일은 대단히 드물었다. 그래서 우리는 당연히 기분이 좋아졌고 냐오 형도 목소리가 커졌다. 그는 털북숭이 주인에게 외쳤다.

"40꿰미 더!"

털북숭이 주인은 고개도 안 들고 "예!" 하며 연신 고개를 끄덕였다. 그는 숯불 위에 몸을 숙이고 입으로 선풍기처럼 바람을 불어 불꽃을 일으켰다.

"씨발 놈!"

리둥이 맥주 한 모금을 마시며 말했다.

"너 왜 그래?"

냐오 형이 그에게 물었다.

"형보고 그런 게 아니야. 저 털보한테 그런 거라고."

"저 사람이 뭘 어쨌는데?"

이번에는 샤오시가 물었다.

"맞아, 너는 왜 털보를 욕하는 거야? 저 사람은 매일 똑같은 시간에 이 광장에 나와서 매일 누구를 보든 웃어주고 또 매일 저 숯불 위에 머리를 처박고 있다고. 비록 온몸에서 불쾌한 양고기 냄새가 나기는 하지만 그건 저 사람이 열심히 일한다는 증거야."

냐오 형의 표정이 진지해졌다.

"말해봐, 왜 털보를 욕한 거야?"

냐오 형이 그렇게 갑자기 시비를 걸 줄은 누구도 예상하지 못했다. 리둥은 입을 벌린 채 아무 말도 못하다가 잠시 후 겨우 말했다.

"나는 누구한테든 욕을 하고 싶으면 욕을 한다고. 그게 형이랑 무슨 상관이야?"

냐오 형은 가소롭다는 듯이 리둥을 똑바로 보며 말했다.

"나는 네가 어떻게 생각하는지 알아."

"내가 어떻게 생각하는데?"

리둥이 물었다. 묘한 흥분으로 냐오 형은 얼굴이 시뻘게졌다.

"너는 털보가 남들보다 열등하다고 생각하잖아."

"씨발, 그건 형이 하는 말이지."

리둥도 얼굴이 조금 빨개졌다. 냐오 형이 또 말했다.

"네가 입만 뻥긋해도 나는 네가 무슨 헛소리를 할지 알거든. 리둥, 나는 진짜 모르겠어. 네가 가진 게 뭐가 있어서 남을 무시하는 거야?"

"난 아무도 무시하지 않아."

리둥이 말했지만 냐오 형은 그냥 넘어갈 생각이 없었다.

"너는 자기 여자친구도 못 지키고 꼬치 사먹을 돈까지 아버지한테 달라고 하잖아. 말해봐, 네가 가진 게 뭐야?"

우리는 막 여자친구를 잃고 이미 충분히 절망한 상태였는데 냐오 형의 그 말 때문에 더 절망하고 말았다. 모두 힘이 빠져 고개를 떨궜다. 무슨 말을 해야 할지 몰랐고 샤오시가 목구멍에 맥주를 들이붓는 소리만 들렸다.

"샤오시, 맥주로는 너를 채우지 못해. 맥주로는 네 문제도 해결하지 못한다고. 맥주는 너를 또 토하게 할 뿐이야. 깡그리 토해서 더 토할 게 없을 때까지 말이야."

하지만 우리는 이 말을 입 밖에 내지 못하고 조용히 샤오시를 바라보기만 했다. 그가 남은 맥주 반 컵을 높이 쳐든 목 안에 다 들이부을 때까지 기다리고 있었다. 그는 다음 병을 따기 전까지 십 분 정도 쉬었다. 그리고 그 십 분 동안에 우리에게 이런 이야기를 했다.

"나, 샤오마를 한두 번 찾아간 게 아니야. 한 번은 밤에 잠이 안 와서 옷을 찾아 입고 샤오마의 집까지 걸어갔어. 꼬박 네 시간 넘게 걸리더라. 도착하니까 벌써 동이 터오더라고."

"샤오마가 뭐라고 그래?"

우리는 그에게 물었다.

"못 들어갔어. 밖에서 잠깐 서 있다가 돌아왔어."

사실 우리도 다 여자친구를 찾아간 적이 있었다. 그녀들이 절대로 돌아올 리 없다는 것을 알기는 했지만 그래도 포기가 안 됐다. 나는 심지어 내 여자친구에게 연애편지까지 썼다. 그런 일을 안 해본 지 너무 오래되어서 쓸 때 스스로 감정을 고조시켜야 했다. 하지만 내 여자친구는 보지도 않고 그것을 길바닥에 내버렸다. 리둥의 수법은 더 기상천외했다. 매일 여자친구에게 한 번씩 전화를 걸고 전화를 안 받으면 문자를 보냈다. 문자로 심지어 협박까지 했는데, 만약 그녀가 마음을 안 돌리면 다리에서 뛰어내리겠다고 했다. 하지만 그 결과는 좋지 않았다.

"문자로 답장이 왔는데 뛰어내리기 전에 자기한테 알려달라고 하더라. 구경하러 오겠다고 말이야."

냐오 형이 말했다.

"다들 그만 얘기하고 술이나 마시자."

나중에 보니 뜻밖에도 그렇게 맥주를 많이 마셨는데도 샤오시가 토하지 않았다. 그는 그저 새빨개진 얼굴을 휴지가 가득 버려진 테이블 위에 잠시 처박고 있다가 건너편 도로를 뚫어지게 바라보며 말했다.

"저기 토끼가 있어."

우리도 보았다. 토끼는 샤오시의 여자친구보다 훨씬 예뻤다. 그녀는 미니스커트와 하이힐 차림으로 우리를 본체만체하며 또각또각 걸어갔다. 우리는 그녀에게 인사를 하려다가 곧 포기했다. 그녀 뒤에 그 정신이 이상한 자식이 있는 것을 보았기 때문이다. 그 자식은 키가 190센티미터는 돼보였고 우리와 다르게 복장도 태도도 번듯했다. 그런 번듯한 사람만 보면 우리는 자신도 모르게 주눅이 들었다.

그 번듯한 자식에 관해서는 당연히 다들 들은 바가 있었다. 안 들으려야 안 들을 수가 없었던 것이, 매일 토끼 아버지가 사람들이 모인 곳에 무작정 파고들어 침을 튀겨가며 그 자식 이야기를 했기 때문이다. 그렇다, 그 자식은 꽤 잘나갔다. 나이도 젊은데 벌써 우리의 그 손바닥만 한 도시에서 인물로 꼽혔으며 더 중요하게는 날마다 토끼의 집에 가서 그녀의 아버지에게 선물을 바쳤다. 어떤 날은 술 한 병, 어떤 날은 담배 한 보루, 또 어떤 날은 음료수 한 박스였다. 토끼 아버지는 그래서 톡톡히 체면이 섰다. 만약 주변의 눈치만 없었다면 그는 당장이라도 토끼를 예쁜 선물상자에 넣고 빨간 리본까지 달아 화끈하게 그 자식의 호주머니에 찔러 넣어주었을 것이다. 우리는 그가 함박웃음을 지으며 그 자식에게 뭐라고 할지 상상이 갔다.

"약소하지만 성의로 받아주게."

그러고서 두 사람은 악수로 클라이맥스를 장식할 것이다.

샤오시가 갑자기 몸을 일으키며 말했다.

"가자!"

우리는 어쩔 수 없이 덩달아 일어났고 막 구멍에서 빠져나온 쥐처럼 이리저리 몸을 숨기며 토끼의 뒤를 쫓았다. 그때 그 번듯한 자식이 토끼 옆에 가서 팔로 어깨를 껴안았다. 토끼는 뿌리치는 시늉조차 하지 않았다.

"씨발!"

리둥이 말했다.

"씨발!"

우리도 따라 말했다.

다행히 두 사람은 천천히 걷긴 했지만 주위를 두리번거리지는 않았다. 그래서 어렵지 않게 그들을 뒤쫓을 수 있었다. 우리는 버려진 영화관을 지나갔다. 어릴 적 다들 몰래 담을 넘어 들어가던 곳이었다. 거기서 영화 한 편을 보면 꽤 여러 날 가슴이 두근대곤 했지만 이제 우리는 영화에도 관심이 없었다. 대체 왜 이렇게 된 걸까? 우리는 얼칭二軍 상가를 지나갔다. 그곳은 이미 주변의 점점 높아지는 빌딩들 한가운데 묻혀 거의 아무도 드나들지 않았다. 아무래도 조만간 문을 닫을 것 같았다. 우리는 막 개업식을 치른 홍콩호텔도 지나갔다. 듣자하니 투자액이 2000만 위안이라고 한다. 2000만? 그런 숫자도 있었나? 지금 그 호텔 밖에는 각종 고급 승용차가 가득 세워져 있었다.

"씨발!"

리둥이 말했다.

"씨발!"

우리도 따라 말했다.

우리는 아주 오래 전에 생긴 하수천도 지나갔다. 여전히 악취가 나고, 여전히 들개가 출몰했다. 새로 지은 공원에 이르러 한창 공사 중인, 성에서 가장 크다는 입체 교차교가 눈에 들어왔을 때, 맨 앞에서 걷던 리둥이 걸음을 멈추고 길가에 주저앉았다. 그때는 이미 하늘이 어두워지고 있었다. 우리는 리둥 옆에 줄줄이 앉았다.

"우리 뭐라도 하자!"

리둥이 담배에 불을 붙이며 말했다. 우리는 다 말없이 각자 담배에 불을 붙였다.

조금 덧붙여 말하면 그때 우리는 너무 멀리 걸어와서 다시 돌아갈 일을 생각하니 머리가 지끈거렸다.

"맙소사, 우리가 왜 이런 거지? 왜 고생을 자초한 거냐고? 그냥 꼬치나 잘 먹고 평소처럼 술이 떡이 돼서 집에 돌아가 침대 위에 쓰러져 잤으면 얼마나 좋아?"

샤오시는 이제 완전히 진정이 되었다. 그는 금세 곯아떨어질 것처럼 벽에 머리를 기댔다. 냐오 형이 그를 발로 찼다.

"야, 자면 안 돼."

한참 뒤, 샤오시가 또 말했다.

"우리 마작이나 하러 가자."

냐오 형이 말했다.

"씨발, 나 돈 없다니까."

"내가 꿔준다니까!"

리둥이 쥐고 있던 담배를 버리고 일어났다.

"좋아!"

냐오 형도 따라서 일어났다. 우리는 온 길을 따라 느릿느릿 돌아가기 시작했다.

미스터 폴

密 斯 特 保 羅

—

저우자닝

□

나는 루루露露에게 말했다.

"얘, 커피에 침 뱉어서 갖다주자."

루루는 퉤, 하고 침을 뱉었다. 너무 세게 뱉는 바람에 막 루즈를 바른 그녀의 입술에 뜨거운 커피가 튈까봐 걱정이 되었다. 잠시 후 그녀는 굵은 종아리를 꼬며 느릿느릿 커피를 들고 폴의 탁자 쪽으로 갔다. 미스터 폴, 미스터 외톨이, 미스터 우라질 같으니.

폴을 좋아하는 사람은 아무도 없었고 나는 그 많은 사람 중 한 명일 뿐이었다. 그래서 마음 놓고 그들 사이에 끼어 루루에게 그의 에스프레소에 침을 뱉으라고 한 것이었다. 루루도 그를 얄미워했지만 그렇다고 아양을 안 떨지는 않았다. 그녀는 모든 사람 앞에서 아양을 떨었다. 얼굴을 붉히고 눈을 깜박이며 영원히 열여덟 살인 것처럼 굴었다. 앵두 두 알만 남은 납작한 가슴도 전혀 부끄러워하지 않았다. 폴도 그녀를 힐끔거린 적이 있지 않을까 의심이 들 지경이었다. 그때 루루가 아니제트를 마시는 스페인 남자 옆에서 일부러 한 번 휘청했다. 하지만 남자는 그녀를 부축해주지 않았다. 그래서 그녀는 발을 구르고는 커피잔을 탕, 하고 폴의 탁자 위에 놓았다. 나는 고장이 나 계속 김을 뿜고 있는 커피머신 뒤에 서서 그녀의 수작을 보고 있었다.

열 시가 되기 전에 루루는 퇴근을 할 작정이었다. 오늘은 레이디스 나이트여서 클럽에 들러 공짜 마르가리타를 마시며 외국인에게 영어로 말을 걸려 했다. 그녀는 외국인을 좋아했다. 나이가 아무리 많아도, 가슴 털이 아무리 무성해도 상관하지 않았다. 나는 슬그머니 그녀에게 물었다.

"그 사람들은 그게 정말 그렇게 커?"

그녀는 잠시 진지하게 생각하다가 말했다.

"내 팔뚝 만해."

우리는 깔깔거리며 웃었다.

오늘은 월요일이었고 건너편 영화관이 쉬어 가게가 한산했다. 루루가 퇴근한 뒤, 커피숍 안에는 손님이 몇 명 없었다. 나는 바에 팔꿈치를 괴고 서 있었다. 스피커에서 나른한 음악이 흘러나왔다. 폴은 그가 늘 앉는 구석자리에 앉아 있었다. 루루가 침을 뱉은 에스프레소 잔은 진즉에 다 비워진 채 테이블 위에 놓여 있었다. 하지만 그가 다른 메뉴를 또 주문할 리는 없었다. 그는 주머니에서 거의 톱밥처럼 말라가는 담뱃가루 한 포를 꺼내 능숙하게 얇은 종이로 한 가치를 만 뒤, 침을 발라 끝을 막았다. 그러고는 소파 등받이에 머리를 기대고서 생각에 잠겼다. 내가 다가가 말을 걸 때까지 그렇게 몇 시간을 앉아 있곤 했다.

"문 닫을 시간이에요."

그는 일어나서 돈을 치렀다. 그 동작이 정말 흠 잡을 데 없이 여유롭고 너무 우아해서 얄밉기 그지없었다.

그는 심지어 내게 말도 걸었다.

"잘 있어요, 제인."

설마 그는 커피에서 아무 이상한 맛을 못 느낀 걸까?

폴은 자기가 이탈리아인이라고 말했지만 우리는 모두 그가 사실 인도 혈통인 것을 알고 있었다. 예전에 그는 두 블록 떨어진 커피숍에서 여러 해 머물렀고 나도 그 커피숍에서 그를 본 적이 있었다. 그는 에스프레소 잔을 든 채 거기에서 제공하는, 무료 인터넷이 가능한 컴퓨터 앞에 앉아 끊임없이 이메일을 보냈다. 아니면 바 옆에서 사장과 체스를 두기도 했다. 그는 매번 커피 값을 치를 형편은 못 돼서 그럴 때마다 외상을 긋거나 사장에게 돈을 꿔달라고 했다. 꾸는 돈은 소액이었다. 백 위안이나 이백 위안에 불과했다. 그는 돈을 꾸고 나면 선뜻 막 구운 햄 샌드위치를 사서 포장한 뒤, 밖에 나가 택시를 불러 집에 돌아갔다. 처음에 사람들은 그래도 그에게 인내심을 발휘했다. 그는 이역땅에 눌러앉은 작가로서 가난하고 초라하긴 했지만, 체스를 아주 잘 두는데다 원고료라도 조금 생기면 커피숍의 손님들에게 차가운 맥주를 돌리곤 했기 때문이다. 하지만 나중에 그는 빚이 점점 늘어났고 마리화나에도 손을 댔다. 결국 사장에게 천 위안을 빌려달라고 했다가 거절당한 뒤, 그는 더 이상 그 커피숍에 가지 않았다. 그들을 더는 친구로 생각하지 못하게 된 것이다. 사실 남들의 눈에 비친 그는 그저 우스꽝스러운 어릿광대일 뿐이었다.

그는 사시사철 옷을 딱 두 벌만 입었다. 겨울에는 짙은 색 네이비 코트를 입었고 봄과 가을에는 하얀색 중국식 셔츠를 입었다. 그 셔츠는 아마도 막 중국에 왔을 때 산 것 같은데 여름에는 그 셔츠의 소매를 팔꿈치까지 말아 올렸다. 멀리 그가 차도를 건너오는 모습이 보이기만 하면 루루는 호들갑을 떨었다.

"폴이야, 폴!"

그러면 나는 커피가루를 채우고 에스프레소를 만들기 시작했다. 예나 지금이나 달라질 일이 없었다.

폴을 보낸 뒤, 나도 퇴근했다. 열두 시가 막 지나자 밖에 뜬금없이 폭우가 쏟아지기 시작했다. 빈차 등을 켠 택시가 지나가며 물보라를 높이 흩뿌렸다. 다리 아래에 물이 깊이 고여, 나는 자전거를 타고 그곳을 통과하면서 내 자신이 수륙양용차가 된 기분이었다. 문득 폴은 우산이 없을 것이라는 생각이 들었고 그런 생각이 든 것이 몹시 부끄러웠다. 나는 영화 속 로봇 전사처럼 냉담하고 무정해야만 했다.

밤은 무척 길었다. 나는 뜨거운 물로 목욕한 뒤, 컴퓨터 앞에 앉아 영원히 끝나지 않을 것 같은 소설을 쓰기 시작했다. 문제가 뭔지 알 수 없었다. 언어인지, 호흡인지, 육체적 욕망인지, 아니면 다른 무엇인지. 아무리 해도 그 소설을 마칠 수가 없었다. 쓰기 시작한 지가 벌써 십 년은 된 것 같은데 아마도 백 년은 지나야 끝날 것 같았다. 백발의 외로운 노파가 되어서야 말이다. 루루가 취해서 내게 전화를 걸어 말했다.

"제인, 나한테 욕해줘. 욕을 해서 지금 돌아가게 해줘. 또 낯선 남자의 침대에서 깨어나고 싶지 않아."

나는 전화기에 대고 아무렇게나 몇 마디 욕을 해주었다. 그래도 그녀는 내일 낯선 남자의 침대에서 깨어날 게 분명했다. 루루가 또 집요하게 물었다.

"지금 뭐하고 있어?"

나는 드라마를 본다고 말한 뒤, 주저 않고 전화를 끊었다. 계속 얘기를 들어주면 또 흐느낄 게 뻔했다. 그녀는 취하기만 하면 우는 게 버릇이었다.

창밖에서 물소리가 크게 들렸다. 조금만 있으면 부엌 천정에서 물이 샐 것 같았다. 대야를 갖다놓아야 했지만 생각만 하다가 그만 잠이 들어버렸다. 맥 빠지게도 매일 그 모양이었다.

과연 이튿날 루루의 목에는 검푸른 자국이 여러 개 늘어 있었다. 그녀는 짝퉁 알렉산더 맥퀸 스카프를 묶고 두껍게 마스카라를 바르고서 침울하게 창가 자리에 앉아 있었다. 나는 그녀에게서 멀리 떨어져 열심히 참치샌드위치를 만들고 있는 척했다. 그래도 그녀는 살그머니 다가와 내게 물었다.

"왜 문자를 안 보내지? 어젯밤 너무 취해서 휴대폰 번호를 잘못 써줬나?"

이 계집애는 술 때문에 머리가 어떻게 된 게 아닐까? 도대체 왜 그 늙다리 외국 애인들이, 그녀의 '자기'들이 자기를 사랑한 적이 없어서 그런다고는 생각하지 못하는 걸까?

우울했다. 우리는 우울할 때는 조용히 토마토를 얇게 썰고 통조림 참치와 마요네즈를 섞거나 고장 난 거품기로 질 나쁜 우유거품을 만들곤 했다. 섹스를 안 한 지 벌써 1년 3개월이 지났다. 처음에는 그래도 날짜를 셌지만 나중에는 모든 날이 서로 비슷비슷해 분간할 이유가 없어졌다. 단지 마지막 섹스를 어느 포토그래퍼의 아파트에서 했던 것만 기억이 났다. 그때 나는 아직 영화학교를 졸업하기 전이었으며 프랑수아즈 사강 같이 살 수 있기를 꿈꾸며 온종일 술을 마셨다. 예술가들 틈에 섞여 길가의 술집을 전전하고, 섹스를 하고, 글쓰기에 관해 이야기하고, 즐거움을 좇았다. 그러다가 나중에야 내가 무대를, 그리고 시대를 잘못 만났음을 알았다. 이제 나는 사랑에 관심이 없었고 나를 사랑해주는 사람도 없었으며 몇 년 뒤에는 난해하고 괴팍한 작가가 될 것 같았다.

그런데 그날은 가게 문을 닫을 때까지도 폴이 나타나지 않았다.

아무래도 그는 지난밤 비를 맞고 감기에 걸린 것 같았다. 그런데 밤에 셔터를 내릴 때 조금 이상한 느낌이 들었다. 사실 폴은 내게 무슨 잘못을 한 적이 없었다. 오히려 무척 잘 해주었다. 바에 팔꿈치를 괴고 서 있을 때면 그가 계속 나를 힐끔거리는 것을 알고 있었다. 그것은 그가 대놓고 루루를 쳐다볼 때와는 달랐다. 마치 자기와 비슷한 처지의 사람을 동정하는 눈빛이어서 나는 구역질이 났다.

작년 겨울 일이 떠올랐다. 밤에 소설이 안 써져서 복사뼈까지 내려오는 롱패딩을 휘감고 야구 모자를 쓴 채 먼 길을 걸어 영화학교 앞까지 꼬치구이를 먹으러 갔다. 저학년 학생 몇 명이 계단 위에 앉아 맥주를 마시고 있었다. 나는 그들이 나를 알아볼까봐 두려웠다. 한때 교내의 전설적인 여학생으로 시낭송회에서 갑자기 일어나 릴케의 시를 외우는가 하면 한밤중에 승용차, 지프차, 오토바이에 실려 기숙사 앞에까지 온 것을 그들이 알고 있을까 두려웠다. 그런 과거사가 무척 부끄러웠다.

나는 그들을 피하려고 그 옆의 편의점에 들어가 물을 샀다. 그런데 물을 들고 문가에 서 있는데 별안간 등 뒤에서 누가 나를 불렀다.

"제인!"

제인은 내가 커피숍에서 쓰는 영어 이름이다. 나는 다른 커피숍 여종업원들처럼 속된 영어 이름을 지어서 쓴다. 그러면 남이 기억하기는 쉽지만 이 사람인지 저 사람인지 구분하기는 어렵다.

나는 폴이 그 네이비 코트를 입고 손에 담배 한 갑과 과자 한 상자를 든 채 서 있는 것을 보았다. 그는 내게 말했다.

"여기 건너편에 있는 병원에서 링거를 맞고 가는 길이에요. 배탈이 났었거든요."

그의 중국어는 매우 유창했지만 지금은 처량한 느낌이 들 수밖에 없었다.

문득 나는 손에 든 물통을 등 뒤에 감추고 싶었다. 그가 나를 뚫어지게 봐서 오싹 소름이 끼쳤기 때문이다. 모자 챙 아래로 그를 똑바로 쳐다보았다. 오른손 손등에 피 묻은 거즈가 붙어 있었다. 우리는 그렇게 경계의 눈초리로 서로를 쳐다보며 상대방의 체취를 맡고 있었다. 마치 상대방이 자신과 같은 부류인지 아닌지 탐색하는 것처럼. 사실 같은 부류가 맞았다. 똑같이 한밤중에 혼자 링거를 맞으러 나오고, 마트에서 허기를 달랠 과자를 사고, 4리터들이 생수를 들고서 겨울밤 길가에 서 있기가 일쑤였다. 우리는 둘 다 같은 부류만이 풍기는 체취를 갖고 있었다. 그래서 폴의 눈빛은 금세 부드러워졌고 더는 사납게 느껴지지 않았다. 하지만 뭔가 축축한 김을 내뿜고 있는 듯했다.

나는 순간 싫은 기분이 들어, 가까운 꼬치구이 노점 옆에서 맥주를 마시며 취해가는 그 젊은 애들을 가리키며 말했다.

"친구들이 저기서 저를 기다리고 있어요!"

곧장 물통을 안고 그곳의 수다와 웃음 그리고 고기 냄새가 불러일으키는 생기발랄한 북적거림 속으로 뛰어들었다.

바로 그날 이후로 나는 루루를 시켜 폴의 커피에 침을 뱉게 했다. 내가 뱉지는 않았다. 그리고 일부러 다른 사람들로 하여금 내가 폴을 싫어한다고, 술에 취하기만 하면 경솔하게 아무 말이나 해대는 나쁜 남자보다 더 싫어한다고 생각하게 했다. 어쨌든 폴을 좋아하는 사람은 없었다. 그는 쩨쩨해서 팁을 준 적도 없고 20위안 이상의 메뉴를 주문한 적도 없었다. 커피숍이 미어터져 손님들이 바깥에 줄을 서 있을 때도 옆에 빈 컵 한 잔만 달랑 놓은 채 테이블 하나를 다 차지하고 있었다. 그럴 때면 그는 마치 다른 세계에 사는 사람 같았다.

몇 번, 커피숍에 양파가 다 떨어져 길 건너 시장에 다녀오다가 저물녘 길목에서 홀로 걸어가는 폴과 마주친 적이 있었다. 그는 보통 몽롱한 표정으로 유난히 느릿느릿 길을 걸었는데 나도, 길가의 다른 행인도 못 보고 완전히 자기 세계에 빠져 있는 듯했다. 그래서 나는 그의 하루 일과가 아마도 일어나서 글을 쓰고 글이 안 써지면 밖에 나가 돌아다니다가 길가의 작은 식당에서 아무렇게나 저녁식사를 한 뒤, 커피숍에 오는 것이 아닐까 추측했다. 그는 커피숍에서 아무 일도 하지 않았다. 에스프레소 한 잔을 마시고 낡은 파카 만년필로 노트에 뭔가를 끼적이며 문을 닫을 때까지 무료하게 앉아 있었다. 그것이 하루의 끝이었다. 아무도 그에게 왜 중국에 왔는지 묻지 않았다. 아무도 그런 것에는 관심이 없었다. 그의 주변에 앉은 손님들은 밤늦게까지 위스키와 진과 아니제트를 마셨으며 그는 그런 떠들썩함과는 관계가 없었다.

나중에는 폴이 커피숍에 오기만 하면 나는 일부러 큰 소리로 루루와 이야기를 나눴다. 루루는 갑자기 왜 이러나 미심쩍어하면서도 결국에는 지칠 줄도 모르고 내게 자신의 그 나이든 '자기'들에 관해 떠들어댔다. 그들의 크기와 체위, 털이 북슬북슬한 가슴까지 남김없이 이야기했다. 그런 얘기를 듣고 있으면 졸음이 와서 나는 차라리 구석에 처박혀 샌드위치를 만들거나 피자 도우를 빚고 싶었다. 하지만 역시 이따금 나를 보는 폴의 시선이 느껴졌다. 그의 눈빛에는 의혹과 분노와 질투와 의아함이 담겨 있었다. 자기처럼 외로운 게 분명한 사람이 왜 여기에서 질 안 좋은 여종업원과 큰 소리로 웃고 떠드는지 이해가 안 가는 듯했다.

꽤 여러 차례, 저물녘 가게가 한산할 때 루루는 자신의 별난 친구들과 함께 테라스에 앉아 담배를 피우고 술을 마셨다. 전 같으면 그들과 멀찍이 떨어져 앉아 있었겠지만, 얼마 전에 나는 웬일로 그들 사이에 끼었다. 그리고 어린아이처럼 신발을 벗고 테라스 계단에 앉아 발옆에 차가운 하이네켄 한 병을 놓고서 끊은 지 꽤 오래된 담배를 피우기 시작했다. 그들은 시끄럽게 잡스러운 이야기를 하며 낄낄거렸다. 루루는 한 남자의 무릎 위에 앉아 있었고 그 남자의 손은 바깥에 비어져 나온 그녀의 브래지어 끈을 만지작거리고 있었다.

그날 폴은 딱 그 순간에 커피숍에 들어왔다. 평소처럼 그 하얀색 중국식 셔츠를 입고 있었다. 하짓날이어서 벌써 셔츠 소매를 위로 말아 올린 상태였다. 그는 테라스를 지나가면서 계속 내 얼굴에서 시선을 떼지 않았다. 나는 속에서 확 불길이 일어 피다 남은 꽁초를 그를 향해 튕겼다. 본래는 그의 셔츠에 정통으로 맞히려던 것이었는데 힘이 모자라 꽁초는 맥없이 그의 바짓단 끝에 떨어졌다. 하지만 그래도 그는 놀라서 걸음을 멈췄다. 그리고 화를 내는 대신 입 꼬리를 당겨 나를 향해 웃었다. 무기력하고, 슬프고, 너무나 이해가 안 간다는 듯한 웃음이었다. 본래 나는 그가 몸을 홱 돌려 가버릴 것이라고 생각했다.

옆에 있던 모자라고 호르몬 과잉인 남자 녀석들이 왁자하게 웃었다. 루루도 가냘픈 어깨를 들썩이며 웃었다.

나는 폴을 안 보는 척하며 벌컥벌컥 맥주를 들이켰다.

폴이 사흘 연속 나타나지 않자, 남에게는 전혀 관심이 없는 루루도 궁금한지 내게 물어보았다.

"혹시 귀국했나? 그럴 리가 없을 텐데. 비행기 표 살 돈이 있을 리가 없잖아. 아, 귀국을 못하는 게 비행기 표 살 돈이 없어서라면 너무 비참한데."

"지금은 크리스마스도 아닌데 귀국은 무슨 귀국이야."

"무슨 일이 생긴 건 아니겠지? 혼자 살면 시체가 썩어야 발견이 될 텐데."

원래 나는 폴이 사라졌다고 생각하고 안도의 한숨을 쉬어야 옳았다. 이제 예전처럼 조용히 커피머신 뒤에 앉아 설거지통에 담긴 피망과 상추 잎을 멍하니 보면서 영원히 끝나지 않는 내 소설과 역시 끝나지 않을 꿈들을 생각하고 있을 수 있었다. 하지만 지금 나는 계속 자기도 모르게 창밖을 바라보며 마치 애인이 오기를 기다리는 여자처럼 불안해하고 있었다. 폴이 늘 앉았던 자리에는 지금 플라이트 체스를 두는 한 쌍의 연인이 앉아 있었다. 그중 여자는 내가 제일 싫어하는 유형이었다. 거의 루루와 비슷하게 화장이 너무 짙고, 머리가 모자라고, 애교가 심했지만 생기발랄했다.

일주일 뒤 역시 비 오는 날이었다. 건너편 영화관이 끝나는 시간이 되자, 우산 없는 사람들이 우르르 커피숍에 몰려와 시간을 죽이며 비가 그치기를 기다렸다. 퇴근 시간만 기다리던 루루는 갑자기 손님들이 들이닥치는 바람에 당황해서 계속 음식을 잘못 가져다주었고 나도 허둥대다가 치즈케이크를 브라우니로 착각해 전자레인지에 넣고 돌렸다. 주문 받은 메뉴를 다 처리한 뒤, 가게 안은 사람들의 목소리로 들끓었고 빗소리도 계속 요란하게 들려왔다. 마치 기다리는 그 시간이 선물 받은 시간인 듯 그들은 큰 소리로 떠들며 맥주를 마시고 갓 튀긴 프렌치프라이를 씹었다. 오븐에서는 갈릭버터 샌드위치 냄새가 코를 찔렀으며 스피커에서는 잭 존스의 맑고 깨끗한 음악소리가 흘러나왔다. 그럴 때면 나는 설거지통 뒤에 서서 다 씻은 접시의 물기를 닦으며 괜히 착잡해하곤 했다. 내가 여기서 무엇을 하고 있는지, 앞으로는 또 무엇을 해야 하는지 막막하기만 했다. 루루가 스페인 무용단 손님들 사이에 끼어 또 웃기는 수작을 부리는 모습이 보였다.

그때, 영화관의 네온사인이 어두워졌다.

영화관에서 마지막으로 나온 사람은 놀랍게도 폴과 어떤 여자였다. 나는 유리창을 사이에 두고 그들을 주시했다. 그들은 영화관 입구의 계단 위에 잠시 서 있었고 바로 폴이 검은색 큰 우산을 펴서 지나치게 아담한 그 여자를 완전히 가려주었다. 그들은 서로 바짝 붙어 있었다. 폴이 그녀를 안아주고 있는 게 분명했다. 그들이 커피숍 쪽으로 다가오자 나는 왠지 모르게 숨이 막힐 정도로 긴장했다. 그러나 폴은 안에 들어오지는 않았다. 오늘 커피숍이 이상하게 북적대는 것이 의외인 듯했다. 전에 그는 이 시간에 커피숍에 들어온 적이 없었다. 이때쯤이면 이미 자기 자리에 앉아 자신만의 세계에 흠뻑 빠져 있었다. 그는 커피숍의 열기에 놀랐는지 여자를 향해 싱긋 웃고는 그녀의 손을 끌고 그 자리를 떠났다. 나는 바에서 술을 마시는 사람들 뒤에 웅크리고 있었다. 그가 나를 볼까봐 두려웠다. 내가 혼자이고, 닦아도 닦아도 끝이 없는 접시를 닦고 있고, 또 영원히 늘 그 모양인 것을 볼까봐 두려웠다.

마지막으로 나는 그 우산 속 여자를 힐끔 보았다. 플립플랍 샌들을 신은 그녀는 피부가 까맣고 눈빛이 불안정했으며 엉덩이가 크고 번들번들한 머리칼을 어깨까지 드리우고 있었다. 시장과 미용실에서 흔히 볼 수 있는 여자였다. 세련된 면이 전혀 없어서 나중에 폴을 남들의 웃음거리로 만들 게 뻔했다.

하지만 폴은 그런 여자를 자기 곁에 끌어안고서 아무 미적 취향도 없이 온 사랑을 기울일 것이다.

그 여자가 그가 쓴 소설을 봐줄까? 그가 가난하기 그지없는, 중국에 고립된 작가라는 것을 알고도 그를 버리지 않을까? 나는 그날을 기다리고 있는 걸까? 그가 버림받고 다시 커피숍으로 돌아와 루루가 또 그의 에스프레소에 침을 뱉고 나는 자신의 악독함에 몸서리를 칠 그날을.

마감 시간까지도 비는 그치지 않았다. 나는 빗발치는 폭우 속에서 자전거를 타고 그 다리 밑을 지났다. 내 자신이 정말로 영화 속 로봇 전사처럼 냉담하고 무정해지고 있는 듯했다.

달려,
리리니

怏跑，李麗妮

—

쑤츠츠

□

여러 해 전, 나는 바람 속을 달렸다. 지금도 그 느낌이 생생하게 떠오른다. 귓가에 휙휙 바람소리가 들렸고 파란 가지를 치켜든 나무들이 울부짖으며 내 뒤로 지나갔다. 길은 점점 좁아져서 나중에는 가늘고 긴 헝겊이 되어 발가락에 부드럽게 밟혔다. 들판에는 빨간 야생화가 피어, 달리는 내 눈가에서 불꽃처럼 팔딱였다. 들려오는 소리는 모두 흐릿했고 바람 속에서 순식간에 갈기갈기 찢겨져나갔다. 나는 그 빠르고 파괴적인 느낌에 흥분하여 쉴 새 없이 몸이 흔들리고 피부가 바람에 날렸으며 눈, 코, 입, 귀가 당겨져 변형되었다. 아무것도 명확하게 보이지 않았다. 모든 구체적인 사물들이 각양각색의 모호한 덩어리로 변해 길의 사방과 아래위에서 펄떡펄떡 뛰었다. 나는 땀이 흐르기 시작했지만 피곤하지는 않았다. 그래서 전생에 내가 한 마리 새였으며 크고 힘센 날개가 있었던 것 같았다. 정말로 목적지가 얼마 안 남았을 때, 두껍고 무거운 흰 구름과, 구름 사이로 비치는 찬란한 햇빛이 보였다. 그때 나는 온몸이 하얘진 채 똑같이 희디흰 공기 속으로 뛰어들었다. 내 몸은 가려져 바로 사라졌을 것이다. 물론, 그것은 착각이었다.

지금 나는 창가에 앉아 하얀 러닝화 한 켤레를 들고 있다. 바깥에는 여전히 바람이 불지만 러닝화는 더 이상 내 몸의 일부가 아니다. 나는 꿈틀거리고 있지만 뛰쳐나가 러닝화와 함께 뛰지 못한다. 왜냐하면 부모님이 창 밑에 앉아 있기 때문이다. 그들은 내가 간호대학에 응시했어야만 했는지 이야기하고 있다. 이 러닝화를 나는 벌써 여러 해 신지 못했다. 러닝화에는 몇 군데 기운 자국이 있다. 분필을 두껍게 칠해놓기는 했지만 가볍게 털기만 해도 하얀 분필가루가 바닥에 떨어져 기운 자국 주변의 까만색 땀이 볼품없이 드러나고 만다. 신발창은 아주 얇다. 너무 많이 달려서 결국 애 낳기를 마치고 복부가 홀쭉해진 여자의 얇디얇은 뱃가죽처럼 돼버렸다. 나는 또각또각 소리를 내는 하이힐을 신고 서랍으로 다가가 들고 있던 러닝화를 거칠게 쑤셔 넣었다. 부모님은 아직도 그 이야기를 하고 있었다. 나는 핸드백을 들고 방에서 마당으로 나갔다. 그들은 해바라기 씨를 까먹고 있었다.

"출근할게요."

나는 하이힐에 묻은 기름때를 응시하며 말했다. 부모님은 내가 살랑살랑 걷는 품이 눈에 거슬린다고 잔소리를 했다.

병원에 가서 내 파트너 양훙楊虹을 보았다. 그녀는 목소리가 또렷하고 흥분을 잘 하는 아가씨다. 우리 둘은 불평을 즐기는 입 큰 의사와 같은 의료팀으로 24개 병상의 치료 업무를 맡고 있다. 우리는 줄곧 함께 손발을 맞춰왔는데 웬일로 오늘 그녀의 안색이 좋지 않았다.

"무슨 일 있어?"

내 물음에 그녀는 금세 얼굴이 빨개져서 나를 진료실로 끌고 갔다. 벽에 기댄 그녀의 표정이 불안정해보였다. 나는 또 물었다.

"왜 그러는데?"

그녀가 나를 보며 허둥지둥 말했다.

"리니麗妮, 큰일났어!"

나는 치마에 붙은 밥풀을 손가락으로 퉁기며 말했다.

"대체 무슨 일이야? 좀 찬찬히 말해봐."

뒤죽박죽 떠드는 양훙의 하소연을 듣고 자초지종을 알았다. 점심 투약 시간에 그녀가 조현병 환자의 약을 알코올 의존증 환자에게 잘 못 먹인 것이다.

"그 환자가 누군데?"

그녀가 눈을 부라렸다.

"양전위楊振羽잖아. 우리 환자인데 어떻게 까먹을 수가 있어?"

나도 눈을 부라리며 말했다.

"씨발, 그걸 내가 어떻게 알아? 너는 환자 담당이고 나는 차트 담당이잖아!"

환자를 싫어해서 나는 병실 돌기를 꺼려했고 양훙은 또 서류 업무에 서툴렀다. 그래서 우리는 서로 협정을 맺어 그녀는 병실을 돌며 손톱을 깎아주고, 머리를 빗겨주고, 건강 교육을 했으며 나는 그녀가 병실에서 알아온 환자들의 상태 변화를 차트에 적었다. 사흘마다 차트를 기록하기는 했지만 사실 환자와 차트를 맞춰보지 않은 탓에 나는 내가 관리하는 환자들조차 다 알지 못했다. 양훙의 말에서 중요한 것을 뽑아 기록할 뿐이었다.

나는 두려워하는 양훙을 위로했다.

"별일 없을 거야. 우선 같이 환자를 보러가자."

복도에 나오자마자 건장한 체구의 남자 환자가 벽에서 뭔가를 더듬어 찾고 있는 것이 보였다.

"저 사람인가?"

양홍은 고개를 끄덕였다. 의심할 여지없이 그 환자는 환시를 겪고 있었다. 벽에서 뭔가를 보고 계속 찾았다. 일종의 섬망 상태였다. 환각이 없는 사람도 환각 치료 약물을 복용하면 환각이 나타나곤 한다. 그는 단순 알코올 의존증 환자일 뿐인데도 양홍이 준 약 두 알을 먹고 조현병 증상을 보이고 있는 것이었다. 내가 참지 못하고 키득거리자 양홍은 화가 나서 발을 굴렀다. 얼굴이 온통 새빨갰다.

"리춘리니!"

그녀는 내 코를 가리키며 으르렁거렸다.

"왜 웃는 거야? 내가 쩔쩔매는 게 그렇게 좋아? 어떻게 해야 할지 빨리 생각 좀 해봐!"

나는 억지로 웃음을 참으며 말했다.

"알았어, 알았어, 안 웃을 테니까 흥분하지 마. 다행히 오늘은 주말이고 우리 둘이 당직이잖아. 간부들도 없고. 무서울 게 뭐가 있어? 약은 이미 먹은 거고 목숨이 위험할 일도 없으니까 몇 시간만 지나면 괜찮아질 거야."

양홍은 내 대답이 마뜩치 않은 게 분명했다. 초조하게 두 손을 비비며 말했다.

"하지만 방금 전에 닥터한테서 전화가 왔단 말이야. 오후에 주임이 병동에 온대. 만약 저 환자가 복도에서 벽을 더듬고 있는 걸 보면 난 끝장이라고."

"그러면 환자를 병실에서 못 나오게 해야겠네. 주임이 못 보게 말이야."

그녀는 풀이 죽어 한숨을 쉬며 말했다.

"하지만 병실은 잠글 수가 없잖아. 환자를 잡아놓을 수가 없다고. 만약 저 사람이 뛰쳐나오면 주임이 못 보겠어? 그렇다고 묶어놓을 수도 없고."

나도 조금 걱정이 되었다. 알코올 의존증 환자를 침대에 결박시킬 사유는 없었다. 괜히 그랬다가 주임의 눈에 띄면 의심만 더 살 것이다. 어떻게 해야 하나?

나와 양홍은 복도를 여러 번 왔다갔다했다. 양홍이 갑자기 내 팔을 잡아당기며 말했다.

"그래, 안정제 주사를 놓고 진정시키면 말썽을 못 피울 거야. 어때?"

내가 대답을 하기도 전에 양홍은 진료실에 들어가 주사기로 신경안정제 2밀리미터를 뽑고는 나를 시켜 환자를 병실로 끌고 들어가게 했다. 약간 노란색을 띤 액체가 주사바늘을 통해 천천히 환자의 체내로 들어갔다. 처음에 환자가 몸부림을 치자, 양홍은 침대 위에 반쯤 무릎을 꿇고 구부린 두 다리로 그의 무릎을 밀어붙였고 나는 그의 손목을 힘껏 조였다. 그의 하얀 손바닥이 꽉 오므라들면서 파란 힘줄이 불거져 나왔다. 양홍은 한 손으로 그의 손등 위의 바늘을 누르면서 다른 손으로는 재빨리 주사기의 피스톤을 밀었다. 곧 천천히 그의 손바닥이 풀리더니 마른 낙엽처럼 하얀 침대 시트 위에 축 늘어졌다. 양홍은 주사바늘을 뽑고 면봉으로 바늘자국을 눌렀다. 피부가 까만 그 남자 환자의 커다란 몸뚱이가 침대 속으로 가라앉았다. 그는 두 눈을 감은 채 아무 기척도 없었다.

나는 병실을 나와 차가운 물에 여러 차례 손을 씻은 뒤, 간호 데스크의 창가에 앉아 손이 마르기를 기다렸다. 두 손을 창문의 철망 위로 높이 치켜 들었다. 빽빽한 철망에 바깥 세계가 조각조각 잘려 보였다. 한 여자아이가 아래층의 낙엽 위에 서 있었는데 엄마가 손바닥으로 세게 아이의 머리를 쳤다. 여자아이의 울음소리가 병원 안에 쟁쟁하게 메아리쳤다. 차가운 물이 한 방울씩 내 손가락에서 소매 속으로 미끄러져 내려와 가슴께에 고인 뒤, 천천히 단단한 얼음덩이로 맺혔다.

"그 환자, 별일 없겠지?"

내 목소리는 녹슨 자명종 소리처럼 답답하고 뚝뚝 끊겼다.

"염려 마, 안 죽을 테니까. 한숨 푹 자고 일어나면 말짱할 거야."

양훙은 손을 닦으며 돌아보지도 않고 말했다.

중간에 불안해서 자고 있는 환자에게 다가가 몇 번 바이탈 사인을 체크했다. 다행히 상태는 안정적이었다. 양훙이 내 어깨를 치며 말했다.

"리니, 걱정 말라니까."

나는 창밖의 조각조각 갈라진 먹구름을 보고 있었다. 그것들은 희미하면서도 음험하게 떠다니고 있었다.

"우리, 천벌 받지는 않을까?"

불쑥 물어보자 양훙이 등 뒤에서 차갑게 말했다.

"우리는 진즉에 천벌을 받고 있거든. 누구나 천벌을 받으며 살고 있다고. 나는 안 무서워."

말을 마치고서 그녀는 힘껏 차트를 덮었다. 하얀 철제 표지가 데스크 위에서 빛나고 있었다.

우리는 늘 잘못을 했다. 약을 잘못 주고, 체온표를 잘못 쓰고, 주사기를 깨뜨리고, 환자끼리 얼굴에 물을 끼얹는 것을 막지 못했다. 우리는 의기소침했고 새 잘못으로 지난 잘못을 덮었다. 간호사들은 모두 맥이 빠진 채 병동에서 거친 말투로 짜증스럽게 환자의 이름을 불러댔다. 게다가 삼교대로 근무하는 바람에 밤낮의 구분이 없어서 저마다 수면제에 의지해 정상적인 생활 리듬을 유지해야 했다. 그래야 환자들에게 영향을 안 받을 수 있었다.

나는 이제껏 부모님에게 이런 얘기를 한 적이 없었다. 우리 셋이 식탁 앞에 둘러앉아 김이 모락모락 나고 기름기가 도는 음식을 마주했을 때, 나는 이상한 냄새를 맡았다. 그것은 스스로를 못 챙기는 환자에게서 나는 악취였다. 내가 조심스레 밥알을 집어 씹을 때 엄마 아빠는 끝나지 않을 이야기를 나누고 있었다. 저녁 식사를 하며 내 삶의 새로운 계획을 짜는 것이 그들의 습관이었다. 영어학원 시험이나 간호대학, 자격증 혹은 맞선 같은 것들이었다. 나는 몰래 텔레비전을 보고 있었다. 마침 여자 장거리 경주가 방영되는 중이었다. 선수들은 힘찬 사슴 같았고 탄탄한 근육이 리드미컬하게 떨렸다. 그녀들은 두 팔을 흔들며 도로의 하얀 선 위를 흥분한 음표처럼 격렬하게 뛰고 있었다. 나는 지금 내가 그들 사이에 있다면 우승은 내 것임을 추호도 의심하지 않았다. 그때 한 여자 선수가 벌써 결승선에 닿았고 주변의 관중들이 모두 일어나 박수를 쳤다. 내가 피곤해하며 밥그릇을 놓고 일어서자 엄마가 말했다.

"조금 더 먹어."

나는 고개를 흔들고 내 방으로 들어갔다.

잠겨 있던 서랍을 열었다. 그 안에는 하얀 러닝화 한 켤레 외에도 누렇게 바랜 종이 뭉치와 수첩이 있었다. 종이는 모서리가 다 말려 있었고 그 위에 찍힌 글씨는 이미 흐릿해지기 시작했다. 그 종이 뭉치는 내 상장들이었다. 초등학교 상장부터 고등학교 상장까지, 또 교내 대회 상장부터 성급 대회 상장까지 모두 '리리니' '장거리' '우승', 이 세 단어가 똑같이 찍혀 있었다. 나는 내가 전국대회 상장도 탈 수 있고 심지어 여러 장을 탈 수도 있었다는 것을 알고 있었다. 그것은 예상 가능한 일이었는데도 여전히 나를 흥분시켰다. 나는 매일 쉬지 않고 달렸다. 꿈속에서도 달리기를 멈추지 않았다. 엄마 아빠가 강제로 나를 간호대학에 다니게 했을 때까지. 달리기를 빼고는 난 아무것도 할 줄 아는 게 없었다. 수첩을 폈다. 그 안에는 내가 병원에서 일 년 동안 일하며 저지른 잘못들이 빽빽하게 적혀 있었다. 그중의 절대 다수는 간부가 눈치 채지 못했다. 하지만 동료들은 알고 있었다. 그녀들은 참여자이고 우리는 서로 비호하는 입장이었다. 그리고 몇 가지는 나만 알고 있는 것들이었다. 그것들을 왜 일일이 적었는지는 나도 잘 몰랐다. 적으면서 교훈을 얻지도, 부끄러움을 느끼지도 않는데 말이다. 아무래도 그냥 습관인 것 같았다. 나는 오늘 있었던 일도 상세히 적었다. 약을 잘못 먹인 것과, 안정제 주사를 놓은 것과, 환자가 그림자처럼 이리저리 비틀대던 것까지. 그러고서 수첩을 덮고 서랍을 잠근 뒤 불을 끄고 잠을 자기 시작했다.

우리 과에서 나는 일처리가 빠르기로 공인받은 간호사였다. 트레이를 들고 뛰어다니며 환자들에게 주사를 놓았고, 카트를 밀고 가서 약을 받아왔다. 아래층, 위층에서 내가 쿵쿵쿵, 뛰어다니는 소리가 늘 울리곤 했다. 수간호사와 동료들은 모두 내가 굳이 그럴 필요가 없다고 생각했다. 정신과는 응급실과 달라서 공기의 흐름조차 느리다는 것이

었다. 수간호사는 내가 약간 정력 과잉이라고 생각해 환자들을 운동
시키는 일을 맡겼다.

건물 밖의 넓은 콘크리트 광장은 사방이 다 높은 담장이었다. 간호
사 한 명이 하나밖에 없는 출구를 지키고 나는 환자들을 줄 세웠다.
광장은 절반은 햇빛이 비치고 절반은 어둑어둑했다. 나는 대열의 맨
앞에 서서 그들을 리드해 뛰기 시작했다. 한 바퀴, 두 바퀴가 지나면
서 환자들의 걸음이 느려지며 낙오자가 생기기 시작했다. 세 바퀴가
됐을 때 긴 머리의 여자 환자가 계속 내 옆에서 뛰고 있는 것을 발견
했다. 그녀는 전혀 힘들지 않은 듯 호흡이 흔들리지 않았다. 그녀의 이
름을 몰랐다. 하긴 내가 잘 아는 환자는 한 명도 없었다. 그런데 이 여
자는 어떻게 이처럼 수월하게 나를 따라오고 있는 걸까? 무의식중에
속도를 높였다. 하지만 그녀는 나를 안 보고도 재빨리 속도를 조정해
뒤로 처지지 않았다. 나는 속으로 놀라서 숨을 한 모금 꾹 참고 힘껏
앞으로 튀어나갔다. 귓가에 바람소리가 들리기 시작했다. 하지만 그녀
의 긴 머리는 계속 바람에 날려 내 눈앞에 어른거렸다. 크게 팔을 휘
저으며 나는 그녀의 뺨이 빨갛게 물들어가는 것을 보았다. 그래도 그
녀는 여전히 내 오른쪽에서 뛰고 있었다. 이런 강적을 만난 적이 없었
다. 그렇다, 나는 이미 그녀를 적수로 인정했다. 이제껏 경주에서 나를
이토록 세게 몰아붙인 사람은 없었다. 벌써 몇 바퀴를 돌았는지 모르
는데도 우리는 줄곧 어깨를 나란히 하고 뛰고 있었다. 그녀의 속도와
인내심은 놀랄 만했지만 나를 넘어서는 것은 불가능했다. 그녀의 꽉
조여진 몸과 점점 짧아지는 호흡 그리고 무거운 발자국 소리가 내게
그것을 알려주었다. 하지만 마찬가지로 나 역시 그녀를 넘어서는 것은
불가능했다. 단 한 발자국이면 승부가 날 것 같았지만 나는 이미 한계

에 다다라 있었다. 처음에는 놀랍고 믿을 수 없어 어쩔 수 없이 승부를 겨루려 했던 나는 결국 마음이 평온해졌다. 우리는 서로 약속이라도 한 듯 보조를 맞추며 계속 달렸다. 수간호사가 건물 위에서 고함을 빽 지를 때까지.

"리리니, 아직도 뛰고 있는 거야? 빨리 환자들 데리고 올라와서 약 먹여!"

우리는 동시에 걸음을 멈췄다. 환자들은 모두 계단에 앉아 우리를 구경하고 있었다. 나는 그녀를 훑어보았다. 헐떡이고 있는 그녀는 눈이 작고 나와 나이가 비슷해보였다. 나는 그녀를 향해 웃었고 그녀도 답례로 미소를 지었다. 이윽고 나는 환자들을 데리고 병동으로 돌아갔다.

간호 데스크로 돌아가 그녀의 차트를 들춰봤다. 전날 저녁 복지국에서 데려와 입원시킨 환자였다. 거리에서 나체로 뛰어다녔다고 했다. 나이도, 주소도 없었다. 그녀는 자기가 왕씨인 것만 알아서 차트에 '왕 아무개'라고 적혀 있었다. 차트를 덮었다. 정체불명의 그 여자 환자가 어째서 그렇게 달리기를 잘하는지 궁금했다. 나는 그녀와 이야기를 해보기로 결심했다.

양훙이 그녀를 병실로 데리고 들어왔고 나는 창가에 기대 그녀를 바라보고 있었다. 그녀는 들어오자마자 침대에 앉아 두 손을 뒤로 뻗어 침대 가장자리를 붙잡고는 두 다리를 계속 서로 부딪쳤다. 그녀는 나를 보지 않고 사방을 두리번거렸다.

"이름이 뭐예요?"

그녀는 고개를 들고 나를 보더니 헤벌쭉 웃었다.

"왕씨에요."

"성 말고 이름 말이에요."

"왕씨에요, 왕씨."

그녀는 고개를 숙이고 손가락을 만지작거리면서 되풀이해 말했다.

"그러면 사는 데는 어디예요?"

그녀는 말없이 고개를 흔들었다.

나는 그녀의 드러난 피부 곳곳에 크고 작은 상처 자국이 있는 것에 주목했다. 어떤 것은 이미 딱지가 졌고 또 어떤 것은 아직 선홍색이었다.

"가족은 있나요?"

그녀는 머리도 안 들고 계속 고개만 흔들었다. 나는 인내심을 잃어갔다. 확실히 그녀는 정신착란으로 거리를 방황하는 정신병자였다. 아무것도 몰랐고 자기가 달리기를 잘한다는 것조차 의식하지 못할 것 같았다. 내가 문가로 다가가 이 대화를 마치려 할 때였다. 갑자기 그녀가 침대 위에서 뛰어내려 내 등에 대고 소리쳤다.

"나는 장거리 챔피언이야. 나는 달려야 해, 달려야 한다고!"

나는 뒤돌아섰다. 몸에 어떤 신비한 힘이 주입된 듯 그녀는 이를 악문 채 두 눈을 불태우며 제자리에서 발을 구르고 두 팔을 휘저었다. 마치 스타트를 준비하는 육상선수 같았다.

나는 즉시 달려가 그녀의 어깨를 눌렀다.

"그게 무슨 소리죠?"

그녀의 눈은 내 어깨를 넘어 앞쪽을 응시하고 있었고 몸은 계속 버둥거리며 동작이 갈수록 커졌다.

"나는 달려야 해, 달려야 해. 나보고 달리라고 그랬어, 멈추면 안 돼. 난 장거리 챔피언이야, 아무도 날 못 이겨, 나는 달려야 한다고……"

두서없는 그녀의 말은 갈수록 격앙되었다.

"누가 달리라고 그랬죠? 장거리 챔피언이라는 게 무슨 말이에요? 어디로 달려가려는 거예요?"

나와 그녀의 목소리가 시끄럽게 뒤섞였다. 그녀는 소리 지르며 크게 걸음을 내디뎠다. 내가 앞을 가로막자 그녀는 한쪽 다리는 앞에, 한쪽 다리는 뒤에 둔 채 허리를 숙이고 어깨로 힘껏 내 명치를 떠받았다. 나는 소리를 질러 남자 간병인을 불렀다. 결국 그들이 달려와 팔다리를 버둥대는 그녀를 침대에 묶었다. 나는 떠받혀서 시큰대는 가슴을 어루만지며 병실을 나왔다. 그것은 내 첫 번째 병실 점검이었지만 결국 왕씨 아가씨의 처절한 비명소리로 끝났다.

잠들기 전, 침대에 누워 낮에 있었던 일을 떠올렸다. 왕씨 아가씨의 그림자가 머릿속에 떠올랐고 그녀가 달리는 모습이 점차 내 모습과 겹쳐졌다. 눈을 감았는데도 그 영상은 집요하게 꿈속까지 이어졌다. 우리는 끝없는 벌판에서 서로 쫓고 쫓기듯 나란히 뛰고 있었고 발소리와 심장 뛰는 소리만이 적막한 대지를 울렸다. 날이 밝아 꿈에서 깨어났을 때 나는 온몸이 욱신거리는 것을 느꼈다.

그런데 그 모든 것은 단지 꿈속에만 존재하는 것이 아니었다. 낮에 나는 또 환자들을 데리고 달리기를 했으며 마지막에 남은 사람은 역시 나와 왕씨 아가씨였다. 우리는 한 바퀴 또 한 바퀴 오동나무를 지나 광장을 돌았다. 햇빛이 나뭇잎 사이로 쏟아져 얼룩덜룩한 그림자가 우리의 몸에 녹색 낙인을 찍었다. 나는 몰래 그녀를 주시했다. 그녀는 달릴 때는 온 정신을 집중한 채 먼 곳에 시선을 두었다. 마치 뭔가가 그녀를 부르고 있고 그래서 지치지도 않고 달리는 것 같았다. 나는 그녀가 지금 환청을 듣고 있는 것인지 아닌지 잘 몰랐지만 나 자신은 달리면서 여러 번 "달려!"라고 누군가 외치는 소리를 어렴풋이 들었다. 멈추지는 않고 황급히 사방을 둘러보았지만 별일은 없었다. 환자들이 바보같이 웃으며 계단에 앉아 우리가 달리는 것을 구경하고 있었다. 나와 그녀는 이미 은밀히 맺은 약속을 충족시켰다. 스무 바퀴에 이르면 나는 멈추라고 소리를 질렀고 달리기는 그렇게 끝나곤 했다. 그녀가 병원에 온 지 벌써 한 달이 지났고 달리기는 어느새 우리 둘만의 놀이가 되었다.

간호 데스크 안쪽에 직원들이 빽빽이 서 있었다. 하지만 아무도 입을 열지 않아 창밖에서 거센 바람이 나뭇가지를 후려치는 소리만 선명하게 들렸다. 주임이 침울한 표정으로 말했다.

"모두 방금 왕씨 환자의 상태를 확인했지?"

내 마음속에서 "예" 하고 모기 울음 같은 소리가 흘러나왔다. 왕씨 아가씨의 혈색을 잃은 오른발이 썩은 나무토막처럼 침대 위에 놓여 있었다. 그리고 지저분한 결박대 하나가 바닥에 떨어져 있었는데 그것은 내가 퇴근 전 남자 간병인을 시켜 그녀의 발을 묶게 한 것이었다. 그녀가 쉬지 않고 병동 안을 마구 뛰어다니는 바람에 의사는 내게 그녀를 묶어두라고 했고 나는 그 일을 또 남자 간병인에게 지시했다. 하지만 그가 그렇게 세게 묶을 줄은 몰랐다.

주임이 목소리를 깔고 말했다.

"며칠 있으면 의료안전검사팀이 병원에 오니까 잘 생각해줘."

주임이 자리를 뜨고 나서 직원들은 저마다 의견을 내놓으며 떠들기 시작했다. 나는 혼자 진료실에 들어가 벽에 등을 기댔다. 이것은 분명히 의료 사고였다. 또 가장 책임이 큰 사람은 나였다. 나는 왕씨 아가씨가 묶인 상태를 제대로 안 살피고 낮 근무자인 양홍에게 언질만 해놓았다. 이어서 양홍과 밤 근무 간호사도 똑같은 잘못을 저질러, 혈액 순환 장애로 인한 왕씨 아가씨의 오른발 괴사를 초래했다. 나는 두 다리가 풀리고 머리가 어지러웠다. 등 뒤의 벽이 얼음처럼 차가웠고 이마에서 땀이 배어나왔다. 그때 양홍이 진료실에 들어와 창백한 표정으로 나를 보며 말했다.

"리니, 이 일을 어떡하지?"

나는 괴롭게 고개를 흔들며 밖으로 나갔다. 마침 수간호사가 역정을 내고 있었다.

"내가 몇 번이나 얘기했잖아, 근무할 때는 책임감을 갖고 집중하라고! 모두 들은 척도 않고 온종일 실수만 해대더니 이렇게 큰 사고를 치고 말았어. 모두 톡톡히 반성해야 해! 하지만 이 일은 우선 밖에 새 나가면 안 돼, 검사팀이 곧 병원에 올 테니까. 만약 그 사람들이 알면 우리 과뿐만 아니라 병원 전체가 발칵 뒤집힌다고. 다들 잘 알아들었지?"

직원들은 모두 풀이 죽어 모깃소리로 답했다.

나는 유리창 밖에 서서 왕씨 아가씨를 보고 있었다. 그녀는 침대에 누워 눈을 크게 뜨고 천장을 응시하다가 두 손으로 오른발을 위로 들었다. 그러나 무릎 아래쪽은 무거운 추를 단 듯 꼼짝도 하지 않았다. 그녀가 몇 번이나 시도했지만 그녀의 오른발은 조금 들썩이다가 다시 무겁게 떨어졌다. 괴사된 발이 바위처럼 쿵쿵 용수철 침대를 쳤다. 그 소리가 너무 커서 나는 귀를 막고 도망쳤다.

나는 다시 달리기를 시작했다. 단지 옆의 한 사람이 빠졌을 뿐이었다. 다른 환자들은 여느 때처럼 내 뒤로 처졌으며 옆의 빈 공간은 어둡고 바람소리조차 사라졌다. 오직 내 무거운 숨소리만 들렸다. 심장이 갑자기 조여들어 겨우 두 바퀴를 돌았을 뿐인데도 벌써 목이 밧줄에 걸린 듯 숨이 쉬어지지 않았다. 나는 걸음을 멈추고 계단 위에 주저앉았다. 내 오른발을 응시하며 왕씨 아가씨를 떠올렸다. 천천히 그 발에 마비가 오기 시작했다. 너무 오래 앉아 있었기 때문인지 일어났을 때는 이미 오른발이 움직여지지 않았다. 나도 그녀처럼 오른발을 잃게 되면 어쩌나? 무서워서 더 생각할 수 없었다. 달리기에 열광하는 사람에게 그런 가정은 언제나 피해야만 하는 것이었다. 하지만 왕씨 아가씨의 오른발이 괴사된 것은 엄연한 사실이었고 그것은 나를 말할 수 없이 괴롭게 만들었다.

병동으로 돌아갔을 때 양훙이 나를 구석으로 끌고 가 말했다.

"리니, 이 일은 여러 사람과 관련이 있어. 너 한 사람의 책임이 아니니까 너무 염려하지 마. 또 희소식이 하나 있어. 수간호사가 그러는데 주임이 벌써 복지국에 연락을 해서 검사팀이 오기 전에 그 왕씨 환자를 돌려보낸대. 그러면 한동안은 우리가 처분당할 일은 없을 거야."

그 말을 듣자마자 나는 그녀에게 물었다.

"그 사람 오른발은 어쩌고? 치료를 못 받으면 다리 전체를 절단해야 하는데."

양훙은 의아한 눈초리로 나를 보았다.

"그게 너랑 무슨 상관이야? 지금은 검사팀을 상대하는 게 중요해. 수간호사가 그랬다고. 모두 비밀을 엄수하라고, 발설해서는 안 된다고 말이야!"

나는 초조하게 서성이며 생각하다가 말했다.

"안 돼, 왕씨 환자를 내보내서는 안 돼. 치료를 지체하면 오른발뿐만 아니라 다리 전체를 잘라내야 해. 아예 일어설 수 없게 된다고."

양홍은 안달이 나서 목소리를 높였다.

"야, 왜 이러는 거야? 너 전에는 안 이랬잖아. 언제 이렇게 사람이 착해진 거야? 우리는 지금 자기 자신도 보전하기 어렵게 됐다고. 왕씨를 안 내보내면 진짜 큰일이 터진단 말이야!"

나는 양홍이 말을 마치기를 조용히 기다리고 있다가 그녀의 손을 잡고 진지하게 말했다.

"양홍, 아무리 생각해도 그러면 안 돼. 전에 우리는 많은 잘못을 저질렀지. 요행히 전부 드러나지 않았고. 하지만 이번만은 달라. 만약 우리가 그렇게 내보내면 왕씨는 앞으로 어떻게 될까? 나는 착한 사람은 아니지만 이번 상황은 달라. 그 아가씨가 다리를 잃게 만들 수는 없다고. 그렇게 되면 나는 영원히 내 자신을 용서할 수 없을 거야. 내 말 알아듣겠어?"

양홍은 멍하니 나를 보고 있다가 허탈한 미소를 지었다.

"리니, 나는 네가 무슨 생각을 하는지 잘 모르겠어. 하지만 어쨌든 네 편이 돼줄 수는 없어. 이 일은 내가 결정할 사안이 아니기도 하고. 미안해."

말을 마친 뒤 그녀는 내 손에서 자기 손을 빼고는 돌아서서 가버렸다.

나는 벽에 기댄 채 홀로 복도에 서 있었다. 전구가 망가져 발밑이 온통 어둠이었다. 잘못 밟았다가 그 어둠이 사람 같은 소리로 울부짖을까봐 함부로 걸음을 옮길 수 없었다. 나는 왕씨 아가씨의 병실도 함부로 쳐다볼 수 없었다. 그녀는 내게 착각을 불러일으켰다. 내가 바로 그녀이고 곧 오른발을 잃을 사람 같았다. 가능하다면 그녀를 대신하고 싶었지만 내게는 그럴 기회가 없었다. 집에 돌아가서 장거리육상팀에 있을 때 가장 즐겨봤던 영화 「포레스트 검프」를 찾아내 틀어보았다. 주인공의 맹목적인 질주를 반복해 보다보니 갑자기 눈물이 철철 흘렀다. 꿈속에서는 검은 밤이 끝없이 이어졌고 한쪽 다리만 남은 사람이 껑충껑충 뛰고 있었다. 그는 꽤 높이 뛰었지만 빛이 있는 곳에는 영원히 닿지 못했다. 그렇게 한밤을 꼬박 악몽을 꾸고서 나는 깨어났고 곧장 수첩을 갖고 병원으로 갔다.

문 밖에서 한참을 기다렸다. 수첩을 쥔 손바닥에 땀이 흥건했다. 주임이 끝도 없이 전화를 받고 있는 바람에 나는 인내심을 잃고 문을 밀고서 안으로 들어갔다.

"우嗚 국장님, 그 왕씨 환자 일은 정말 감사합니다. 오늘 저녁, 화위안花園호텔 레스토랑 18번 룸으로 꼭 와주십시오!"

주임은 전화를 받으면서 미심쩍은 눈초리로 나를 보았다. 나는 그가 하는 말을 들었을 때 당장 달려들어 전화기를 부수고 싶었지만, 실제로는 제자리에 선 채 수첩을 꽉 움켜쥐었을 뿐이었다. 주임이 드디어 수화기를 내려놓고 내게 물었다.

"리 간호사, 무슨 일이지?"

나는 침을 꿀꺽 삼키고 황급히 말했다.

"주임님, 왕씨 환자의 사고와 관련해 제 잘못을 실토하러 왔습니다. 주된 책임은 저한테 있어요. 당시 환자를 묶을 때 저는 그 자리에 없었고 나중에 그녀의 혈액순환 상태도 체크하지 않았……"

주임은 눈썹을 찡그리며 손사래를 쳐 내 말을 끊었다.

"그 일은 나중에 얘기하자고. 지금은 자기 잘못을 얘기할 때가 아니야. 검사팀이 곧 오니까 빨리 준비 업무를 해야 된다고. 우선 돌아가서 일이나 해."

하지만 나는 자리를 뜨지 않고 계속 말했다.

"주임님, 저는 지금 제 잘못을 얘기해야만 해요. 그리고 저를 처분해주세요!"

주임은 어안이 벙벙해져 내게 물었다.

"리 간호사, 그게 무슨 말이지?"

나는 허리를 쭉 펴고 말했다.

"주임님, 왕씨 환자를 내보내기로 결정하셨나요?"

주임이 빤히 나를 쳐다보다가 말했다.

"그건 왜 물어보는 거지?"

나는 계속 캐물었다.

"정말 왕씨 환자를 내보내시려고요? 만약 지금 병원에서 치료를 받지 못하면 그녀는 다리를 통째로 절단해야 될 거예요."

주임은 또 손사래를 치며 말했다.

"리 간호사, 남들이 멋대로 하는 말을 믿지 말라고. 그 환자 일은 나도 생각이 있으니까 너무 신경 쓰지 말고 가서 자기 할 일이나 해."

나는 개운치 않은 마음으로 주임실을 나왔다. 계단참에 서서 수첩을 꼭 쥐고 스스로에게 되풀이해 물었다.

'어떡하지? 설마 여기서 그만둬야 하나? 양훙이 내게 거짓말을 할리가 없어. 저 사람들은 틀림없이 그녀를 내보낼 거야. 안 돼, 가서 주임과 확실히 얘기를 해야 해. 그녀를 남게 해달라고 부탁해야 해.'

나는 다시 돌아서서 주임실로 갔다. 그리고 문 앞에서 심호흡을 하며 마음을 진정한 뒤 또 노크를 하고 안으로 들어갔다.

나를 보고 주임은 의아해하며 조금 성가신 듯 물었다.

"왜 아직 안 돌아간 거야?"

완곡히 얘기할 생각이었지만 내 입은 또 그 말을 내뱉고 있었다.

"주임님, 왕씨 환자를 내보내시면 안 돼요."

주임이 벌떡 일어나 화를 내며 말했다.

"아니, 대체 왜 이러는 거야? 벌써 얘기했잖아, 이 일은 자네와 아무 상관없다고. 괜히 끼어들지 말고 자기 할 일이나 해. 자네는 상하 관념도 없나? 어떻게 상관이 하는 말을 전혀 염두에 두지 않지?"

나는 멍하니 제자리에 서 있었다. 어떤 느낌이 나를 괴롭히고 있었다. 병원에 온 첫날부터 숨 막히는 더러운 공기와 이리저리 흔들리는 사람들의 그림자 그리고 사방에 흘러넘치는 붉은 피가 내 머릿속에서 덜그럭덜그럭 소리를 냈다. 아무리 힘껏 떨쳐내려 해도 나는 그것들로부터 벗어날 수 없었다!

나는 불쑥 주임에게 다가가 소리쳤다.

"안 돼요! 그녀를 내보내면 안 된다고요!"

말을 마치고 우리는 조용히 대치했다. 나는 내가 지른 외침에 놀라 넋을 잃고 있었다.

주임이 사나운 표정으로 말했다.

"자네는 병원의 방침을 따라야 해. 그 심각한 결과를 자네는 책임질 수 없어!"

나는 조용히 고개를 흔들었다.

"하지만 저는 제 잘못을 책임지고 싶습니다. 설마 그래도 안 되는 건가요?"

주임은 잠시 생각하다가 갑자기 웃으면서 부드럽게 말했다.

"자네는 잘못이 없어, 책임질 필요도 없고. 우리 과가 이번 검사를 무사히 통과하면 어떤 처분도 받지 않을 거야."

나는 또 고개를 흔들었다. 주임의 얼굴에서 천천히 미소가 사라졌다. 그는 매섭게 나를 노려보다가 별안간 책상을 치더니 문을 박차고 밖으로 나가버렸다.

나는 주임실을 나와서 병동 문 앞으로 갔다. 그리고 부들부들 떨리는 손으로 열쇠를 꺼내 그 철문을 열고 안으로 들어갔다. 간호사 몇명이 나를 둘러싸고 물었다.

"방금 주임을 찾아갔었어?"

나는 무표정한 얼굴로 고개를 끄덕였다.

"왜 찾아간 건데?"

나는 힘없이 고개만 흔들고 아무 말도 하지 않았다.

"말해, 빨리 말하라고!"

그녀들은 일제히 입을 열어 나를 채근했다. 나는 중얼거리듯 말했다.

"주임한테 나를 처분해달라고 했어. 왕씨 환자를 내보내지 말아달라고 했고."

그녀들은 기름 솥에 떨어진 물방울처럼 일시에 떠들썩해졌다.

"리니, 머리가 어떻게 된 거 아냐? 지금 터진 일로도 아직 부족한거야? 네가 처벌을 자청하고 그 환자를 남긴다고 해서 우리한테 좋은게 뭐가 있어? 검사팀이 와서 조사하면 우리는 다 강등감이라고! 지금은 힘을 합쳐 검사팀에 대응해야 해. 병원 내부에서 처리하면 기껏해야 경고나 벌금 몇 푼이라고. 하지만 검사팀이 와서 위생국에 보고해버리면 병원은 우리를 보호해주고 싶어도 보호해줄 수 없어. 어서 그 왕씨 환자를 내보내야 해. 그게 병원, 우리 과, 또 우리 모두한테 가장 좋은 선택이야. 어쨌든 그 환자는 집도 없고 정신에 문제도 있으니까 그냥 내보내면 누가 와서 시비를 걸 일도 없을 거야……"

고개를 숙인 채 그녀들이 앞 다퉈 설득하는 말을 듣고 있으려니 머리가 윙윙 울리고 다리에 힘이 풀렸다. 어디라도 가서 앉아 쉴 작정으로 사람들을 헤치고 빠져나가려 할 때, 돌연 누가 내 손목을 틀어쥐었다. 내가 병원에 막 왔을 때 나를 붙잡고 일을 가르쳐준 장張 언니였다. 그녀는 거의 애원하듯 내게 말했다.

"리니, 이번 사고로 네가 마음이 괴롭다는 건 알아. 하지만 일을 넓은 시각으로 봐야지 감정에 휩쓸리면 안 돼. 잘 생각해보라고. 이번 사고의 책임자는 너뿐만이 아니야. 우리도 책임이 있다고. 그런데 네가 이런 식으로 나오면 우리는 어쩌니?"

나는 정말 장 언니를 안고서 엉엉 울고 싶었다. 그리고 그녀들에게 말하고 싶었다. 내가 얼마나 달리기를 사랑하고 간호 일을 싫어하며 계속 못 달리게 되는 것을 두려워하는지. 그래서 또 내가 얼마나 양심의 가책을 느끼고 왕씨 아가씨의 다리를 지키고 싶어 하는지. 하지만 나는 한 마디도 할 수 없었다. 아니, 두려워서 하지 못했다. 그녀들은 결코 생각을 바꿀 리가 없으므로 괜히 그런 말을 해봤자 나만 더 절망하게 되기 때문이었다. 나는 매일 함께 시간을 보내는 동료들의 얼굴을 차례로 돌아보았다. 그녀들은 기대에 찬 눈빛으로 나를 바라보고 있었다. 결국 나는 몰래 혀를 깨물고 그 짜릿한 아픔 속에서 장 언니의 손을 뿌리친 뒤 뒤도 안 돌아보고 병동을 빠져나왔다. 그렇게 대단한 사람이라더니, 가장 환자를 아끼는 간호사라더니 다 위선이었어! 철문이 등 뒤에서 닫혔는데도 그녀들의 목소리가 여전히 생생하게 들렸다. 나는 벽에 손을 짚었다. 서 있기도 힘들어서 그 자리에 쓰러져 한숨 자고만 싶었다. 하지만 더 중요한 일이 기다리고 있기에 나는 손 안의 수첩을 힘껏 쥐고 천천히 아래층으로 내려갔다.

원장은 온화한 외모의 노인이었다. 그는 예의 미소 띤 얼굴로 일어나 내게 자리를 권했고 나는 두려워하며 앉았다.

"리 간호사, 무슨 일이죠?"

나는 잠시 숨을 고른 뒤 전후 경과를 줄줄이 이야기했다. 원장은 미소 띤 얼굴로 계속 고개를 끄덕였다.

"당신은 좋은 간호사로군요."

그는 따뜻한 어조로 내게 말했다.

"아니에요! 저는 좋은 간호사였던 적이 없어요!"

나는 수첩을 정중히 그 앞에 내려놓았다.

"이건 제가 일 년 넘게 병원에서 저지른 잘못이에요. 저는 간호사로서 자격 미달이니 부디 처벌해주세요. 하지만 왕씨 환자는 절대로 내보내면 안 돼요! 원장님, 제발 부탁이에요!"

원장은 부드럽게 내 어깨를 다독이며 말했다.

"리 간호사, 울지 말아요. 젊은 사람이 자기 잘못을 알고 고치는 것은 훌륭한 일이에요. 나는 이번 일을 교훈 삼아 당신이 앞으로 더 우수한 간호사가 될 것이라고 믿습니다. 어쨌든 우선은 돌아가서 일을 하는 게 좋겠어요. 업무에 지장이 있으면 안 되니까요. 왕씨 환자 일은 우리가 자세히 의논해보겠습니다. 알겠죠?"

원장의 눈빛은 차분하고 진실했다. 나는 조금 마음이 놓여 고개를 끄덕였다. 그의 방을 나오면서는 꾸벅 허리를 숙였다.

과 사무실로 돌아오니 분위기가 무척 무거웠다. 동료들은 모두 이상한 눈빛으로 나를 보았고 아무도 내게 말을 걸지 않았다. 그녀들이 나를 멀리하는 바람에 어떤 의료 업무에도 낄 수 없어 나는 왕씨 아가씨의 병실로 피신할 수밖에 없었다. 그녀는 침대에 누워 링거를 맞고 있었다. 약물이 점적기 안에 뚝뚝 떨어졌고 똑딱똑딱 흔들리는 시계추는 마치 곧 폭발할 시한폭탄 같았다. 그녀가 갈라진 입술을 삐죽 내밀어 내게 웃음을 지어보였다. 나는 침대 가에 앉았다.

"리 간호사님, 요 며칠 달리기하는 데에 왜 저를 안 데리고 나갔어요?"

나는 억지로 웃으며 말했다.

"밖에 비가 와서 모두 달리기를 못했어요."

"아, 그랬군요."

그녀는 고개를 끄덕였다.

"그러면 며칠 있다 날이 개면 저를 데리고 나가주세요."

"알았어요. 꼭 그럴게요."

왕씨 아가씨는 눈을 감았고 나는 창밖을 바라보고 있었다. 하늘에 연노란빛 구름이 떠다니고 밑에서는 아이들이 술래잡기를 하고 있었다. 잠시 후, 그녀가 잠든 줄 알고 막 나가려는데 그녀가 번쩍 눈을 뜨고 내게 말했다.

"나는 쉬지 않고 뛸 거예요, 뛰어서 세계 각지를 다닐 거예요. 그러면 엄마 아빠가 나를 보고 집에 데려가겠죠. 엄마 아빠는 꼭 나를 알아볼 거예요. 그렇죠, 리 간호사님?"

나는 그녀를 등진 채 감히 돌아서지 못했다. 고개를 들고 촉촉해진 눈가가 마르기를 기다려 큰 소리로 말했다.

"당연하죠! 그때 나도 옆에서 같이 뛸게요. 부모님은 틀림없이 당신을 볼 거예요. 그리고 너무나 기뻐하시겠죠!"

왕씨 아가씨는 웃었다. 그 웃음에 침대 전체가 부르르 떨렸다.

오전 근무가 끝났을 때 수간호사가 찾아와 내게 휴가를 주기로 했다고 말했다. 전에 초과 근무를 휴가 며칠로 바꿔 신청할 때는 번번이 거절해놓고 갑자기 이렇게 휴가를 가라니. 나는 불안한 마음이 들어 그녀에게 물었다.

"왜 지금 휴가를 가라는 거죠?"

수간호사는 미소를 지으며 말했다.

"리니, 윗분들은 다 네게 관심을 갖고 있어. 이런 일이 생겨서 요즘 너, 심리적 스트레스가 이만저만이 아니잖아. 그래서 집에서 며칠 푹 쉬고 오게 해달라고 우리가 건의했지."

나는 곧장 그녀에게 물었다.

"그러면 왕씨 환자의 일은 어떻게 하고요?"

"걱정할 필요 없어. 원장님이 벌써 지시를 내리셨으니까. 왕씨 환자는 내일 외과로 넘어가 치료를 받을 거야. 호전될 때까지 쭉."

"정말요?"

수간호사는 내 어깨를 토닥토닥 두드리며 말했다.

"내일은 안심하고 집에서 쉬어. 어쨌든 나도 명색이 수간호사인데 왜 너를 속이겠니?"

나는 거의 펄쩍펄쩍 뛰며 간호 데스크를 나왔다. 뭐라 말할 수 없이 마음이 가벼웠다. 식당으로 가는 길에 콧노래를 흥얼거리기도 했다. 내가 결국 그들을 설득했어, 원장님은 정말 위대하셔! 나는 도시락을 든 채 뛰어올라 나뭇잎 한 장을 따서 눈을 감고 깊이 그 냄새를 들이마셨다. 몸 안에 청량한 녹나무 잎 냄새가 가득해졌다. 그 모든 것이 너무나 아름다웠다! 그런데 내가 눈을 떴을 때 양홍이 내 앞에 서 있었다. 나는 달려들어 그녀 주위를 껑충껑충 한 바퀴 돌며 외쳤다.

"양훙, 내가 이겼어! 너 알고 있어? 왕씨 환자를 안 내보낸대. 원장 님은 진짜 끝내주는 분이셔!"

양훙은 무표정하게 말했다.

"그래? 축하해."

그녀는 앞으로 몇 걸음 가다가 천천히 돌아서서 발밑의 낙엽을 뚫 어져라 바라보았다.

"리니. 오늘 네가 원장을 찾아간 뒤에 원장이 주임실에 갔었어. 마 침 지나가다가 두 사람이 왕씨 환자 얘기를 하는 것을 무심코 들었지. 사실 네가 생각하는 것처럼 일이 그렇게 단순하지는 않아."

말을 마치고 양훙은 쌩하니 달려가버렸다. 나는 넋을 잃고 그 자리 에 서서 한참을 생각했다. 양훙은 왜 내게 그런 얘기를 해줬을까? 마 지막 한 마디는 또 무슨 뜻일까? 설마 그들이 다 나를 속이고 있는 걸 까? 나는 도시락을 떨어뜨렸다. 어떤 불길한 예감이 들었다. 정오의 햇빛이 따가워 눈을 뜰 수가 없었다.

오후에 캐비닛의 간호복 세 벌을 모두 빨고 있는데 동료들이 궁금 해 하며 물었다.

"휴가 며칠 다녀오는 건데 간호복은 왜 다 빠는 거야?"

그녀들의 관심에 나는 웃으며 답했다.

"할 일이 없어서 정리하는 거예요. 안 그러면 돌아왔을 때 다 먼지 투성이일 테니까요."

양훙은 멀찍이 서서 나를 바라보고 있었다. 간호복을 다 널고 나는 혼자 복도의 창 앞으로 가서 머리를 빗었다. 창밖으로 목이 휘어진 나 무가 보였다. 야근을 하면서 나는 얼마나 많이 창가에 서서 그 기형의 나무를 따라 밤하늘을 응시했는지 모른다. 그리고 생각했다. 하늘이 언제 밝아질지, 또 저 나무는 언제 똑바로 자라 천국까지 이어질지. 이제 그런 물음은 더 이상 존재하지 않았다. 나는 조심스레 긴 머리를 틀어 올려 간호모를 쓰고 핀으로 양쪽 살쩍을 고정시켰다. 그리고 왕씨 아가씨의 병실 문가에 가서 꼼꼼히 간호복의 주름을 폈다. 그곳은 철문에서 멀지 않았으며 직원은 환자들을 휴게실에 모아놓고서 노래를 가르치고 있었다. 나는 열쇠를 꺼내 노란색 자물쇠에 꽂은 뒤 병실 안으로 들어갔다. 그녀는 내가 들어오는 것을 보고 변함없는 미소를 지어보였다. 나는 이불을 걷고 그녀의 오른발을 살폈다. 벌써 목탄 덩이처럼 딱딱하게 변해 있었다. 나는 그녀의 팔에서 링거 줄을 제거한 뒤 그녀를 부축하며 말했다.

"침대에서 내려와 걸을 수 있죠?"

그녀는 신이 나서 일어나 앉았지만 발을 땅에 딛자마자 몸이 앞으로 기울어졌다. 나는 그녀를 꽉 끌어안고 버텼다.

"리 간호사님, 제가 왜 이런 거죠?"

그녀가 궁금해 하며 물었다.

"별일 아니에요. 너무 오래 누워 있어서 그런 거예요."

나는 그녀를 내 등 위에 엎드리게 한 뒤 힘들게 일어섰다.

"우리 어디 가는 거예요?"

그녀가 내 귓가에 대고 물었다. 나는 병실 문가에 서서 몰래 두리번거렸다. 복도에는 사람이 한 명도 없었다.

"우리 달리러 가는 거예요."

"정말요?"

그녀는 좋아했다.

"그럼요. 준비 됐나요? 내 목을 꼭 잡아요. 하나, 둘, 셋을 세면 달리기 시작할 거예요, 알았죠?"

그녀는 즉시 내 목을 꼭 끌어안고 두 다리로 내 몸을 조이며 말했다.

"알았어요. 준비됐으니까 빨리 달려요!"

나는 숨을 들이쉬었다.

"하나, 둘, 셋, 출발!"

나는 그녀를 업고 신속하게 병실 밖으로 달려 나갔다. 그때 환자들의 여가활동이 끝났는지 내가 철문을 열려고 열쇠를 꺼냈을 때 고함소리와 발자국 소리가 어지럽게 들렸다. 열쇠를 열쇠구멍 속에 넣고 돌리자마자 등 뒤에서 거대한 발자국 소리가 밀물처럼 몰려들었다. 서둘러! 서둘러야 해! 드디어 철문이 열리고 강렬한 햇빛이 바닥을 뒤덮었다.

"달려, 리리니!"

내 귀에는 오직 그 소리만 들렸다. 왕씨 아가씨를 등에 업고 걸음을 내디뎠다. 바람소리가 귓가를 스쳤고 환자들이 길가로 몰려나갔다.

"달려, 리리니!"

내 발끝이 지면 위를 스쳤다. 등에 업은 그녀의 무게가 갈수록 가벼워졌다. 나는 달리고 또 달렸다. 환자들이 내 뒤로 멀어져갔다.

나는 그 느낌을 언제나 똑똑히 기억했다. 파란 가지를 치켜든 나무들이 울부짖고 있었다. 길은 점점 좁아져서 나중에는 가늘고 긴 헝겊이 되어 발가락에 부드럽게 밟혔다. 들판에는 빨간 야생화가 피어, 달리는 내 눈가에서 불꽃처럼 팔딱였다. 내 귀에는 "달려, 리리니!"라는 소리만 들렸다. 그 소리들은 바람 속에서 순식간에 갈기갈기 찢겨져

나갔다. 나는 그 빠르고 파괴적인 느낌에 흥분하여 쉴 새 없이 몸이 흔들리며 앞으로, 또 앞으로 돌진했다. 피부가 바람에 날리고 눈, 코, 입, 귀는 당겨져 변형되었다. 아무것도 명확하게 보이지 않았다. 모든 구체적인 사물들이 각양각색의 모호한 덩어리로 변해 길의 사방과 아래위에서 펄떡펄떡 뛰었다. 땀이 흐르기 시작했지만 피곤하지는 않았다. 두껍고 무거운 흰 구름과, 구름 사이로 찬란한 햇빛이 보였다. 그때 나는 온몸이 하얘진 채 똑같이 희디흰 공기 속으로 뛰어들었다. 내 몸은 가려져 바로 사라졌을 것이다. 하지만 나는 영원히 달리고 있었다, 영원히……

필립스
면도기

飛利浦牌剃須刀

—

정샤오뤼

□

1

그 은색 필립스 면도기는 세면대 위에 얌전히 놓여 있었다. 때로는 서랍 속에 있기도 했다. 그것은 형만 쓰는 물건이어서 아무도 못 건드렸다. 참지 못하고 몰래 그것을 만질 때마다 샤오자小加는 여자 엉덩이를 만지는 것보다 더 가슴을 졸였다. 형은 결벽증이 있어서 남이 자기 물건을 건드리는 것을 용납하지 않았다. 그는 여자친구 샤오류小柳와 밖에 방을 구해 살고 있었지만 그래도 자주 집에 와 밥을 먹었고 가끔은 자고 가기도 했다. 물론 틀림없이 샤오류와 한바탕 싸웠을 때였다. 다음날 아침이면 그는 거울 앞에 서서 수염을 깎곤 했다. 그의 수염은 그가 화가 난 틈을 타 삐죽삐죽 돋아 면도기에 잘리는 운명을 맞았다. 중간에 벽이 있는데도 꿀벌이 윙윙대는 듯한 소리가 들렸고 그 소리는 괜히 사람의 마음을 오그라들게 했다. 언젠가 아버지가 몰래 형의 면도기를 훔쳐 쓰다가 들킨 적이 있었다. 그는 형을 향해 겸연쩍게 웃고는 거드름을 피우며 거울을 몇 번 본 뒤, 불쾌해하며 면도기를 내려놓았다. 아마 전에도 꽤 여러 번 그 면도기를 써본 듯했다. 그가 그렇게 음흉한 구석이 있는지 누가 알았겠는가. 형은 표정이 싸늘해졌고 집을 나갈 때 쾅, 하고 힘껏 방범용 철문을 닫았다. 엄밀히 말해 그것은 일종의 경고였다. 샤오자는 어느 날엔가 두 사람이 싸울까봐 늘 걱정이 됐다. 형은 걸핏하면 아버지가 자기 면도기를 쓰지 않았는지 의심했다.

"그 늙은이가 감히 내 면도기를 쓰기만 하면⋯⋯"

샤오자는 형의 목울대가 꿈틀거리는 것을 보았다. 형은 침을 꿀꺽 삼키고는 소리 나게 목을 이리저리 비틀었다. 이 택배원은 매번 수염을 다 깎고 나면 맨들맨들해진 턱을 손으로 비비며 거울에 비친 자기 모습을 감상하곤 했다. 그는 언제나 수염이 미친 듯이 무성하게 자랐다. 하룻밤도 지나기 전에 사방에서 입을 포위할 정도였다.

그날 아침에도 그는 욕실에서 수염을 깎았고 그러고 나서는 샤오자에게 마지막 경고를 날렸다.

"너 아직 자냐? 학교 안 갈래?"

그가 와서 이불을 들추기 전에 샤오자는 부스스 일어나 옷을 입었다. 형은 거실에서 신발을 갈아 신고 헬멧을 챙겼다. 그러면서 저우제룬周杰倫의 노래를 흥얼거리며 벽에 붙은 사담 후세인의 군복 입은 사진을 가리켰다.

"샤오자, 양키놈들이 곧 사담 후세인을 끝장낼 거야!"

어디서 났는지 모를 후세인의 그 상반신 사진에 대해 어머니는 수염 난 외국 노인의 추한 얼굴을 왜 벽에 붙여 놓았느냐며 몇 번 욕을 한 적이 있었다. 그래도 누가 떼지 않아서 그것은 줄곧 벽에 붙어 있었다. 샤오자는 시간이 오래 지난 뒤에야 그 노인의 이름이 사담 후세인이며 감히 미국에 싸움을 걸어 장렬하게 걸프전까지 치른 적이 있다는 것을 알았다.

샤오자는 나중에 사담 후세인을 조금 좋아하게 되었다.

마당의 몇 그루 벚나무에 꽃이 활짝 피어 있었다. 마치 하룻밤 사이에 전부 그렇게 된 것 같았다. 푸르른 봄이 모든 것을 가려, 세상 전체가 녹색에 점령을 당한 듯했다. 공기 중에도 봄의 독특한 냄새가 넘쳐흐르고 생기가 가득했지만 샤오자는 좋기는 해도 크게 아랑곳하지는 않았다. 그가 봄에 대해 이렇게 시큰둥해진 것은 초등학교 국어 교과서의 「봄이 왔네」 때문이었다. "봄이 왔네. 제비가 남쪽에서 돌아왔네. 봄이 왔네. 살구꽃, 복사꽃이 다 피었네"로 시작되는 그 글을 선생님이 벌로 백 번 베껴 쓰라고 했을 때 샤오자는 더 이상 봄을 좋아하지 않겠다고 맹세했다.

더구나 봄에는 여기저기 감기가 유행하고 끝도 없이 비가 내렸다. 적어도 샤오자가 기억하는 봄은 언제나 기나긴 우기였다. 창문 유리창에 늘 빗방울이 맺혀 있었다. 유리에 붙은 그 빗방울들은 봄이 끝날 때까지 더러운 반점으로 남아 있곤 했다.

오늘도 교실 밖에 비가 추적추적 내렸다. 빗줄기가 아침에는 가늘다가 점심때 굵어졌고 오후에는 농부의 파종처럼 드문드문해졌다. 샤오자는 어느 해 비 오던 날, 아버지가 자전거에 자기를 태우고 남문 입구에 가서 솜사탕을 사줬던 일이 생각났다. 봄바람에 하늘거리던 그 커다란 솜사탕은 샤오자의 작은 입으로는 영원히 다 못 삼킬 듯했다. 당시만 해도 젊었던 샤오자의 아버지는 힘껏 자전거 페달을 밟으며 구불구불한 젖은 골목길을 누볐다. 샤오자는 많은 이가 자신에게 손을 흔드는 것을 보았다. 그때 그는 무척 행복했다.

오늘 지리 시간에 샤오자는 세계지도를 펴놓은 채 딴생각을 하고 있었다. 국토 대부분이 열대사막 기후인 그 나라도 지금 비가 오고 있을까? 후세인은 또 지금 뭘 하고 있을까? 자기와 평생 아무 관계도 없는 그 이라크라는 나라에 대해 샤오자가 알고 있는 것이라고는 단지 그곳이 서아시아에 있고 대통령이 사담 후세인이라는 것뿐이었다.

"징그러운 양키 놈들!"

아침에 형은 조금 의분에 차 그렇게 말했다.

"형은 계속 미국을 좋아했잖아. NBA도 좋아했고."

샤오자의 의문에 형은 잠시 대꾸할 말을 못 찾다가 문을 닫고 쿵쿵 계단을 내려가 출근을 했다.

사실 대학을 졸업한 지 얼마 안 된 이 전형적인 프롤레타리아트 월광족月光族* 은 미국을 좋아할 뿐만 아니라 캐딜락, 나이키 운동화, 레오나르도 디카프리오 같은 할리우드 스타, 흑인 재즈, KFC도 좋아했고 'Fuck!'이란 말을 입에 달고 살았다. 영어 실력이 샤오자와 거의 비슷한 수준인데도 말이다. 9·11 테러가 일어난 날, 그는 우울한 표정으로 연기가 무럭무럭 피어나는 뉴욕을 텔레비전으로 보면서 소파에 앉아 말없이 담배를 피우고 있었다. 펜타곤 건물도 피습을 당했다는 소식이 전해졌을 때는 갑자기 벌떡 일어나 몸을 숙여 꽁초를 재떨이에 힘껏 눌러 끈 뒤 심하게 상스러운 욕을 내뱉기도 했다.

샤오자는 그가 왜 그렇게 미국을 싫어하게 됐는지 알 수가 없었다. 예전 일을 그는 너무 빨리 잊어버렸다. 물론 샤오자도 자기가 잊고 싶으면 펜타곤 폭발 같은 큰일도 똑같이 까맣게 잊어버리곤 했다. 뚱보

* 매달 자신의 월수입을 다 써버리는 사람을 일컫는 말

류싱劉星의 말을 빌리면 "나랑 뭔 상관이야!"였다. 그 말은 샤오자와 같은 반인 류싱의 입버릇이었다. 9·11 테러가 난 해에 샤오자의 기억에 남은 유일한 일은 뚱보 류싱과 알감자 사이의 갈등이었다.

류 뚱보는 덩치가 어마어마해서 나이키 트레이닝복을 라지 사이즈로 입어도 몸에 꽉 끼었다. 그 엄청난 살집을 보고 있으면 샤오자는 머리가 핑 돌았다. 류 뚱보가 손가락을 까딱까딱하며 "이리 와!"라고 말하면 감히 일언반구도 거역하지 못했다. 류 뚱보는 샤오자뿐만 아니라 리렁李俊도 괴롭혔다. 리렁은 동글동글한 알감자를 닮아서 평소에 아이들은 그를 다 알감자라고 불렀다. 샤오자는 알감자를 늘 무시했기 때문에 류 뚱보가 그를 괴롭힐 때면 기분이 좀 안 좋았다. 자기가 그와 똑같은 계층으로 떨어진 느낌이었다. 적어도 자기는 그보다는 키가 큰데도 말이다. 알감자는 키가 작기는 해도 몸이 다부져서 팔뚝에 근육이 새우등처럼 불거져 있었다. 다만 아쉽게도 성격이 얌전하고 과묵해서 남에게 먼저 말을 거는 법이 없었다. 류 뚱보는 그에게 말을 걸 때면 먼저 세게 한방을 먹이고 그가 아파서 소리를 지른 뒤에야 입을 열었다.

"꼬맹아, 담배 한 갑 사와."

알감자는 매번 울컥해서 고개를 돌렸지만 금세 류 뚱보의 위협에 굴복해서 하라는 대로 했다. 그런 모습을 볼 때마다 샤오자는 속으로 알감자를 경멸하곤 했지만 사실 자기도 류 뚱보의 돌주먹에 맞으면 고분고분 복종하지 않을 수 없었다.

알감자가 한 번 덤벼야만 한다는 생각이 들 때면 샤오자는 정말로 화가 부글부글 끓어올랐다. 한 마디 불평만 해도 좋았고 좀 더 용기를 내어 류 뚱보가 한눈을 팔 때 머리에 한방을 먹이면 더 속이 후련할 것 같았다. 하지만 알감자는 매번 그를 실망시켰다. 맞고 나면 처음에는 항의를 하는 듯하다가 몇 대 더 맞으면 고개를 축 늘어뜨리고 땅바닥만 뚫어져라 쳐다보았다. 그러면 류 뚱보는 더 때리고 싶은 마음이 사라져버렸다. 샤오자의 실망감은 결코 한 번에 그치지 않았다. 건물에서 투신자살을 하려는 사람이 한 층 한 층 올라갈 때마다 조금씩 절망감이 짙어지는 것처럼 점점 더 심해졌다. 샤오자의 마음속에서 알감자는 겁쟁이였다. 그런 겁쟁이와 함께 똑같은 사람에게 시달리고 있다는 사실이 샤오자를 부끄럽게 만들었다. 그는 알감자가 용감히 떨쳐 일어나, 마치 자기한테 배우기라도 한 듯 류 뚱보와 한판 붙기를 몹시도 바랐다. 결국에는 류 뚱보에게 흠씬 두들겨 맞고 고초를 겪게 되더라도 말이다. 샤오자는 이렇게 정신적으로는, 적어도 알감자 앞에서는 승리자임을 자처했다. 하지만 알감자는 확실히 샤오자의 기대를 저버렸다. 단지 딱 한 번은 조금 달랐는데, 그때 복도에서 난간 위에 엎드려 생각에 잠겨 있던 알감자는 뒤에서 류 뚱보가 날린 주먹에 등을 맞고 허리를 푹 숙였다. 류 뚱보가 막 썩은 미소를 지으려 할 찰나, 알감자가 천천히 몸을 세우더니 이를 악물고 거친 숨을 쉬었다. 눈물이 그렁그렁한 그의 눈가에서 불꽃이 튀었다. 샤오자는 그때 처음으로 알감자가 분노한 모습을 보았다. 그는 마치 침범을 당한 한 마리 표범이 마지막 경고를 하고 있는 듯했다. 그런데 두 사람이 크게 한 판 붙겠다고 샤오자가 생각한 순간, 알감자의 눈가에서 불꽃이 점차 사그라졌다. 그는 괴상한 눈빛으로 류 뚱보를 한 번 쓱 보더니 몸을 돌려 교실로 들어갔다. 샤오자는 그것이 류 뚱보의 위협 때문이 아니라 알감자가 스스로 타협과 후퇴를 택했기 때문이라고 믿었다. 그는 자기 자신에게 패한 것이었다. 그는 표범처럼 류 뚱보를 향해 뛰어

올라 먼저 급소를 찬 뒤 팔꿈치로 머리를 찍고, 무릎으로는 배를 쳐 올리고, 발로는 등을 밟을 수도 있지 않았을까. 물론 그런 영화 속 연속 동작들이 얄갑자에 의해 펼쳐질 가능성은 전무했다. 그는 한 마디도 못하고 뺑소니를 쳤다. 그는 겁쟁이였다! 샤오자에게 경멸을 당할 만했다.

2

오후에야 집에 물이 새는 것이 발견되었다. 아파트 수위가 물이 일층까지 샌다고 샤오자에게 알려주었다. 그것은 다시 말해 샤오자의 집부터 시작해 물이 두 층의 천장을 거쳐 일층까지 샜다는 것을 뜻했다. 그 얘기를 듣고 샤오자는 등골이 서늘해졌다. 서둘러 집에 올라가보니 아버지 두화이민杜懷民이 물에 잠긴 거실에서 반바지만 입은 채 세숫대야로 변기에 물을 쏟아 붓고 있었다. 샤오자가 둘러보니 물이 다탁까지 차올라 그 위에 있던 신문지와 수박씨가 둥둥 떠다니고 있었다. 그가 돌아온 것을 보고서 두화이민은 허리에 손을 얹고 세숫대야로 다탁을 탕, 치며 울그락불그락 무서운 표정을 지었다.

"어떻게 된 거야? 이게 어떻게 된 일이야? 내가 나갈 때는 멀쩡했잖아. 어서 설명을 해봐!"

샤오자는 황급히 바지를 걷고서 아무 말 않고 수해와의 전쟁에 뛰어들었다. 그는 머릿속이 다 하얘진 상태였다. 나갈 때를 떠올려보면 세면대의 수도꼭지는 분명히 잠갔었고 잘 안 잠갔더라도 이 지경이 되지는 않았을 것이다. 그는 욕실과 부엌을 다 살피고 나서야 수도 파이프가 터진 것을 알았다. 지금은 밸브도 잠겼고 터진 데도 수건으로 꽉 묶여 있었다. 수도 파이프 때문에 일어난 사고임을 알고서 샤오자는 파이프 틈으로 물이 분수처럼 뿜어져 나오는 광경을 머릿속에 그렸다. 그는 밖으로 나와 말했다.

"수도 파이프가 터졌어요."

두화이민은 울분을 누르며 눈을 부릅뜨고 말했다.

"내가 아직도 그걸 모를까봐? 왜 터진 거야? 내가 나갈 때는 멀쩡했단 말이야!"

샤오자는 감히 대답하지 못하고 얼른 방 안의 물을 퍼서 변기에 쏟아 부었다.

'수도 파이프가 노화된 게 어디 하루 이틀 일인가. 아버지도 알고 있었으면서 왜 사람을 불러 수리하지 않은 거예요!'

물을 부으며 샤오자는 속으로 아버지를 원망했다.

두 사람은 녹초가 될 때까지 한참을 일했다. 집안은 아직 엉망진창이었지만 그래도 바닥은 훨씬 깨끗해졌다. 옛날에도 바닥은 깨끗했는데 그때는 샤오자의 어머니가 아직 살아 있었다. 지금 그녀는 위패로만 남아 더는 아무 말도 하지 못했다. 아버지는 연달아 담배를 피워댔다. 올백머리가 마구 엉클어져 꼭 혼이 빠진 떠돌이 무사 같았다. 그는 여전히 엄했지만 옛날의 위엄은 온데간데없었다. 그러나 샤오자는 여전히 그가 무서웠다. 그는 이미 자기에게 솜사탕을 사주던 그 아버지가 아니었다. 3월 말의 날씨는 아직도 조금 쌀쌀했다. 슬리퍼를 신고 바쁘게 일할 때는 추운 줄 몰랐는데 가만히 있으니 발바닥으로 냉기가 스미는 것이 느껴졌다. 샤오자는 앉은 채로 꼼짝도 하기 싫었다. 심지어 눈을 깜박이는 것조차 귀찮았다. 그는 벽에 붙은 어머니의 사진이 계속 자기를 쳐다보고 있는 것 같았다. 그녀의 눈빛에서 동정과 사랑이 느껴져 못 견디게 괴로웠다.

어머니가 유선암에 걸려 입원해서 화학치료를 받을 때 샤오자는 매일 닭곰탕을 들고 병원에 드나들었다. 마침 학교가 병원과 가까워서 어머니를 간호하다 바로 수업을 받으러 가곤 했다. 어머니는 조용히 병상에 누운 채 말은 거의 하지 않고 이따금 눈을 떴다. 그녀는 빠지는 머리카락을 한 줌씩 모아 투명한 비닐봉지에 넣고서 베개 밑에 놓아두었다.

"나는 곧 죽을 거야."

그녀는 힘없는 목소리로 중얼거리곤 했다.

"괜찮을 거예요, 엄마."

그는 어른처럼 그녀를 위로하며 조용히 눈물을 흘렸다. 한번은 어머니가 심상치 않은 표정으로 비닐봉지 속의 머리카락을 만지작거리고 있는 것을 무심코 보았다. 그가 온 것을 알고서 그녀는 얼른 머리카락을 다시 숨겼다. 그리고 그녀는 또 샤오자에게 되풀이해 묻곤 했다.

"얘, 말해보렴. 혹시 집을 팔지는 않았니?"

샤오자는 즉시 팔지 않았다고 말했다.

"내 병은 못 고쳐. 그러니까 아빠한테 돈 낭비는 그만하라고 해."

그렇게 말하고서 어머니는 길게 한숨을 쉬고는 침대에 누워 눈을 감고 깊은 생각에 잠겼다. 그 표정을 샤오자는 평생 못 잊을 것 같았다. 인간세상의 온갖 선악을 다 꿰뚫어보고 이제 죽는 것을 아쉬워하고 있는 듯했다.

어머니가 며칠만 더 늦게 세상을 떠났다면 가족의 하나밖에 없는 그 작은 집도 아마 지키지 못했을 것이다. 이미 여러 번 부동산 중개인이 와서 재촉을 했고 심지어 집을 살 사람도 몇 명 다녀갔는데 하마터면 거래가 성사될 뻔한 적도 있었다. 만약 화장실이 침실 문과 정면으로 마주보고 있지 않았다면 아마 진즉에 임자가 나섰을 것이다. 그 당시 아버지는 이러지도 저러지도 못했다. 병원에서는 계속 재촉을 해대는데 만약 집을 팔면 그 다음에는 어떻게 해야 할지 모든 것이 미지수였다. 어느 날 초인종이 울렸을 때, 아버지는 소파에서 신경질적으로 몸을 일으키며 초조한 목소리로 나직하게 "왔군!"이라고 말했다. 그 순간, 샤오자는 뭔가에 화상을 입은 듯한 아버지의 고통스러운 눈빛을 포착했다. 아버지는 어두운 얼굴로 문을 열었다. 문밖에는 한 쌍의 중년 부부가 서 있었다. 그는 살짝 허리를 숙인 채 만면에 미소를 띠고 손님을 맞이했다. 그의 웃음소리는 다소 불안하고 무성의한 느낌이었다. 부부는 집을 잘 아는 이들이었다. 한 바퀴 돌더니 집의 문제점을 줄줄이 늘어놓았다. 그들이 말해주지 않았다면 아버지는 이 집에서 십 수 년을 살았는데도 불구하고 그렇게 많은 결함이 있는지 몰랐을 것이다. 숨겨진 상처 자국 같은 그 결함들을 그 부부는 가차 없이 드러내보였다. 그때 소파에 앉아 텔레비전을 보고 있던 샤오자는 점점 자기가 화난 고슴도치 새끼가 돼가는 느낌이었다. 아버지는 여전히 활짝 미소를 짓고 있었다.

"그래도 위치가 좋잖아요. 이런 위치에 이 가격으로는 이제 집을 사기가 힘듭니다. 저도 아내가 병이 나지 않았으면 절대 집을 안 내놓았을 거예요."

텔레비전에서는 뉴스가 나오고 있었다. 이라크의 상황이 급박해지고 미국이 쿠웨이트에 대규모 병력을 배치하여 바야흐로 큰 전쟁이 벌어질 태세였다. 그런데도 그곳 사람들은 자신과는 아무 상관도 없는 듯 긴 옷을 입은 채 중동의 뜨거운 태양 아래 느긋하게 얼굴을 씻고 있었다. 샤오자는 갑자기 마음이 괴로워졌다.

중년 부부는 한참 집을 보고 집의 문제점만 한바탕 지적한 뒤 그냥 가버렸다. 문이 닫혔을 때 샤오자는 아버지가 폭 한숨을 쉬더니 막 마라톤 완주를 끝낸 사람처럼 힘없이 소파에 앉아 멍하니 텔레비전을 보며 담배를 피우는 것을 보았다. 이제 텔레비전에서는 사담 후세인에 관한 뉴스가 나오고 있었다. 장검을 찬, 그 고대 무사처럼 생긴 남자는 늠름하고 위풍당당해서 어떤 일을 당해도 끄떡없을 것 같았다.

"가진 건 이 조그만 집 하나뿐인데 팔고 나면 어디서 살지?"

그렇게 묻고서 아버지는 초조하고 불안한 눈초리로 샤오자를 힐끔 보고는 담배를 뻑뻑 피웠다. 그 질문의 답은 하얀 연기가 되어 뭉게뭉게 피어올라 침묵 속에서 흩어졌다.

어머니가 세상을 떠난 날 밤, 근처의 누구도 그 사실을 몰랐다. 산소마스크가 이유 없이 베개맡에 떨어져 있었다. 조금 당황한 간호사가 난처한 표정으로 말했다.

"부인은 편안히 가셨어요."

아버지는 무표정하게 문에 기댄 채 간호사들이 바쁘게 들락날락하는 것을 보고 있었다. 침대 위의 그 사람은 평온하게 누워 있었다. 그녀는 아무 소리 없이 떠났다. 인색하게도 가족에게 인사 한 마디 남기지 않았다. 비닐봉지에 담긴 어머니의 머리카락에 관해 샤오자는 아무에게도 말하지 않았다. 그것을 오래된 책에 끼워놓고 어머니가 생각날 때마다 꺼내 보았다.

3

저물녘에 수리공이 와서 수도 파이프를 고쳤다. 형은 퇴근 후 집에 와서 깜짝 놀라 집안을 둘러보며 말했다.

"집이 왜 이렇게 깨끗한 거야?"

"물이 샜거든."

샤오자는 잔뜩 우울한 표정으로 말했다. 저녁을 먹으면서 세 부자는 다 말이 없었다. 답답한 분위기에서 형제는 조심조심 밥을 떠먹었다. 아버지가 젓가락을 내려놓고 걱정스러운 어조로 말했다.

"방금 밑에 다녀왔는데 아래층에는 사람이 없더라. 일층의 천陳씨 네는 역시 물이 새서 이불하고 바닥이 다 젖었고. 천씨가 내 직장 동료가 아니었으면 이 일은 좋게 끝나지 못했을 거야. 천씨는 호인이라 아무 말도 안 했고 그 사람 아내만 몇 마디 싫은 소리를 했어. 하지만 그래도 돈 얘기는 안 하더구나."

"이불만 좀 젖었다면서요. 그냥 세탁만 하면 될 일인데요 뭐."

형이 입바른 소리를 했다.

"천씨네라서 그랬지 다른 집이면 어땠을 것 같으냐? 며칠 전 비슷한 얘기를 들었는데 어느 집이 밸브가 고장 난 상태에서 마침 국경절• 연휴라 휴가를 갔다가 이틀 뒤 돌아와 보니 집에 홍수가 났다더라. 그런데 아래층에 살던 노부부도 똑같이 국경절 휴가를 다녀와서 자기 집에 물난리가 난 것을 보고 위층에 올라와 난리를 쳤다는 것 아니냐. 배상금을 요구했을 뿐만 아니라 계속 성가시게 했다는구나. 하루가

• 중화인민공화국 건국 기념일

멀다 하고 올라와 문을 두드리고서 오늘은 벽에 곰팡이가 피고, 텔레비전이 소리가 안 나고, 바닥이 갈라지고, 책이 젖었다고 하지를 않나, 내일은 습기 때문에 허리가 아프고 신경이 쇠약해졌다고 하지를 않나, 또 그 이튿날에는 소송 운운하며 더는 그 집에 살고 싶지 않다고 하지를 않나, 정말 끝도 없이 귀찮게 했다고 하더라. 그 윗집 사람들은 정말 정신이 나갈 지경이어서 아예 집을 팔고 떠났다는구나."

잠시 말을 멈췄다가 아버지는 근심이 가득한 표정으로 두 아들을 바라보았다.

"아래층에 누가 사는지는 아직 몰라. 관리 사무소에 가서 아래층 집주인 전화번호를 알아보았는데 전화가 전부 꺼져 있더라. 천씨네도 피해가 적지 않은데 이층은 더 말할 것도 없겠지. 만약 까다로운 사람들이면 하늘에 운명을 맡길 수밖에 없어."

저녁을 다 먹고서 아버지는 또 아래층에 내려가 문을 두드렸지만 역시 아무도 없었다. 그는 울적한 얼굴로 집에 돌아와 인상을 찌푸리고 있었다. 텔레비전에서는 CCTV의 특파원이 기관총 같은 속도로 이라크의 상황에 관해 해설하고 있었다. 화면 하단에는 현재 세계 각지의 정세가 매우 혼란하다는 자막이 띄워져 있었다. 두화이민은 눈썹을 찡그린 채 진한 차를 벌컥벌컥 마셨다. 샤오자는 그 옆에서 연방 재채기를 하기 시작했다.

"감기가 왔나봐요."

두화이민은 그에게 50위안을 주며 말했다.

"병원에 가서 약 타 먹어라. 괜히 감기 더 키우지 말고."

돈을 받아들고 나서 샤오자는 전에 유리 다탁 위에 묻어 있던 때가 말끔히 지워지고 쌓여 있던 낡은 신문도 전부 사라진 것을 보았다.

다탁이 그렇게 깨끗한 것이 왠지 낯설게 느껴졌다. 밖에 나가 몸을 돌려 문을 닫으면서 그는 아버지의 뒤통수가 반쯤 소파에 묻혀 있고 한 줄기 연기가 모락모락 위로 솟아오르는 것을 보았다. 중풍에 걸린 듯한 그 남자도 다탁처럼 낯설게 느껴졌다.

4

샤오자는 병원에 가지 않았다. 그는 정처 없이 거리를 쏘다녔다. 비 오는 봄날 밤에는 화초의 향기가 넘실댔고 얼룩진 가로등 불이 어두운 아스팔트길을 비췄다. 그리고 차바퀴가 소리를 내며 지저분한 자국을 남기고 정적 속으로 빠져들었다. 고개를 들어 보니 별은 보이지 않고 달도 먹구름에 가려져 있었다. 그는 멀리 중동에 있는 사담 후세인이 지금 뭘 하고 있는지, 이라크도 지금 하늘이 어두운지 궁금했다. 몇 년 전인지 기억은 안 나지만 어느 초라한 좁은 길가에서 늙은 낙타 한 마리와 마주친 적이 있었다. 털이 거의 빠진 그 낙타는 눈가에 눈물이 그렁그렁했다. 그 한 쌍의 크고 흐린 눈이 온순하고 평온하게 샤오자를 바라보았다. 전신주 옆에는 작은 수박 모자를 쓴 위구르인이 사나운 눈빛으로 경계하듯 주변을 살피며 서 있었다. 샤오자는 그 비쩍 마른 늙은 낙타가 얼마나 오래 걸어 이곳까지 왔는지 알지 못했다. 위구르인을 등에 태우고 떠날 때, 낙타는 또 고개를 돌려 그를 보았다. 서로 마주보는 순간, 그는 그 낙타가 다시는 고향 사막에 못 돌아갈지도 모른다는 생각이 들어 가슴이 아팠다. 낙타는 결국 이 머나먼 남쪽 지방에서 숨을 거둬, 다시 힘들게 산과 강을 넘을 필요가 없을 것이다. 매부리코를 가진 위구르인은 아마 어느 날엔가 도살장으로 낙타를 끌고 갈 것이다.

그때부터 샤오자는 낙타를 좋아하게 됐다. 낙타는 온순하고 인내심이 강한 동물이었다. 덩달아 그는 또 긴 옷을 입고 낙타를 즐겨 타는 중동 사람까지 좋아하게 되었다. 여러 해 전, 텔레비전에 아라파트에 관한 뉴스가 자주 방송된 적이 있었는데 흰색의 긴 옷을 즐겨 입고 뺨에 수염을 기른 그 남자는 눈빛이 자상하면서도 강인한, 낙타같은 품격의 소유자였다. 그리고 나중에 한 장의 제2차 세계대전 사진 속에서 샤오자는 에티오피아인들이 낙타를 타고 장총을 든 채 용감무쌍하게 전선을 달리는 광경을 보고 완전히 반해버렸다.

그는 어느 무허가 피시방에 들어가 웬일로 열심히 시사 뉴스를 보기 시작했다. 각 대형 매체는 모두 경쟁적으로 이라크의 최신 뉴스를 쏟아내고 있었다. 이미 전쟁이 일촉즉발의 중요한 시점에 이른 듯했다. 피 끓는 이라크 청년들이 거리에 나와 이라크에 대한 미국의 주권 침해에 항의하기 시작했고 더 많은 이라크인들은 관망이나 중립의 태도를 유지하고 있었다. 그리고 사담 후세인은 군복 차림으로 허리에 장검을 찬 채 병사들을 격려했다. 그의 빽빽한 수염에서 우상 같은 위엄이 우러나왔다. 아, 사담 후세인은 온몸이 무한한 광채로 빛나는 진짜 중동 사나이야! 샤오자는 속으로 탄성을 질렀다. 그는 왜 자기가 사담 후세인을 지지하고 또 전쟁이 터지기를 열렬히 갈망하는지 잘 몰랐다. 한 덩이 불꽃이 그의 마음속에서 활활 타오르고 있었다. 그는 전쟁이 시작되기를 기대했다. 그의 우상에게는 전쟁의 세례가 너무나도 필요했다!

샤오자는 인터넷에서 사담 후세인의 자료와 사진을 잔뜩 찾아내

자기 개인 홈페이지에 옮겨 붙이고 존경하는 마음으로 자세히 감상했다. 그의 주변 친구들이 좋아하는 사람은 S.H.E●나 저우제룬이었다. 그는 친구들이 유치하고 천박하다고 생각해 속으로 무시했다. 그리고 스스로 모종의 우월감을 느꼈다. 그의 뒤에는 저 사담 후세인이, 무소불위의 수염 기른 남자가 서 있었다! 끝없는 어둠 속의 밝은 등불 하나가 그에게 기대와 희망을 주었다. 이라크는 기필코 미국과 싸워 이길 것이고 사담 후세인은 계속해서 그의 영원한 정신적 지도자가 돼줄 것이다.

거실에는 형광등이 꺼져 있었다. 아버지는 여전히 소파에 할 일 없이 앉아 담배를 피우고 있었고 텔레비전은 꺼져 있었다. 샤오자는 살그머니 문을 열고 들어가 소파를 돌아 자기 방에 가려 했지만 소파에서 쉰 목소리가 들려왔다.

"약은 샀냐?"

샤오자는 얼른 샀다고 말했다. 어둠 속에서 담뱃불만 깜박거렸다.

"일찍 자거라."

"아래층 사람은 왔어요?"

"아직 인기척이 없더라."

아버지는 소파에서 일어나 몸을 앞으로 기울였다. 어둠 속에서 등뼈가 삐걱대는 소리가 들렸다. 그는 담뱃재를 털며 말했다.

"저녁에 또 가서 문을 두드렸지만 역시 안에 사람이 없었어. 수위 장張씨한테 물어봤는데 그 사람도 거기 누가 사는지 잘 모르더군."

그는 담배를 눌러 끄고서 또 말했다.

● 2001년에 데뷔하여 현재까지 인기를 구가하고 있는 타이완의 3인조 걸그룹

"설마 밑에 아예 사람이 안 사는 건 아닐까? 너, 평소에 밑에 누가 사는 거 봤냐?"

"본 것 같은데요⋯⋯ 한 아줌마랑 마주친 적이 있어요. 분명히 누가 살긴 살아요."

샤오자는 애써 흐릿한 기억을 떠올렸다. 서른 살 안팎의 젊은 부인이 문에서 나오는 것을 보았고 그녀는 꽤 미인이었다.

밤에는 온 세상이 윙윙대는 이상한 소리에 깊이 잠겨 있었다. 샤오자는 침대에 누워 기침을 하기 시작했다. 꼭 누가 나뭇잎에 난 솜털로 목구멍을 간질이는 것 같았다. 그리고 창밖에서는 마치 한바탕 격전이 치러지는 듯 봄우레가 우르릉대고 번개가 번뜩였다. 아, 사담! 당신은 지금 뭘 하고 있죠?

5

전쟁은 오전에 개시되었다. 그때는 마침 운동장에서 다들 방송 체조를 하고 있었다. 체조가 끝나자 학생들은 뿔뿔이 흩어져 누구는 교실로 돌아갔고 누구는 꾀가 나서 운동장에 남아 계속 어슬렁거렸다. 그날은 소나기가 내릴 줄 알았는데 희한하게 오전의 창백한 햇빛이 두꺼운 구름층을 통과하며 노란 빛을 발했다. 만약 비가 내렸다면 학교에서는 그날의 방송 체조를 취소했을 것이다. 방송 체조를 하고 싶지 않았던 학생들은 그런 변덕스러운 날씨 때문에 짜증이 났다. 샤오자는 그때 알감자 옆에 서 있었는데 뒤에 있던 류 뚱보가, 체조가 끝나기 무섭게 알감자에게 달려들어 목을 붙잡고 낄낄대며 말했다.

"야, 점심에 담배 한 갑 사 와."

알감자는 목이 졸려 얼굴이 시뻘게졌다. 답답해서 눈을 동그랗게 뜬 채 이를 악물고 몸을 틀어 류 뚱보를 떨쳐내려 했다. 류 뚱보는 그가 반항하자 목을 쥔 채 앞으로 몇 걸음 끌고 갔다. 알감자는 힘껏 버티려 했지만 급소를 잡힌 터라 꼼짝도 하지 못했다.

류 뚱보의 수법은 늘 똑같아서 재미가 없었고 결국에는 항복을 받아낼 게 뻔했다. 여학생들은 모두 멀찍이 자리를 피했다. 오직 자오야쓰趙雅思만 피하지 않았다. 경멸이 가득한 눈으로 차갑게 류 뚱보를 노려보고 있었다. 엷은 파랑색 치마 차림의 자오야쓰가 평소의 얌전한 태도를 버리고 당당히 서서 류 뚱보에게 말했다.

"왜 툭하면 사람을 괴롭히는 거야? 힘자랑이라도 하는 거야?"

당연히 류 뚱보는 안색이 싹 변했다. 이게 꿈인지 생시인지 못 믿겠다는 표정이었다. 그는 곧 깔깔 웃으며 말했다.

"알감자야, 씨발 너 여복이 보통이 아니구나!"

자오야쓰의 하얀 얼굴이 빨개졌다. 그녀는 류 뚱보를 흘겨보고는 잰걸음으로 달아났다. 샤오자는 전교에서 가장 예쁜 그녀가 알감자의 편을 들어줄 줄은 꿈에도 몰랐다. 그래서 멀어지는 그녀의 뒷모습을 실망스러운 눈으로 바라보고 있었다. 류 뚱보도 흥이 식어 손에서 힘을 풀었다. 그런데 알감자가 스프링처럼 몸을 튕기더니 손가락으로 류 뚱보의 코를 가리키며 차갑게 말했다.

"너, 앞으로 조심해!"

류 뚱보가 제정신을 차리기도 전에 알감자는 다른 쪽으로 성큼성큼 걸어갔다. 류 뚱보가 뒤에서 소리쳤다.

"너, 씨발 그게 무슨 말이야?"

류 뚱보가 쫓아가 알감자의 어깨를 밀쳤지만 알감자는 힘껏 그의 손을 뿌리쳤다. 그는 다시 알감자를 잡아당기며 말했다.

"니미, 반항하는 거야, 너?"

알감자가 홱 몸을 돌리더니 또 류 뚱보의 코를 가리키며 말했다.

"또 나를 건드리면 너희 가족을 다 죽여버릴 거야!"

평상시 암울하고 생기 없던 그 동태 눈깔에서 예리한 광채가 번뜩였다. 그 뜻밖의 사태에 류 뚱보는 어안이 벙벙해서 어찌할 바를 몰랐다. 그저 "너 두고 봐"라고 중얼거리기만 했다. 그가 손을 늦추자 알감자는 어깨를 으쓱인 뒤 쌩하고 자리를 떴다. 정말 아무것도 두렵지 않은 듯했다. 그때 수업시작종이 울렸고 운동장에서 누가 놀라서 소리를 질렀다.

"미국하고 이라크가 싸우기 시작했대!"

오전 내내 샤오자는 수업 내용이 한 마디도 귀에 들어오지 않았다. 그리고 점심시간 종이 울리자마자 피시방으로 달려갔다. 과연 싸움이 시작된 게 맞았다. 그는 열심히 마우스를 눌러댔다. 전쟁터에서 전해져 온 최신 뉴스와 사진이 그를 흥분시켰다. 맹렬한 포격이 바그다드 시내 전체를 뒤덮었다. '참수'와 '위협'이 공포의 대명사로 떠올랐다. 마우스를 쥔 샤오자의 손이 땀으로 젖어들었다. 눈앞의 바그다드 상공에는 공습경보가 계속 울려 퍼졌으며 불빛이 번쩍이고 폭격기가 쌩하고 날아들자 거대한 폭음이 뒤따랐다. 샤오자는 사담 후세인이 아직 살아 있을 것이라고 굳게 믿었다. 그는 지금 허리의 장검을 빼들고 미군을 향해 발포하라고 부하들을 지휘하고 있을 것이다. 진짜 전투가 시작되었다. 아, 사담!

샤오자는 의자에 등을 기댄 채 길게 심호흡을 했다. 이어폰에서 마이클 잭슨의 「어스 송Earth Song」이 들렸다. 마이클 잭슨의 독특한 목소리가 마치 바늘처럼 귀에 꽂혔다. 그는 멍하니 컴퓨터 옆에 앉아 시간을 흘려보내며 미래의 어느 날, 자신도 총을 메고 전쟁의 불길 속에서 적들을 사살하는 장면을 상상했다.

6

그날 오후, 두화이민은 조금 불안해하다가 전화를 받고서 부랴부랴 조퇴 신청서를 내고 집에 돌아갈 채비를 했다. 앞에 앉은 동료 아상阿쭁이 이상하다는 듯이 그를 보며 물었다.

"무슨 일인데요?"

두화이민은 옷을 들고 급히 소맷부리에 팔을 끼워 넣으며 말했다.

"집에 물이 새서 아래층이 피해를 입었을 거야. 돌아가서 봐야 해."

두화이민은 걸음을 옮기며 입을 삐죽 내밀었다.

"물이 많이 샜어요?"

"일층까지 샜으니 말 다했지!"

두화이민은 말했다.

이층은 줄곧 문을 열어주는 사람이 없었다. 두화이민은 한참 문을 두드리다가 문구멍으로 안을 보았지만 보이는 것이라고는 변신 로봇처럼 작아져 불쌍해 보이는 자기 자신뿐이었다. 이미 하루가 지났고 그는 걱정 때문에 갈수록 마음이 돌덩이처럼 무거워졌다. 그곳은 1980년대의 낡은 주택으로 직장에서 분양한 직원 숙소였다. 바닥에 기성 콘크리트판을 깔았는데 방수가 잘 안 돼서 평상시 거실에서도 발이 축축해졌고 조금만 물을 흘려도 틈새를 통해 아래층으로 물이 새곤 했다. 그런데 이번에는 아예 집에 물난리가 났으니 아래층이 어떤 꼴이 됐을지 그는 생각만 해도 등골이 서늘했다.

텔레비전에서 이라크에 또 전쟁이 날 것이라는 뉴스가 나왔다. 젊었을 때 그는 세계 정세에 관심이 많았고 나라와, 자기와 무관한 세상 일에도 관심이 많았다. 하지만 지금은 이 도시가 당장 사라지더라도 꼼짝도 않다가 기껏해야 남들과 함께 죽을 게 뻔했다. 그는 집안을 한 번 열심히 치우고 싶었다. 하지만 치우면 치울수록 짜증이 났고 집이 더 낡아보였다. 처음에 하얗던 벽은 이제 헐을 대로 헐어 있었다. 주변의 동료들은 모두 집이 두 채였다. 그 나이에 집이 두 채인 것은 너무나 정상인데도 두화이민은 그렇지 못했다. 오후에 일이 없을 때 동료들은 사무실에 앉아 흥미진진하게 집값 이야기를 했지만, 그는 혼자 구석 소파 위에 엎드려 조용히 신문을 보았고 동료들의 시선을 끌까봐 최대한 조심스레 신문을 넘겼다.

"살 집만 있으면 그만이지 왜 그렇게들 피곤하게 사는지 몰라."

언젠가 그는 이렇게 동료들에게 말했다.

"두 형은 인생을 즐길 줄 아는 사람이라 우리보다 멋져. 우리는 다 집의 노예인데 말이야."

동료들은 자조적으로 말했다. 사실 그들이 속으로 무슨 생각을 하는지 두화민도 모를 리가 없었다. 그리고 그 역시 꿈속에서도 집을 살 수 있기를 바랐다. 첫째는 자기 체면 때문이었고 둘째는 큰아들 두위안杜淵의 거듭된 암시 때문이었다. 아들의 여자친구 샤오류가 집 없이는 결혼을 못 한다고 버티는 모양이었다. 아들은 샤오류뿐만 아니라 그녀의 가족들과도 이 문제로 갈등이 컸다. 매번 아들이 저녁 때 집에 와서 잔다고 할 때마다 그는 두 사람이 또 말다툼을 했을 것이라고 짐작했다.

아들에게 집을 사주는 문제에 관해 두화이민은 심각하게 고민한 적이 있었다. 두위안의 요구도 지나친 것은 아니었다. 결혼할 때 집을 사는 것은 지극히 자연스러운 일이었다. 단지 문제는 지금 그가 가진 돈이 계약금에도 못 미치는 것이었다. 최소한 십만 위안 정도는 준비해야 하는데 그의 수중에는 기껏해야 오륙만 위안 밖에 없었다. 아내는 비록 무지막지하게 비싼 수술은 받지 않았지만 그래도 그에게 큰 타격을 입혔다. 게다가 큰아들에게 집을 사주면 작은아들은 어떡해야 하나? 작은아들은 나중에 결혼할 때 집을 안 사줘도 되나? 그뿐만이 아니었다. 만약 샤오자가 대학에 가면 들어가는 돈이 또 적지 않을 것이다. 자기 반 친구들 중 여럿이 캐나다와 호주로 유학을 간다고 한동안 샤오자가 떠들어대기도 했다. 집을 산다면 두화이민은 스스로 적자 인생이 되는 것이나 다름없었다. 그래서 슬쩍 두위안에게 집을 사주는 것에 대해 샤오자와 의논하면서 만약 그가 대학에 갔는데 집 대출 때문에 학비를 못 내주면 자기를 원망하겠느냐고 물어본 적이 있었다. 샤오자는 뒤통수를 긁으며 선선히 말했다.

"사세요. 언젠가 집을 바꾸긴 해야 하잖아요. 이 낡은 집은 몇 년 더 지나면 팔려고 해도 안 팔릴 걸요."

두화이민은 샤오자가 그렇게 너그럽게 나올 줄은 몰랐다. 샤오자는 앞으로 자기 미래가 어떻게 될지는 전혀 생각도 안 했다. 아무래도 아직 어려서 멀리 내다볼 줄 모르는 것이다. 두화이민은 더 이야기하지는 않았지만 그 일이 줄곧 마음에 부담으로 남았다. 그래서 그 후로는 두위안이 집에서 여자친구 샤오류 얘기를 할 때마다 뜨뜻미지근

한 태도를 보였다.

"너한테 시집을 와야 내 며느리인 거다."

그는 그렇게 아들에게 말했다. 샤오류는 집에 몇 번 온 적이 있기는 했다. 농촌 출신의 대학생으로 어떻게든 이 도시에 남으려 했고 돌아갈 때마다 마치 제 집인 듯 집을 싹 정리하고 갔다. 바로 그럴 때 소파에 앉아 묵묵히 담배만 피우던 두화이민은 진짜 위협을 느꼈다. 그녀의 행동거지를 통해 그녀가 두위안과 잘 살기로 굳게 마음을 먹었고 어떻게든 이 집의 여주인이 되려 한다는 것이 느껴졌다.

두화이민은 너무 잘 나서고 억세 보이는 여자는 별로였다. 그가 생각하는 이상적인 며느리는 부드럽고 현숙해야 했으며 도시 아가씨인 게 좋았다. 그런데 샤오류는 화도 잘 내고 성격이 매서워서 내심 못마땅했다. 그는 그녀가 뭘 원하는지 알고 있었다. 그녀의 생각은 바로 두위안의 생각이어서 그녀가 아직 집에 도착하기 전에 두위안이 에둘러 말을 꺼냈다.

"요 며칠 또 집을 한 군데 보러 갔는데요, 구조가 아주 좋더라고요. 단지 계약금이 아직 모자라서……"

예전에는 이런 말을 들으면 두화이민은 어김없이 초조한 심정이 되었다. 하지만 이제는 외려 아무렇지도 않았다. "좀 기다려보자"라고만 했다. 그렇게 말하는 횟수가 쌓이면서 그는 점차 아들의 눈에서 한 가닥 경멸의 눈빛이 읽혔다. 갈수록 자기가 아버지가 아닌 것 같고 위엄을 깡그리 잃은 듯한 느낌이 들었다.

매번 아파트 단지의 부동산 업소 앞을 지날 때마다 그는 잠깐씩 광고판 앞에 머물곤 했다. 전에 봐둔 헌 아파트 몇 채가 며칠 망설이는 사이 남에게 다 팔렸다. 돈 있는 사람이 어쩌면 그렇게 많아졌는지 그는 도무지 이해가 안 갔다. 세상이 해가 다르게 바뀌어가는 느낌이었다. 가난뱅이가 갈수록 늘어나고 부자도 갈수록 늘어났다. 두화이민은 커튼을 걷고 단지를 내려다보았다. 나무들은 과거의 그 나무들이었다. 잎이 파래졌다 다시 누레지며 조용히 윤회를 거듭하고 있었다. 단지 순간적으로 또 어떤 모습으로 변할지 모를 뿐이었다.

저녁을 먹으면서 두화이민은 입을 다문 채 텔레비전을 응시했다. 여전히 그의 머릿속에는 아래층 생각뿐이었다. 어제 물에 젖은 잡지는 종이가 부풀고 쭈글쭈글해져 있었다. 오후에 천씨가 또 올라와, 아직도 이층에서 물이 뚝뚝 떨어져서 몹시 신경이 쓰인다고 했다. 두화이민은 연거푸 미안하다고 말하는 수밖에 달리 방법이 없었다. 천씨가 말했다.

"아래층 사람은 아직 안 온 거야?"

두화이민은 고개를 흔들었다.

"거기, 분명히 누가 살기는 살아. 며칠 전에도 인기척을 들은 적이 있으니까."

"거의 한 시간마다 가서 문을 두드리고 있는데 아직 사람이 없어."

"그러면 어쩌나. 이층도 아주 흠뻑 젖었을 텐데."

두화이민은 바늘에 찔린 듯 가슴이 뜨끔해서 주저하며 말했다.

"남의 집 문을 뜯어낼 수는 없을 테고……"

천씨가 말했다.

"그건 당연히 안 되지!"

천씨가 간 뒤, 두화이민은 또 아래층 주인에게 전화를 걸었다. 이번에도 차가운 자동 응답 소리만 들렸다. 그는 떨리는 손으로 수화기를 내려놓았다. 은근히 불길한 예감이 들었다. 올해는 그의 띠에 해당되는 해였는데 작년에 장님 점쟁이는 그에게 봄을 조심해야 한다고 했다. 당시 그는 무엇을 조심해야 하느냐고 물었지만 점쟁이는 입을 다물었다. 돈을 얹어줘야 한다는 것을 알았지만 그는 참고 더 묻지 않았다. 그리고 지금 액운이 닥치기 전의 징조가 느껴졌다. 마치 이마에 총구가 겨눠져 어서 도망쳐야 할 것 같았지만 그는 갈 곳이 없었다.

저녁을 다 먹고 그는 단지를 돌아다니며 이층의 주인이 누구인지 수소문했다. 이런저런 얘기가 나오기는 했지만 도대체 누가 거기 사는지는 알 수 없었다. 주인의 이름은 저우취안周全이었고 전화기가 계속 꺼져 있었다. 그런데 역시 이층에서 그 집 건너편에 사는 사람에게 물어보니, "저우취안은 전에 이사 갔어요"라고 말했다. 이어서 또 이런 말도 했다.

"옆집 사람은 여자 같던데요. 그런데 혼자 사는지 둘이 사는지는 모르겠어요. 어쨌든 매번 너무 늦게 들어와서 아직까지 얼굴 볼 일이 없었어요. 요즘 젊은 사람들은 우리 같지 않잖아요. 전에 우리는 그래도 옆집하고 왔다갔다하며 지냈는데 요즘 젊은 사람들은 집에만 들어가면 콕, 처박혀서 서로 왕래가 전혀 없어요."

그는 어쩔 수 없이 집에 돌아왔다. 큰아들 두위안은 벌써 셋방으로 돌아갔고 작은아들만 집에서 정신없이 텔레비전을 보고 있었다.

"아침부터 저녁까지 텔레비전만 보냐? 공부는 안 할 거냐?"

샤오자가 말했다.

"오늘은 어쩔 수 없어요. 미국놈들이 이라크를 치고 있다고요. 세계가 다시 전쟁 중이에요!"

두화이민은 언짢아하며 말했다.

"세계는 매일 전쟁 중이다. 그게 너하고 무슨 관계야?"

샤오자가 그를 돌아보며 진지하게 말했다.

"왜 관계가 없어요? 지금은 지구촌 시대라서 전부 맞물려 견제와 균형을 이루고 있는데 어떻게 우리랑 관계가 없을 수 있어요? 만약 이라크가 석유를 못 팔게 되면 전 지구의 유가가 치솟을 거예요."

두화이민은 코웃음을 쳤다.

"자동차도 없는 녀석이 무슨 유가를 따져!"

아들은 지지 않고 받아쳤다.

"그래도 택시는 늘 타시잖아요!"

두 사람은 소파에 앉아 전쟁의 최신 뉴스를 시청했다. CNN의 마지막 취재팀이 이라크의 미디어 빌딩에서 철수했고 독일은 유엔이 이라크 전쟁에서 계속 역할을 담당할 것을 촉구했으며 백악관 주변에는 천 명이 넘는 반전 시위대가 모여 이라크에 대한 미국의 무력 사용에 항의했다. 바그다드 상공의 폭격 장면이 비칠 때는 화면이 계속 흔들렸다.

깊은 밤, 샤오자는 이미 잠들었다. 두화이민은 침대에 모로 누워 거실에 걸린 시계가 똑딱대는 소리를 듣고 있었다. 그것은 뭔가가 끊어지는 소리 같았다. 그는 영 잠이 오지 않았고 그 소리 때문에 마음이 어수선했다. 잠이 안 올 때면 그 시계 소리가 가장 무서웠다. 일 분 일 초마다 자기 생명이 시계 침을 따라 끊임없이 줄어드는 느낌이었다. 수도꼭지에서도 물방울이 뚝뚝 떨어져 마음을 불안하게 했다. 그렇게 한 방울씩 생명이 새다가 결국에는 바짝 마른 시체가 될 것이라는 생각이 들었다. 지금, 밤은 깊이 선정禪定에 든 노승처럼 고요했다. 그는 잠이 안 와 눈만 감은 채 몽롱한 상상에 빠져 있었다. 그러다가 새벽 4시쯤, 문득 계단에서 전해지는 발자국 소리를 들었다. 하이힐이 계단을 밟으며 또각또각, 연달아 맑은 소리를 냈다. 이어서 짤랑, 열쇠 꺼내는 소리가 들리더니 열쇠구멍에서 작은 소음이 울렸다. 아랫집의 문이 열린 것이다.

두화이민은 공연히 가슴이 죄어들었다. 어둠속에서 바짝 긴장한 채 숨을 죽이고 천장을 응시했다. 그는 기다리고 또 기다렸다. 거실 벽에 걸린 시계의 바늘이 한 걸음 한 걸음 떨면서 한 바퀴의 마지막 지점을 향해 가고 있는 듯했다. 어둠 속에서 시간이 얼마나 흘렀을까. 아래층에서 희미하게 몇 마디 말소리가 들리더니 다시 조용해졌다. 만물이 다시 소생하기 직전인 새벽 시간, 아파트 단지는 무서울 만큼 고요했다. 그는 더 이상 아무 소리도 들리지 않는 것을 확인한 뒤에야 길게 실망의 한숨을 내쉬었다. 침침한 새벽빛이 조금씩 두꺼운 커튼을 뚫고 들어왔다. 날이 곧 밝을 것이다.

7

두화이민이 눈을 뜬 시각은 아침 8시였으며 아들은 이미 등교한 뒤였다. 그는 뜻밖에도 아들이 언제 일어났는지 몰랐고 양치질하는 소리도 듣지 못했다. 그야말로 시체처럼 잔 것이다. 전에는 방에서 작은 소리만 들려도 즉시 깨곤 했다. 곧 지각을 할 판이라 두화이민은 급히 세수와 양치질을 한 뒤, 서류봉투를 집어 들었다. 그리고 문을 나서자마자 여자와 마주쳤다.

여자는 하마터면 그와 정면으로 얼굴을 부딪칠 뻔했다. 그는 그녀가 막 올라왔는지, 아니면 문 앞에서 자기가 문을 열기만 기다렸는지 알 수가 없었다. 여자는 서른 살 안팎으로 보였고 애교스러운 눈과 갸름한 얼굴을 가졌으며 풍만하면서도 피부가 하얬다. 그리고 세로줄무늬 셔츠에 검은색 레깅스를 받쳐 입었는데 S자형 몸매가 눈길을 잡아끌었다. 여자는 능숙하게 도넛 모양으로 담배연기를 뿜어내며 말했다.

"아저씨 집에서 물이 샜나요?"

두화이민은 얼굴이 빨개져서 황급히 "예!"라고 답했다. 여자는 문틀에 기댄 채 사방을 둘러보고 그의 집도 아래위로 훑어본 뒤, 마지막으로 벽에 걸린 고인의 사진에 눈길이 닿았다.

"우리 집이 피해가 적지 않아요. 그 바람에 어젯밤 한잠도 못 잤어요."

두화이민은 사과를 하며 그녀에게 물을 따라주었다.

"먼저 들어와서 좀 앉으시죠. 정말 죄송합니다."

여자는 풍만한 엉덩이를 실룩이며 천천히 집에 들어와서는 조심스레 소파에 다가가 앉았다. 그리고 떠보듯이 물었다.

"혼자 사나요?"

두화이민은 돌아서서 문을 잠그지 않고 그냥 닫아두며 말했다.

"아들이 둘 있긴 하지만 여기 안 삽니다. 저 사람은 제 아내인데 죽었고요."

여자는 고개를 들어 그를 쓱 보고는 조그맣게 네, 하고 말했다. 두화이민은 말투를 통해 그녀가 쓰촨四川 사람인 것 같다고 짐작했다. 여자가 말했다.

"수도꼭지를 안 잠근 건가요?"

그는 얼른 수도 파이프가 터졌다고 설명하고서 양해를 부탁한다고 줄줄이 말을 늘어놓았다. 여자가 일어나며 말했다.

"내려와서 같이 좀 보는 게 낫겠어요. 어젯밤에 돌아와서야 봤는데 물건들이 죄다 흠뻑 젖었어요."

두화이민은 그녀를 따라 아래층으로 내려갔다. 그녀의 집은 유난히 초라했다. 낡은 가구들은 척 봐도 벌써 십여 년 전에 유행이 지난 것들이었다. 그런 물건들은 이제는 오래된 빌트인 셋집에서나 눈에 띄었다. 두화이민은 말했다.

"이 집은 당신 집인가요, 세를 드신 건가요?"

여자는 세를 들었다고 말했다. 바닥에는 아직 물이 고여 있었고 마른 곳에는 발자국이 어지러이 찍혀 있었다.

"보라고요. 이불, 시트, 신발 할 것 없이 다 젖었어요. 이건 좀 너무하잖아요!"

두화이민은 궁색하게 연방 사과를 했지만 왠지 마음은 조금 편해졌다.

여자의 숄더백에서 휴대폰이 울렸다. 벨 소리가 유난히 컸다. 그녀는 두화이민을 힐끗 보았고 그는 알아서 몇 걸음 자리를 피해주었다. 휴대폰에서 목청 큰 남자의 속사포 같은 음성이 띄엄띄엄 들렸다.

"아친阿琴, 오늘 저녁 8시, 재스민호텔 8037호야. 단골손님이니까 서비스 잘 해줘. 다들 너를 기억한다고!"

여자는 네, 네, 답하고서 또 그를 힐끗 보더니 탁, 하고 휴대폰을 닫았다.

"봤죠? 이 꼴이 됐으니까 알아서 해줘요."

"어디서 일하시나요?"

여자는 머뭇거리며 그를 보더니 짜증 섞인 어조로 말했다.

"그게 이 일이랑 무슨 상관이죠?"

그녀의 눈빛에서 무심결에 피하려는 기색이 느껴졌다. 그는 어떻게 해야 그녀를 만족시킬 수 있을지 속으로 계산을 하고 있었다. 여자는 그의 의중을 파악한 듯 사람을 몰아붙이기 시작했다.

"잘 좀 보라고요, 봄에 비도 오는데 이불까지 다 젖었으니……"

그 잘 익은 복숭아는 피해자의 신분에 기대 오만한 태도로 쏘아붙였다. 확실히 보통내기는 아니었다.

그녀의 눈빛을 바라보며 그는 돌연 말투를 누그러뜨렸다.

"정말 죄송합니다. 앞으로 다시는 이런 일이 없을 겁니다."

그때 그녀의 휴대폰이 또 눈치 없이 울렸고 그는 살았다는 듯이 한숨을 쉬었다. 그녀는 경계의 눈초리를 던지더니 창가로 가서 전화를 받았다.

"어디라고요? 저녁에는 손님이 생겨서요. 주룽九龍국제호텔은 어디인지 잘 모르는데. 네……"

그녀는 화를 내며 전화를 끊은 뒤, 고개를 들고 다시 그를 주시했다. 그는 갑자기 말투를 바꿔 말했다.

"주룽국제호텔 말이죠? 어디인지 제가 잘 압니다."

"알아서 뭐 어쩌게요?"

그녀가 코웃음을 치며 말했다.

"거기 가셔야 하는 것 아닌가요?"

"됐어요!"

그녀가 짜증을 내며 그의 말을 끊었다.

"혹시 난충南充• 분이신가요?'

• 쓰촨성 동북부에 위치한, 인구 800만 명의 주요 도시

그녀는 놀란 눈으로 그를 보더니 빨개진 얼굴로 고개를 흔들었다.

"누가 난충 사람이라는 거예요? 사람 잘못 봤어요!"

지금 그녀의 말에는 또 쓰촨 사투리가 전혀 안 섞여 있었다.

그는 소파 옆 한구석에 커다란 슬리퍼 한 켤레가 놓인 것을 얼핏 보았다. 그 슬리퍼의 주인은 왜 얼굴을 내밀지 않는지 궁금했다.

"혼자 사시나요?"

"아, 진짜!"

여자는 결국 더 못 참고 눈썹을 확 올리며 두화이민에게 따졌다.

"왜 이렇게 잔말이 많아요? 도대체 어떻게 할 거예요!"

두화이민은 그녀의 얼굴을 빤히 바라보았다. 지금 그의 마음은 이상할 정도로 평온했다. 적어도 그녀가 뭘 원하는지는 알 것 같았다. 그가 주시하는 바람에 그녀의 예쁜 얼굴이 조금씩 빨개졌고 덩달아 그의 심장박동도 저절로 빨라졌다. 이 타고난 요물은 어째서 이 지경으로 타락하고 또 이렇게 사람을 몰아붙여 분노를 사는 것일까. 그는 먼저 입을 열었다.

"다 제 부주의로 이렇게 됐으니……"

그는 꾹 참고 뒷말은 하지 않았다. 원래는 액수를 말할 생각이었지만 얼마를 줘야 할지, 또 어떻게 줘야 할지 생각이 안 났다. 그 여자의 눈빛이 다시 비스듬히 날아와 그의 가슴을 더 뛰게 했다.

"그러면 이렇게 해요."

여자가 고개를 치켜들고 그를 바라보았다.

"이 집은 나도 세를 든 거니까 아저씨를 더 난처하게 하고 싶지는 않아요. 천 위안만 주세요. 너무 많은 건 아니죠? 이불이며 시트며 소파며 몽땅 젖은 걸 봤잖아요. 이걸 다 어떻게 하냐고요!"

그녀는 딱 부러진 태도로 그것이 자신의 마지막 조건임을 밝혔다.

"천 위안이요?"

두화이민은 조금 어렵다는 듯이 말했다.

"조금 줄여주시면 안 될까요? 어쨌든 제가 일부러 그런 것도 아니니까, 800위안은 어떤가요?"

"800이요?"

그녀는 눈꺼풀을 깜박였다. 그녀의 눈에 한 가닥 경멸의 빛이 스쳤다.

"그래요, 800위안으로 하죠 뭐. 아저씨랑 그 돈 갖고 실랑이할 시간도 없고."

그 경멸의 눈빛 앞에서 두화이민은 가슴이 콱 막혀 숨이 잘 안 쉬어졌다. 그 여자가 허리를 숙여 바닥의 충전기를 주울 때, 그는 그녀의 셔츠 틈새로 모란꽃 모양의 문신을 얼핏 보았다. 그것은 눈에 확 뜨였고 여자의 하얗고 봉긋한 가슴에서 어떤 무기 같은 역할을 하는 듯했다.

"돈은 저녁 6시에 드리죠. 지금은 빨리 출근을 해야 해서요."

두화이민은 냉랭하게 말했다.

"지금은 안 되고요?"

여자가 의아해하며 물었다.

"빨리 출근을 해야 한다니까요. 저는 정식 직장에 다니는 사람입니다. 아무렇게나 사는 사람이 아니에요. 지각을 하면 안 됩니다."

두화민은 자기 입에서 그런 말이 나올 줄은 생각도 못했다.

"6시 정각에 위에 오시면 드리겠습니다."

"6시에는 시간이 안 돼요, 나는 낮에만 시간이 있다고요!"

여자가 난처해하며 말했다.

"점심 때 주면 안 돼요?"

"오늘 점심에는 시간이 없습니다. 오후 회의 준비를 해야 하거든요."

그는 잠시 그녀의 눈치를 살피다가 또 말했다.

"내일 점심은 괜찮아요. 내일 점심에 드려도 되나요?"

여자는 생각도 안 해보고 그렇게 하라고 했다.

그는 급히 나가는 척하며 여자에게 전화번호를 요구했다.

"전화번호를 알려주세요. 내일 점심에 연락을 드리죠."

여자가 말했다.

"바로 아래층에 사는데 전화번호가 무슨 필요가 있어요?"

그녀가 경계하는 표정을 짓자 두화이민은 웃으며 말했다.

"전화번호가 있으면 아무래도 편리하잖아요. 이번에 물이 샜을 때도 좀 더 일찍 당신한테 연락했으면 이 지경이 되지는 않았을 겁니다. 안 그런가요?"

여자는 선 채로 잠시 거절할 이유를 찾다가 결국 그에게 전화번호를 알려주었다.

두화이민은 말했다.

"틈나는 대로 가끔씩 올라와 앉았다가 가세요. 그래도 이웃인데 앞으로 잘 지내봅시다."

여자는 웃으며 얼버무렸다. 그만 가라는 표시였다.

8

텔레비전에서 전해지는 미군의 공세는 샤오자가 예상했던 것보다 훨씬 빠르고 강력했다. 하지만 사담 후세인은 아직 멀쩡했다. 죽지 않았을 뿐만 아니라 텔레비전 담화까지 발표했다. 그는 이 전쟁이 이라크인의 주권을 침범했으므로 모든 이라크인이 다 떨쳐 일어나 조국과 가정을 지켜야 한다고 호소했다. 이라크의 적은 결국 소멸될 것이며 이라크를 상대로 전쟁을 일으킨 것은 수치스러운 죄악이라고도 했다.

아침에 그는 욕실에 들어가 양치질을 하고서 거울 속 자신의 얼굴을 난감해하며 쳐다보았다. 입술 위에 빽빽이 자란 부드러운 연노랑빛 솜털이 무척 방정맞아 보였다. 매일 아침마다 그는 어쩔 줄 몰라 하며 그것을 살폈다. 그것은 늘 소리 없이 자라났다. 가끔씩 그는 책상 앞에서 작은 거울을 들고 풀뿌리를 제거하듯 한 가닥씩 그것을 뽑곤 했다. 그러면 피부에 따끔따끔 통증이 파고들었다. 하지만 며칠도 안 돼 다시 수북이 자라났다. 마치 그에게 복수라도 하듯 더 짙고 빽빽해졌다.

샤오자는 더는 함부로 수염을 못 건드리게 되었다. 뽑을수록 굵어지고 모낭이 커져서 통증도 훨씬 심해졌다. 그는 살며시 수염을 쓰다듬었다. 왕이 말 안 듣는 신하들을 달래는 듯한 좌절감이 느껴졌다. 세면대 위의 필립스 면도기는 몇 시간만 충전해도 한 달 넘게 쓸 수 있었다. 윙윙, 모터 소리가 힘차게 울리면 삼중 면도날이 수염을 제거해, 얼마 안 돼 턱이 맨들맨들한 남자가 거울 앞에 나타나곤 했다. 그는 무척이나 자기 턱에도 그것을 써보고 싶었지만 윙윙, 소리가 나면 화들짝 놀라 스위치를 껐다. 그의 노랗고 가는 솜털은 형의 까맣고 빳

뻣한 수염과는 전혀 달랐다. 같은 반 친구들의 말에 따르면 수염을 깎기 시작하면 갈수록 굵어져 결국 나이든 남자처럼 변해서 다시는 원래대로 돌아오지 않는다고 했다.

그는 그 면도기가 두려웠다. 그것을 보고 있으면 마치 류 뚱보 앞에 서 있는 듯했다. 서로 완전히 사이가 틀어진 뒤로 류 뚱보와 알감자는 만날 때마다 분위기가 아슬아슬했다. 류 뚱보는 빨리 체면을 회복하려 했고 알감자는 자오야쓰에게서 무한한 에너지라도 얻었는지 이제 아무것도 두려워하지 않았다. 둘은 만나도 서로 정면으로 눈을 마주치지 않았다. 류 뚱보는 당연히 속이 부글부글 끓었다.

어느 날 누가 소문을 퍼뜨렸다. 류 뚱보와 알감자가 시간과 장소를 정하고 한판 붙기로 했다는 것이었다. 그 소문은 거센 파도처럼 삽시간에 퍼졌다. 류 뚱보는 대수롭지 않게 말했다.

"그런 꼬맹이가 덤벼봤자지."

그런데 알감자는 잔뜩 원한 서린 표정만 짓고 있어서 아무도 그의 속내를 알지 못했다. 두 사람 중 어느 누구도 나서서 해명하지 않았지만 모두 그들이 곧 싸울 것이라고 생각했다. 방과 후 운동장의 작은 숲속에서 말이다! 누구는 알감자의 책가방에 작은 칼이 숨겨져 있는 것을 봤다고 몰래 말하고 다니기도 했다. 그래서 모두 학교에서 알까봐 쉬쉬하면서 저물녘에 싸움이 벌어지기만 조바심치며 기다리고 있었다.

두 사람은 팽팽히 맞서고 있었다. 어느 쪽도 상대를 두려워하거나 고개를 숙이려 하지 않았다. 수업이 거의 끝나갈 때 샤오자는 알감자에게 농담조로 물었다.

"오늘 저녁 결투는 준비 다 됐나?"

알감자는 코웃음을 쳤다.

"네가 무슨 상관인데?"

샤오자는 그렇게 면박을 당했다. 며칠 전만 해도 분명히 알감자가 류 뚱보를 단단히 손봐주기를 고대했지만 이제는 생각이 달라졌다. 그가 류 뚱보에게 크게 창피를 당하고 자기 분수를 깨닫기를 바랐다.

시간이 가까워지면서 반의 분위기가 달아오르기 시작했다.

"조금 있다가 녀석을 두들겨 팰 거라면서?"

친구들이 목소리를 낮춰 묻자, 류 뚱보는 기세등등하게 자기 가슴을 치며 말했다.

"당연하지, 제 주제도 모르고 날뛰는 새끼 같으니!"

이어서 이번에는 알감자에게 물었고 그도 격앙된 목소리로 답했다.

"그 뚱보 새끼한테 그동안 당한 걸 다 갚아줄거야!"

수업종이 울리자 다들 우르르 교실을 벗어나 각자 지지하는 사람을 둘러싼 채 아래층으로 내려갔다. 샤오자는 그 두 사람이 친구들에게 납치라도 당한 듯 휩쓸려 움직이는 것을 보았다. 그들은 서로 마주 보며 조금 망설이는 눈치였지만 이제 어쩔 수가 없었다.

이 시간, 작은 숲은 고요하기 그지없었고 초봄의 빗물이 나뭇잎에 고여 뚝뚝 떨어지고 있었다. 맑은 공기 속에서 학생들은 떠들어대며 양쪽으로 나뉘었고 알감자와 류 뚱보를 앞으로 밀어냈다.

두 사람은 서로 노려보았지만 먼저 공격할 엄두를 못 내고 꿈틀거리고만 있었다.

공기 속에 퍼진 어수선한 분위기가 곧 벌어질 일에 대한 기대와 환상을 불러일으켰다. 하지만 둘 중 누구도 선뜻 주먹을 먼저 날리지 못했다. 꼭 남에게 납치당해 온 형제 같았다.

"때려, 왜 가만히 있는 거야?"

누가 불만스러워하며 말했다.

"때려, 뚱보야!"

"꺼져, 이 새끼야!"

류 뚱보가 돌아보며 욕을 했다. 그는 나뭇잎처럼 가늘게 실눈을 뜨고 있었다.

"안 싸우고 뭐하는 거야……"

다들 여간 실망스러운 게 아니었다.

둘은 사람들 속에서 둥글게 원을 그리며 호심탐탐 상대를 바라보았다. 하지만 여전히 나서지 않고 잔뜩 힘만 주고 있었다.

류 뚱보가 말했다.

"씨발, 앞으로도 계속 나한테 건방 떨 수 있나 보자."

알감자도 말했다.

"누가 건방을 떠는지는 다들 곧 보게 될 걸."

류 뚱보는 다짜고짜 알감자를 힘껏 밀쳤다. 알감자도 지지 않고 똑같이 그를 밀쳤다. 둘은 드디어 맞붙잡고 겨루기 시작했다. 모두들 눈앞이 아찔하고 가슴이 두근거렸다. 알감자는 류 뚱보의 밑에 깔렸다가 다시 몸을 뒤집어 일어났다. 둘은 온몸에 진흙이 묻은 채 헉헉, 거친 숨을 토했다.

힘이 센 류 뚱보가 아무래도 우세했다. 쓰러진 알감자의 목을 움켜쥔 채 온몸으로 누르며 물었다.

"계속 까불 거야?"

알감자는 잠깐 발버둥을 치며 진흙을 사방에 튀겼다. 하지만 아무리 기를 써도 일어날 수가 없었다. 류 뚱보는 그의 몸 위에 걸터앉은 채 깔깔, 득의양양한 웃음을 터뜨렸다. 그렇게 알감자가 완전히 수세에 처해 있을 때, 어디서 나타났는지 자오야쓰가 사람들 사이를 비집고 나와 날카롭게 소리쳤다.

"때리지 마!"

류 뚱보가 어리둥절한 틈을 타, 알감자는 미꾸라지처럼 그의 사타구니 사이로 빠져나왔다. 그리고 누가 말릴 틈도 없이 호주머니에서 숟가락을 꺼내들었다. 그때 류 뚱보는 이미 그를 전혀 신경 쓰지 않고 있었다. 알감자는 숟가락을 꽉 쥔 채 흥분해서 온몸을 부들부들 떨었다. 누구도 그가 숟가락을 숨기고 있을 줄은 몰랐다. 모두 한바탕 웃는 바람에 그는 체면이 깎였다. 자오야쓰의 눈이 숟가락에 머물렀다가 묘한 눈빛으로 그를 힐끔 바라보았다. 그는 시뻘게진 얼굴로 고개를 숙인 채 숟가락을 던져버렸다.

나중에 그 일을 다시 곱씹으면서 샤오자는 알감자가 바로 자오야쓰의 그 눈빛에 패한 것이라는 생각이 들었다. 그는 풀이 죽어 숟가락을 던진 뒤, 류 뚱보 쪽은 보지도 않고서 사람들 사이를 헤치고 가버렸다. 그 후로는 기가 완전히 꺾여버렸다.

9

기나긴 오후에 두화이민이 받은 문자는 아들 두위안이 보낸 한 통뿐이었다. 저녁에 집에 온다고 했다. 그는 또 싸운 거냐고 답장을 보냈지만 아들은 반응이 없었다. 요 며칠, 아들은 계속 집에 와서 잤다. 그는 아들과 샤오류 사이에 무슨 문제가 생긴 것을 눈치 챘지만 자세히 묻기는 곤란했다. 그런 성가신 일은 알고 싶지 않았다. 창밖에는 추적추적 비가 오고 있었다. 한동안 그는 책상 위의 휴대폰을 멍하니 바라보고 있었다. 그러다가 그 여자의 전화번호를 찾아 단단히 외워두었다. 그 여자는 자기도 모르게 요염한 분위기를 풍기며 그의 눈앞에 나타났다. 오늘 그는 조금 얼떨떨한 기분으로 사무실에 앉아 있었고 당장이라도 휴대폰을 꺼내 그녀에게 전화를 걸고 싶었다. 가슴에 새겨진 그 문신이 계속 눈앞에 어른거려 눈이 따끔거릴 정도였다.

두화이민은 그 800위안을 어떻게 줄지 궁리하고 있었다. 배추가 한 근에 8마오毛*, 두부는 네 모에 1위안인 지금, 800위안은 온 가족의 두 달치 생활비에 해당했다. 그 적지 않은 액수를 자기가 그때 왜 수락했는지, 생각하면 생각할수록 손해를 본 느낌이었다. 그리고 그 800위안을 그냥 순순히 넘겨준다면 그녀에게 너무 잘해주는 것이라는 생각이 들었다.

그는 집에서 혼자 저녁을 먹고 있었다. 샤오자는 어떤 날은 집에 와서 저녁을 먹었고 어떤 날은 학교 근처 분식집에서 밥을 사먹었다. 점심에 그는 절대 집에 와서 밥을 먹지 않았다. 그리고 큰아들과 샤오자도 집에 있을 때만 시장에 가서 좀 더 재료를 사와 푸짐하게 저녁을 차리곤 했다. 아래층의 여자는 돌아오지 않은 듯했다. 그는 내내 귀를 쫑긋하고 있었지만 아래층에서는 아무 소리도 들리지 않았다.

'주룽국제호텔이라고 그랬지?'

한참을 생각한 뒤에야 두화이민은 그곳이 온천호텔이고 시내에서 꽤 멀다는 사실이 떠올랐다. 그리고 그 여자는 확실히 섹시한 용모의

• 1마오는 1위안의 10분의 1

소유자라는 생각이 들었고 갑자기 이유 없이 초조해졌다. 설거지를 마치고 그는 소파에 앉아 아무렇게나 채널을 돌려 텔레비전을 보았다. 사담 후세인이 지휘하는 이라크군이 연합군의 협공에 참패를 당했으며 최전선의 수많은 부대가 이미 무기를 버리고 미군에 투항했다. 그는 텔레비전을 끄고 건물 아래로 내려가 수위인 장씨와 바둑을 두었다. 매일 장씨가 있는 곳에서는 바둑판이 벌어졌는데 퇴직한 노인네 몇 명이 늘 자리를 차지하고 있는 바람에 저녁 먹을 때나 돼야 겨우 낄 틈이 생겼다. 두화이민은 회화나무 아래에 앉아 생각에 잠긴 채 왔다갔다하는 사람들을 일일이 지켜보고 있었다. 봄의 꽃가루가 바둑판 위에 내려앉았다. 그는 그것을 손가락으로 튕기며 서툰 한 수를 놓았다. 하늘이 점차 어두워지고 비온 뒤의 저녁놀이 단지 안의 길 한쪽을 비췄다. 그는 눈앞의 불리한 판세를 뚫어지게 보다가 갑자기 짓궂게 노인을 보며 웃었다.

"제가 이기겠네요."

노인은 한참을 열심히 훑어보고는 되풀이해 말했다.

"불가능해, 절대 불가능해."

두화이민은 아예 자신의 퇴로를 끊고 위험한 한 수를 두었다. 만약 상대방이 잘 대응하지 못하면 궁지에서 반격을 가해 위기에서 벗어날 수 있는 수였다. 노인은 놀라서 한참을 멍하니 보며 고민에 빠졌다. 두화이민이 좀이 쑤셔 몇 번을 재촉하는데도 죽은 듯이 꼼짝도 하지 않았다. 그는 점차 불길한 느낌이 들었다. 과연 노인은 번들번들한 자기 뒤통수를 치면서 헤헤, 웃었다.

"죽기를 자초한 거로구먼."

두화이민은 돌을 던져 패배를 인정하고 일어나서 자리를 떴다. 저물녘 단지에 난 길에는 봄의 기운이 은밀히 넘쳐흘렀다. 바야흐로 노란 회화나무꽃이 활짝 피는 시기였다. 그는 공기 속에 퍼진 맑은 향기를 주의 깊게 들이마셨다. 잠시 억제하기 힘든 충동이 솟구쳤다. 그는 빠른 걸음으로 단지 내 약국에 들러 피임용품을 달라고 했다. 아주 오래 못 써본 물건이었다. 상자를 받고 계산하러 점원 아가씨와 얼굴을 마주했을 때 그는 조금 부끄러웠다.

그는 상자를 침대 옆 작은 캐비닛에 넣었다. 그러나 작은아들이 멋대로 뒤지다가 볼까 염려가 되어 다시 꺼내서 포장을 뜯고 이불 밑에 숨겼다. 그 일을 마치고 그는 불현듯 황당한 느낌이 들었다. 또한 미국과 이라크가 서로 그렇게 멀리 떨어져 있는데 어떻게 전쟁까지 하게 됐나 싶었다. 요즘 갈수록 힘이 떨어지는 기분이었다. 때로는 계단만 올라가도 무릎이 풀리고 심장이 빠르게 뛰었다. 이삼 년 전만 해도 그런 일이 없었는데 말이다. 그때는 저녁을 먹고 이따금 밖에 나가 탁구나 배드민턴을 하고 오기도 했다. 하지만 지금은 꼼짝도 하기 싫었다. 어떤 때는 저녁 설거지도 하기 싫었다. 어느새 텔레비전 시청만이 그의 유일한 오락거리가 되었다. 사실 그는 화면을 보면서도 대부분의 시간은 멍하니 넋을 놓고 있었다. 텔레비전에 나오는 그 팔팔한 젊은 이들과 비교하면 그는 이미 딴 세상 사람이나 다름없었다. 절반을 훌쩍 넘어 인생을 살았고 남은 인생과 관련해서는 꿈꾸는 재미조차 잃었다. 하지만 젊은 시절, 두화이민은 적극적이고 낙관적인 사람이었다. 운명을 자기 손바닥 위에 놓고 주무를 수 있다고 생각했다. 그는 휴대폰의 주소록을 열어 처음부터 끝까지 뒤져보았다. 뜻밖에도 문자로 아무 얘기나 나눌 만한 사람이 한 명도 없었다. 오직 그녀만이 그를 설레게 했다.

두화이민은 그녀에게 문자를 보내 언제 집에 돌아오느냐고 물었다. 그 문자를 보낼 때 별로 부적절하다는 느낌은 들지 않았다. 그런데 여자는 한참이 지나도 답장이 없었다. 시간이 조금씩 흘러갔다. 거실의 시곗바늘이 그의 마음을 어지럽혔다. 그는 소파에 누워 눈을 감고 있다가 얼마 지나서 호주머니 속 휴대폰의 진동을 느끼고 벌떡 일어났다. 여자는 "내일"이라고 말했다. 그 두 글자에 그는 가슴이 턱 막혔다. 어떻게 해야 하나 한참을 고민하다가 또 문자를 보냈다.

"무슨 일을 하기에 늘 밤에 출근을 하나요?"

여자는 이번에는 답장을 하지 않았다. 여러 차례 그는 호주머니 속 휴대폰에 진동이 온 줄 착각했고 결국 모욕감을 느꼈다. 여자는 그를 상대할 마음이 없는 게 확실했다. 그는 계속 문자를 보내고 싶었지만 끝내 전송 키를 누르지는 못 했다. 그렇게 여러 번 갈등하다 신경질이 나서 고량주 한 병을 냉장고에서 꺼내 땅콩을 안주로 마시기 시작했다. 마침 텔레비전에서는 홍콩 갱 영화가 방영되고 있었다. 예쁘고 날씬한 여자가 조직 보스의 무릎 위에 앉아 허리를 꼬며 천천히 가죽 상의를 벌려서 요염한 문신을 드러냈다.

"이 개씨발년 같으니!"

벽에 걸린 시계가 똑딱똑딱 가고 있었고 그는 왜 두 아들이 아직도 안 오는지 신경이 쓰였다. 그들이 안 와서 집안은 쥐죽은 듯 고요했다. 그는 술을 홀짝홀짝 마시며 시계를 바라보았다. 다시 화가 조금씩 치밀어 올랐다. 뭔가가 가슴에 막힌 듯 짜증이 나서 창가에 대고 몇 번 고함을 지르고 싶었다.

10

 불리한 전황이 샤오자를 충격에 빠뜨렸다. 그는 피시방 의자에 앉아 모든 기대가 물거품처럼 사라지는 것을 느꼈다. 뉴스에서는 온통 미군이 바그다드를 점점 포위해가는 상황을 떠들썩하게 보도하고 있었다. 그들은 남부의 거점인 움카사르를 점령하고 나시리야에서 성공적으로 유프라테스강을 건넜다. 이라크군의 저항은 허약하기 그지없어서 그가 상상했던 것과는 거리가 멀었다. 그는 너무나 실망해서 피시방을 나왔다. 밤거리에는 인적이 드물었고 오렌지색 가로등불 밑에서는 만취한 청년 몇 명이 가로등을 붙잡고 구토를 하고 있었다. 술기운이 과한지 가끔씩 욕을 하고 소리를 지르기도 했다. 그들은 그의 형과 비슷한 나이의 직장인 같았다.

 그는 잰걸음으로 지나가다가 잠깐 돌아보았는데 정말로 거기에 형 두위안이 있었다.

 샤오자는 얼른 다가가 형을 불렀다. 그는 흐리멍덩한 상태로 고개를 흔들었다. 온몸에서 술 냄새가 진동하고 반쯤 눈을 뜬 채 계속 딸꾹질을 했다. 나머지 세 사람도 똑같이 취해서 몸을 못 가눴다. 그들은 큰길가에 주르르 앉아 담배를 피우며 큰소리로 욕지거리를 했다. 그리고 누가 먼저 시작했는지는 몰라도 마지막으로 함께 「아무것도 없네—無所有」*를 불렀다.

 "언젠가 난 네게 쉬지 않고 물었지, 언제 나와 함께 갈 거냐고, 하지만 넌 늘 나를 비웃었어, 가진 게 아무것도 없다고……"

---

* 조선족 록커 최건崔健이 1986년 발표한 그의 대표곡. 중국 로큰롤의 시발점이라는 평가를 받는다.

대낮의 아우성이 썰물처럼 밀려간 그 고요한 거리에서 그들의 히스테리컬한 노랫소리가 봄의 어둠을 뚫고 멀리 퍼져나갔다. 그들은 질리지도 않고 그 노래를 부르고 또 불렀다. 근처에 사는 남자가 창문을 열고 빽, 소리를 질렀다.

"야밤에 이게 무슨 짓이야, 사람 잠도 못 자게!"

청년들은 고개를 돌리고 일어나서 엉덩이를 털며 그 창문을 향해 소리쳤다.

"니미, 좆이나 먹어!"

남자 뒤에서 또 여자의 머리가 쑥 앞으로 나왔다.

"한밤중에 이러면 안 되죠. 내일 출근도 해야 하잖아요!"

청년들은 깔깔 웃고는 오히려 더 크게 노래를 불렀다. 그러자 창문이 쾅, 하고 닫혔고 그들은 또 배를 잡고 웃었다. 행인들이 불안해하며 지나가는 것을 보고서 그들의 등을 향해서도 노래를 불렀다.

"발밑에서는 땅이 가고, 옆에서는 물이 흐르는데, 너는 늘 나를 비웃었어, 가진 게 아무것도 없다고…… 왜 너는 나를 계속 비웃고, 왜 나는 계속 꿈을 좇는 건지, 설마 네 앞에서, 난 영원히 아무것도 없는 것일까……"

노래를 부르다가 그들 중 누구는 목 놓아 울기 시작했고 또 누구는 하늘을 향해 휘파람을 불며 크게 욕을 했다. 샤오자는 그 사이에 끼어 무척 난처했다. 그들이 왜 그러는지 잘 몰랐다. 그는 형이 이렇게 술에 취하고 또 이렇게 정신 나간 짓을 하는 것을 본 적이 없었다. 낮에는 멀쩡했던 두위안이 갑자기 분노의 화신으로 변해버렸다.

결국 샤오자는 젖 먹던 힘까지 쥐어짜 형을 들쳐 메고 집으로 왔다.

아버지는 작정하고 그들을 기다리고 있었던 것 같았다. 거실에 담배연기가 자욱하고 알코올 냄새가 코를 찔렀다. 다탁 위에서 빈 술병 몇 개와, 담배꽁초가 가득 꽂힌 재떨이를 보고 샤오자는 가슴이 철렁했다.

"저녁 내내 전화했다."

샤오자는 아버지의 눈에서 분노와 원망을 읽었다. 아버지가 비틀거리며 일어났다.

"오늘밤에 둘이 어디 갔다 온 거냐?"

목소리가 의외로 나직해서 샤오자는 어리둥절했다. 그는 다급히 변명을 했다.

"형이 술을 많이 마셨는데 길에서 우연히 만났어요……"

소파에서 웅크리고 있던 두위안이 차츰 정신을 차렸다. 그는 샤오자가 가져다준 뜨거운 수건으로 얼굴을 닦고 길게 딸꾹질을 했다. 그러고는 충혈된 눈으로 샤오자를 노려보며 말했다.

"왜 아직도 안 자고 있는 거야?"

무척 짜증스러운 말투였다. 아버지가 또 슬슬 화가 나는지 벌떡 일어나 두위안을 가리키며 말했다.

"네 꼴이 지금 어떤지 좀 봐라! 잘 살 생각은 않고 엉망이 돼갖고는 말이야, 계속 이러면 어떤 여자가 너한테 시집을 오겠냐!"

형은 술기운을 빌려 지지 않고 맞서면서 허리에 두 손을 대고 외쳤다.

"제가 뭐 어때서요? 그 애가 저한테 시집을 안 와도 또 뭐 어떻고요. 아버지가 능력이 있으시잖아요. 집도 한 채 주시고 그럴 듯한 직장도 한군데 구해주세요. 평생 쌓아온 능력은 다 어디다 잃어버리고 무슨 자격으로 저를 혼내시는 거예요?"

아버지는 제자리에 선 채 안색이 울그락불그락해졌다.

"애비가 자식도 못 혼내냐? 너야말로 능력이 있었으면 그때 좀 더 좋은 대학에 합격했겠지! 그리고 네가 부모한테 기대고 싶은가 본데, 어느 집 부모가 다 고관대작이더냐? 네 팔자가 이런데 누구를 탓해!"

형은 씩씩대며 소파에 앉은 뒤, 두 손으로 머리카락을 헝클어뜨리며 말했다.

"씨발, 누구 탓한 적 없어요! 내 자신이나 탓할 테니 그냥 놔두기나 해요!"

아버지는 화가 머리끝까지 나서 아들에게 달려들어 머리칼을 잡아 끌며 소리쳤다.

"애비 앞에서 이게 무슨 말버릇이야!"

형은 아버지를 밀쳐 다탁 위에 쓰러뜨렸다. 그 바람에 유리 쟁반이 쨍그랑, 하고 깨졌다. 두 사람은 서로 밀고 잡아당기며 계속 맞섰다. 샤오자가 두 사람을 떼놓으려 했지만 아버지는 그의 손을 뿌리쳤다.

"이 개자식을 가만 놔두나 봐라."

두 사람은 한 덩어리가 되어 거실에서 침실로, 그리고 부엌으로 이동했다. 물건들이 떨어지고 부딪치는 소리가 집안에 리드미컬하게 울렸다. 결국에는 나이가 든 탓에 두화이민은 두위안이 손을 풀자마자 휘청, 쓰러질 뻔하다가 겨우 바닥에 주저앉았다. 헉헉, 거친 숨을 쉬며 땀을 비 오듯 흘렸다. 샤오자가 다가가 형을 차갑게 흘겨보며 말했다.

"미쳤어, 형?"

세 사람은 거실에 앉았다. 두화이민은 아직도 헐떡이고 있었고 두위안은 묵묵히 담배를 피웠으며 샤오자는 조심스레 그들의 안색을 살폈다. 거실은 온통 난장판이었다. 쟁반에 담겨 있던 수박씨가 바닥에 흩어졌고 신문과 잡지도 여기저기 떨어져 있었다. 고요한 밤, 시곗바늘만 방금 전 아무 일도 없었다는 듯 똑딱똑딱 무심히 돌아가고 있었다. 사진 속 어머니의 미소가 비웃음으로 느껴지는 지금, 샤오자는 어찌할 바를 몰랐다. 세 사람은 모두 말이 없었고 위층에서 누가 일어났는지 희미한 발자국 소리가 울리다가 이어서 오줌 누는 소리가 들렸다. 결국 두화이민이 못 참고 울음을 터뜨렸다. 눈물이 쉬지 않고 흘러내렸고 그는 껵껵대며 손으로 눈물을 훔쳤다.

샤오자는 안절부절못하며 아버지가 흐느끼는 소리를 듣고 있었다. 머릿속에서 피가 위로 솟구치며 금방이라도 뭐가 폭발할 것 같았다. 그는 지금 자기가 뭘 해야 하는지 갈피를 잡을 수가 없었다. 힐끔 형 쪽을 바라보았다. 두위안은 방금 전과 마찬가지로 조각상처럼 꼼짝도 않고 있었다. 샤오자는 마음 같아서는 당장 달려들어 한 대 패고 싶었다.

몇 초 정도 그의 머릿속은 혼돈 그 자체였다. 그는 벽에 붙은 사담 후세인이 천천히 허리의 검을 빼는 것을 보았다. 그 오만한 눈빛과 특이한 수염이 그의 눈앞에 계속 어른거렸다. 아, 사담!

11

깊은 밤, 주변이 다 고요할 때였다. 두화이민은 방금 전의 충격에서 아직 헤어나지 못한 채 침대에 누워 있었다. 언젠가 이런 날이 올 것이라고 예감하기는 했었다. 다만 그날이 이렇게 빨리 올 줄은 몰랐기에 그는 안정을 되찾기가 다소 힘들었다. 사실 그의 분노는 일찌감치

식었다. 아들에게 밀려 다탁 위에 쓰러진 바로 그 순간, 그의 분노는 사라졌다. 그때 두화이민은 자기가 정말로 늙었다고 느꼈다. 졸지에, 아무 준비 없이, 인정사정없는 일격에 마음이 무너졌고 중년에서 노년으로 넘어가는 과정이 마무리되었다.

그는 모로 누워 있었다. 아무리 애를 써도 잠이 오지 않았다. 그때 계단 쪽에서 희미한 발자국 소리가 들렸고 그는 즉시 정신을 차리고 귀를 기울였다. 여자가 돌아온 것이다. 계속 들어보니 남자도 있는 듯했다.

그는 귀를 매트리스 위에 바짝 갖다 댔다. 고요한 밤이라 아래층의 동정이 유난히 분명하게 들렸다. 걷는 소리, 차 따르는 소리, 신발 갈아 신는 소리 그리고 변기 물을 내리는 소리까지. 두 사람은 사소한 의견 충돌이 있는 듯했다. 여자는 사장 부인이 이번 달 급료를 주면 바로 관두겠다고 말하는 것 같았다. 남자가 왜 관두려고 하냐고 묻자, 그녀는 째지는 목소리로 말했다.

"그 해괴한 곳은 사람을 뭘로 보나 몰라. 당신 같은 남자들은 우리 여자들의 고통을 몰라!"

아래층의 소리는 높아졌다 낮아졌다 하다가 잠시 후 아예 사라졌다. 아마도 불을 끄고 침대에 누운 듯했다.

두 사람은 오래 말이 없었다. 두화민은 그들이 잠든 줄만 알았다. 그런데 갑자기 여자가 짜증을 내는 소리가 들렸다.

"손 치워."

또 말했다.

"치우라고, 오늘 밤은 피곤해 죽겠어."

하지만 말투가 훨씬 부드러워졌다. 잠시 후 여자의 낮은 신음소리가 들렸다. 구성지고 교태 어린 그 소리에 두화이민은 얼굴이 붉어지고 마음이 타들어갔다. 나중에는 아예 침대에서 내려와 바닥에 엎드리니 아래층 소리가 더 잘 들렸다. 그 소리는 벌레처럼 그의 귀에 파고들어 그의 온몸을 후끈 달아오르게 하고 입속을 바짝 마르게 했다. 아래층에서 완전히 인기척이 사라지고 난 다음에야 두화이민은 불만에 가득 차서 침대에 돌아와 누웠다. 휴대폰을 보니 거의 새벽 3시였다. 그러나 한참이 지나도 잠은 안 오고 머릿속에 온통 아래층 그 여자 생각뿐이었다. 두화이민은 머리맡 스탠드 등을 켜고 멍하니 천장을 바라보았다. 천장의 가는 틈들이 그물 모양으로 무한히 확장되고 아래층 여자가 섹시한 블랙 란제리 차림으로 그 요염한 문신을 드러낸 채 느릿느릿 다가오는 것이 보였다.

오전 업무가 끝나기 전, 두화이민은 과연 여자의 문자를 받았다. 그녀는 정각 한 시에 돈을 받으러 오겠다고 했다. 그의 예상과 딱 맞아떨어졌다. 그는 침착하게 삼십 분 뒤에 집으로 오라고 했다. 그 답장을 딱 일 분이 지나서 보냈다. 여자는 바로 문자를 보내 왜 내려와서 주지 않느냐고 물었다. 그는 더 답을 하지 않았다.

삼십 분 뒤, 여자가 왔다. 그녀는 검은색 하이힐을 신고 망사 스타킹에 꼭 맞는 미니스커트를 입었는데 무척이나 매력적인 모습이었다. 두화이민은 힐끗 보기만 하고 더 자세히 살피지는 않았다. 그는 문을 닫고서 정수기에서 물 한 잔을 받아 여자에게 건네며 앉으라고 눈짓을 했다. 부주의로 종이컵 속의 물이 넘쳐 여자의 손등에 흘렀다. 그는 당황해 휴지를 뽑아 닦아주었고 여자는 얼른 괜찮다고 했다.

"아친."

두화이민은 그녀의 눈을 뚫어지게 보며 말했다.

"방금 아친이라고 했나요? 내 이름을 어떻게 알죠?"

여자가 놀라서 그를 주시했다. 두화이민은 허리를 곧게 펴고 일부러 의미심장하게 웃으며 말했다.

"내가 알면 안 되나요?"

여자는 기죽지 않고 말했다.

"알면 아는 거죠, 그게 뭐 대수라고. 돈은요? 돈은 준비됐나요?"

"이리 와서 세 봐요. 찾아놨으니까."

그는 돌아서서 침실로 들어갔다. 여자는 머뭇대며 문 앞까지 가서는 고개를 내밀고 침실 안을 휙 둘러보았다.

"지저분하기도 해라. 부인이 죽고 정리해줄 새 여자를 못 구했나 보죠?"

두화이민이 다가가 웃으면서 말했다.

"당신이 해주면 되잖아요."

그는 그녀를 잡고 안으로 끌어당겼다. 여자는 고슴도치처럼 몸을 웅크리며 소리쳤다.

"뭐하는 거예요? 또 건드리면 비명을 지를 거예요!"

두화이민은 여전히 가면 같은 미소를 띤 채 차갑게 말했다.

"가식 좀 그만 떨지."

여자는 안색이 하얘져 중얼거리듯 물었다.

"뭐하려는 거예요?"

"너랑 자려고."

12

샤오자는 알감자가 류 뚱보와 잘 지내게 될 줄은 꿈에도 몰랐다.
그 광경을 그는 정오에 무심코 발견했다. 계단에서 둘이 다정한 모습
으로 웃고 떠들며 나란히 올라가는 것을 본 것이다. 샤오자는 몸을
돌려 길을 내주며 하나는 작고 하나는 큰 둘의 조합을 의아해하며 바
라보았다. 이 세상은 그가 상상하는 것보다 좀 더 복잡했다. 머리를
만지면서 그는 그것이 정말 사실인지 좀처럼 믿지 못했다.

방과 후, 그는 알감자의 옆구리를 쿡 찔렀다.

"너, 왜 류 뚱보 같은 자식한테 붙은 거야?"

알감자는 눈썹을 찌푸리고는 성가시다는 듯 그를 보았다.

"왜 쓸데없이 참견이야? 어제 우리가 싸울 때는 제일 신나서 소리
지르지 않았어?"

알감자의 눈빛에는 비웃음이 가득했다. 샤오자는 달려들어 세게
한방 날려주고 싶었다. 감자와 똑같이 생긴 그 자식이 갈수록 눈에 거
슬렸다.

"류 뚱보한테 붙었다고 네가 뭐라도 된 줄 알면 큰 착각이야!"

그는 불만스러운 어조로 말했다.

"지금 나를 협박하는 거야?"

알감자가 샤오자의 코를 가리키며 따졌다. 그의 눈이 유리구슬처럼
반짝였다. 하룻밤 사이에 완전히 다른 사람이 된 것 같았다. 그의 낯
선 분위기에 샤오자는 무서운 변화를 실감했다.

"너는 배신자야!"

샤오자는 화가 나서 말했다. 그 말이 무슨 뜻인지 알감자는 잠시

이해를 못했다. 샤오자는 고개도 안 돌리고 그 자리를 떴다.

봄날 정오에 샤오자는 자신의 그림자를 밟으며 묵묵히 홀로 걸었다. 볕이 좋은데도 길에는 사람이 드물었다. 아무리 빨리 걸어도 그는 어쨌든 그림자보다는 반 박자 느렸다. 어릴 적, 어머니의 손을 잡고 정오의 햇빛 속을 걸을 때면 그는 자기 그림자를 쫓는 게 가장 즐거웠다. 그때는 나중에 크면 틀림없이 자기 그림자를 따라잡을 수 있을 줄 알았다. 그는 차츰 걸음을 늦췄고 갑자기 집에 가고 싶다는 생각이 들었다. 점심때는 집에 사람이 없어서 그의 그림자 말고는 아무도 그의 존재를 눈치 챌 리 없었다. 머릿속에 미군에게 투항한 이라크 정부군이 떠올랐다. 그는 그들이 수치스러웠다. 설마 수치심을 느끼면 안 되는 걸까? 어느 날 밤 부모의 은밀한 신음소리를 들은 것부터 첫 번째 몽정, 어머니가 시장에서 푼돈을 아끼려고 장사치와 악다구니를 쓰며 싸웠던 일, 형이 남과 싸워 머리에서 철철 피가 났던 사건, 자오야쓰에게 연애편지를 썼다가 거절당한 일 그리고 영원히 낡은 집에 살아야 하는 것과 사담 후세인의 군대가 속절없이 패한 것까지 수치스러운 일들이 차례로 떠오르는 바람에 그는 얼굴이 붉어지고 가슴이 뛰었다. 세계가 어서 멸망했으면 싶었다.

단지 입구에 들어서자 수위 장씨가 알은 체를 했다.

"어이구, 샤오자가 오늘 점심에는 웬일로 집에 왔나?"

샤오자는 그를 무시하고 성큼성큼 계단을 올라가 재빨리 열쇠를 꺼내 구멍에 넣었다. 철컥, 하고 문이 열렸다. 그의 눈에 먼저 띈 것은 거실의 켜져 있는 텔레비전이었다. 마침 국제 뉴스가 방영되고 있었다. 맹렬한 폭음 속에서 완전무장한 미군 병사가 훌륭한 장비를 갖춘 장갑차를 타고서 막 바그다드를 향해 쳐들어가고 있었다. 그 다음에는 아버지의 침실에서 인기척이 들려왔다. 침실 문은 활짝 열려 있었으며 샤오자는 수치심을 가득 안고 한 여자를 보았다. 그녀는 산발을 한 채 크고 새하얀 한 쌍의 유방을 고스란히 드러내고 있었다. 그녀의 원한 서린 눈이 방구석의 아버지를 뚫어져라 노려보았다. 똑같이 벌거벗은 몸으로 구석에 웅크린 채 아버지는 온몸을 바들바들 떨고 있었다. 아버지의 수치스러운 눈빛이 마구 흔들리며 여자의 손에 들린 식칼에 고정되어 있었다. 샤오자는 살며시 문을 닫고 욕실에 들어갔다. 거울 속 두 뺨에 두 줄기 눈물이 매달려 있었다. 그 얼굴은 차츰 흐릿해졌다. 그는 턱을 어루만졌다. 거기에는 청춘의 첫 번째 토착민들이 살고 있었고 한창 왕성하게 번식하는 중이었다.

그는 면도기를 집어 들고 스위치를 눌렀다. 입술 옆에서 윙윙, 진동음이 전해졌다.

벌거숭이 부부

毛 坯 夫 妻

—

마샤오타오

□

1

레이례雷烈는 곤히 잠든 샤오놘小暖을 보면서 그녀가 갈수록 눈, 코, 입이 가운데로 모이고 표정도 은밀하면서도 자유분방해져 마치 고양이를 닮아가는 것 같다고 느꼈다. 혹시 고양이와 너무 오래 함께 살아서 그런 걸까? 그는 샤오놘의 뺨에 입을 맞췄다. 그녀는 웅웅, 뭔지 모를 소리를 내고는 몸을 돌렸다. 샤오놘은 한쪽 발을 이불 밖에 내놓았는데 붉은 매니큐어가 벌써 조금 벗겨져 있었다. 만약 누가 그것을 보면 그녀가 꾸미기를 좋아하는 여자인지, 칠칠치 못한 여자인지 분간하기 어려울 것 같았다. 레이례는 샤오놘의 발을 이불 속에 넣어준 뒤, 자고 있는 네 마리 고양이와 바닥에 널린 잡동사니들을 지나 출근길에 올랐다. 그는 매일 이랬다. 일곱 시가 되기 전에 일어나 출근을 했다. 그리고 그때는 누운 지 서너 시간밖에 안 된 샤오놘이 정신없이 깊은 잠에 빠져 있을 때였다.

레이례는 버스를 두 번 갈아타고 출근했다. 약 삼십 킬로미터 거리를 한 시간 남짓 가면 회사에 닿았다. 버스는 고속도로를 달렸고 항상 만원이었다. 아침만 되면 정신이 번쩍 나서 하루를 시작하는 샐러리맨들은 누구에게도 양보하지 않고 송곳 하나 겨우 꽂을 만한 자기 자리를 굳게 지켰다. 하지만 레이례는 늘 앉아서 갔다. 그의 집이 종점이었기 때문이다. 그는 도시의 동쪽 끝에 살았다. 그래서 어디를 가든 불편하기는 했지만 먼 길을 가도 서 있을 필요 없이 앉아서 좀 쉴 수 있다는 것이 유일한 장점이었다.

그는 간단히 세수와 양치질을 하고 일곱 시 정각에 집을 나섰으며 회사에 들어가기 전에 회사 일층 분식집에서 밥을 먹었다. 아침에만 여는 그 분식집은 메뉴가 찐빵, 만두, 지짐이, 콩국, 이 네 가지밖에 없긴 했지만 장사는 메뉴가 다양한 다국적 프랜차이즈 식당만큼이나 잘 됐다. 그래서 밥을 먹으려면 산둥山東 사투리를 쓰는, 항상 볼이 부어 있는 종업원에게 웃는 낯으로 사정을 해야 했다. 마치 불로장생의 선약이라도 달라는 것처럼 말이다. 원래 레이례는 집에서 아침을 먹었다. 샤오롼이 그보다 삼십 분 먼저 일어나 떼꾼한 눈으로 갖가지 조리 기구를 덜그럭거렸다. 이어서 둘이 아침식사를 할 때면 그녀는 늘 반은 자고 반은 깨 있는 상태로 실눈을 뜨고 있었으며 동작도 느릿느릿했다. 레이례는 그녀가 금방이라도 쓰러지지나 않을까 마음이 조마조마했다. 그녀는 식사를 마치고 그를 보낸 뒤 다시 곯아떨어져, 정오에 해가 중천에 떴을 때야 비로소 정식으로 일어났다. 그녀가 차리는 아침식사는 항상 깜짝 놀랄 만큼 정성스러웠다. 계란프라이는 하트 모양이었는데 그 속의 황금색 노른자 역시 하트 모양이었다. 그리고 네모반듯한 샌드위치 속에는 베이컨과 햄과 토마토가 가지런히 겹쳐져 있었다. 으깬 감자도 아기고양이 얼굴을 본떠 차려놓았다. 타원형 바같에 뾰족한 귀 두 개를 덧붙이고 위에는 건포도 두 개를 꽂아 눈으로 삼았다. 마지막으로 소시지는 속을 열어 꽃 모양으로 다듬은 뒤, 두 개를 한 세트로 삼아 이쑤시개를 꽂아 놓았다. 맙소사! 동쪽 교외의 이 허름한 집에 이토록 고급진 레스토랑이 숨어 있을 줄은 아무도 몰랐을 것이다. 맨 처음 그런 희한한 아침식사를 접했을 때 레이례는 그야말로 피를 토할 것처럼 감동해 샤오놘의 아직 안 씻은 얼굴에 뽀뽀를 쪽, 하고 감사와 경외의 마음을 전했다. 하지만 며칠이 지나자 그는 괴로워졌다. 매일같이 계란프라이와 샌드위치 같은 서양식 아침식사만 반복되었기 때문이다. 샤오놘은 한층 더 몰입하여, 으깬 감자를 아기고양이에서 더 귀한 페르시안 고양이 모양으로 정교하게 발전시켰다. 똑같은 크기의 녹색과 자색 건포도를 박아 넣어서 두 눈이 반짝반짝 빛났다. 그는 정말이지 샤오놘이 그렇게 정성껏 제작한 예술품을 훼손하기가 미안했다. 먼저 고양이의 귀부터 먹어야 할지, 아니면 두 눈부터 먹어야 할지 갈팡질팡했다. 매일 먹는 아침식사가 이렇게 개성이 강하다 보니 레이례는 난처하기도 하고 감히 마음껏 먹을수도 없었다. 게다가 그는 식성이 순 토종이어서 프랑스 남부식인지 미국 서부식인지 모를 그 아침식사를 참아내기가 어려웠다. 한두 번은 별미다 싶어 넘어갔지만 시간이 갈수록 그 오성급 호텔의 화려한 요리가 무서워지고 진심으로 길거리 노점의 찐빵과 만두와 야채절임과 죽이 그리웠다. 레이례는 안쓰러운 척 샤오놘에게 말했다.

"그렇게 새벽같이 일어나서 일하지 않아도 돼. 당신이 걱정된다고."

샤오놘은 그 마음을 다 안다는 듯이 괜찮다고 말했다.

"당신을 위해서 하는 일인데 잠 좀 덜 자면 어때."

결국 레이례가 하도 권하는 통에 샤오놘은 이제 일찍 일어나 아침을 짓지 않겠다고 편안하게 답했다. 그는 그녀의 머리를 어루만지며 속으로 드디어 그 소꿉장난 같은 아침식사와는 안녕이라고 생각했다.

만두를 찌는 대나무 찜통은 너무 오래 써서 일찌감치 더러워졌고 만둣국을 담은 사발도 가장자리에 두 군데나 이가 나갔다. 하지만 레이례는 그런 조잡한 식기를 쓰면서도 만족스럽게 식사했다.

'이런 게 바로 아침이지. 알차고, 소박하고, 먹으면서 이마에 땀도 나고 말이야.'

식사 후, 레이례는 헛기침을 하고는 회사 쪽으로 향했다. 그의 회사는 제작사인데 회사라기보다는 작업실에 더 가까웠다. 직원이 안팎으로 십여 명에 불과했고 입사한 지 2년이 채 안 됐는데도 그는 벌써 핵심층에 속했다. 회사는 주로 오디오 자료를 제작했고 이따금 교재와 영상 제작 같은 일도 맡았다. 비록 틈새시장에서 생존을 도모하는 형편이었지만 거꾸로 업무는 매우 많았다. 레이례는 지난해에 어느 그룹의 사내 방송국에서 이곳으로 이직해왔다. 그 편하고 안정적인 일자리를 포기한 것은 단지 좀 더 돈을 벌어 아파트 대출금을 조기 상환하기 위해서였다. 사내 방송국에 다니기 전에는 모바일 방송국에서 아나운서 일을 했는데 그곳은 일손만 많고 일이 적어서 진행자 몇 명끼리 죽자사자 경쟁을 해야 했다. 또 그 전에는 스포츠 채널에서 더빙을 맡기도 했다. 동료들이 대부분 대학 친구여서 함께 즐겁게 일하고 보수도 괜찮았지만 안타깝게도 시청률 연구실에서 경고 통지를 받아 프로그램이 폐지되는 바람에 레이례는 밥그릇을 잃고 말았다. 대학 졸업 후 6년간 이렇게 직장을 네 군데나 전전했고 지금은 부지런히 더빙을 하고, 영상 편집을 하고, 그밖에 연락 업무까지 수행했다.

레이례는 언론방송학부 방송과를 졸업했다. 학교에 다닐 때는 성적이 두드러져 방송과 남자 7인방 중 한 명으로 꼽혔다. 교외 합동공연이나 외국 손님 접대, 중앙방송국 출연 기회가 있을 때마다 그들 일곱 명은 빠지는 법이 없었다. 훤칠하고 목소리가 우렁찬 그 미남들이 똑같이 검은 양복을 입고 활약하던 장면은 지금 생각해도 정말 멋지고 훌륭했다. 이제 그 일곱 명 중 누구는 순조롭게 방송국 뉴스 앵커가 되었고 누구는 현장을 떠나 집에서 애들 아빠로 지내고 있었으며 또 누구는 갑자기 성공을 거뒀다가 바로 갑자기 궁색해져 밤을 새며 더빙 일로 겨우 먹고 살았다. 그리고 레이레는 샐러리맨이 되었다. 전공과 크게 멀어지지는 않았지만 전공 밖의 일도 많이 해야 해서 자기가 거의 주변으로 밀려났다는 생각이 들곤 했다.

샤오롼은 레이레의 대학 후배였다. 두 사람은 방송과 학생회에서 만났다. 레이레는 4학년이었고 샤오롼은 갓 교문에 들어선 신입생이었다. 체육부장이었던 레이레는 지원한 신입생들 중에서 간사를 뽑아야 했는데 그때 샤오롼은 금발머리에 핑크색 야구모자를 쓰고 연한 핑크색 보트 슈즈를 신고 있었다. 그런 화려한 차림과 젓가락처럼 가는 다리를 보니 마치 경박한 앵무새 같다는 생각이 들었다. 관례에 따르면 지원자들에게 몇 가지 질문을 해야 했다. 왜 체육부에 들어오려고 하는지, 또 들어오면 무슨 일을 하고 싶은지 차례대로 물었다. 신입생들은 다 쭈뼛대며 답했는데 자연스럽기는 했지만 별로 신선하지는 않았다. 그리고 샤오롼은 자기 차례가 되자 마치 단두대에 선 듯한 표정이 되었다. 레이레가 왜 체육부에 들어오려고 하느냐고 묻자, 그녀의 주절거림이 가관이었다.

"총무부는 늘 밖에 나가 돌아다녀야 해서 너무 피곤할 것 같고, 선전부는 포스터를 만들고 행사를 조직해야 해서 너무 귀찮을 것 같고,

또 문예부는 멋있어 보이기는 하지만 제가 춤과 노래에 영 젬병이어서 고민 끝에 체육부를 지원했어요."

레이례는 샤오놘이 자기 부서를 마치 놀고먹는 곳처럼 생각한다고 느끼면서, 들어오면 무슨 일을 하고 싶으냐고 또 물었다. 그녀는 눈을 굴리며 말했다.

"저는 간사를 지원한 것이지 부장을 지원한 게 아닌데요. 부장님이 시키시는 일이라면 뭐든 죽을힘을 다해 하겠지만 그렇게 끝내주는 아이디어는 없어요."

레이례는 재미있어 하며, 성격이 시원시원해서 자기 부서에 들어오면 분위기가 활발해지겠다고 생각했다. 나중에는 그녀가 조금 별나기는 해도 상당히 귀엽다는 것을 알았다. 그리고 더 나중에 7인방 중 한 명이 그녀에게 반해, 과 학생회에서 피크닉을 갔을 때 옆의 사람이 못 봐줄 정도로 그녀에게 살갑게 굴었다. 하지만 그녀는 울상이 되어 레이례의 등 뒤에 숨어 우물쭈물하며 그의 호감을 거절했다. 피크닉에서 돌아와서 그 7인방 중 한 명은 레이례에게 성인군자인 척하지 말라고, 샤오놘이 너를 마음에 들어 하는 게 분명하니 나서야 할 때 나서라고 충고했다. 당시 레이례는 연애를 해본 지 2년이 넘은 탓에 아주 갈급하지는 않아도 확실히 적적한 상태이기는 했다. 그는 그 아가씨가 좀 제멋대로이기는 해도 자기 본분은 안다고 생각해 밥을 사주며 구슬려보기로 했다. 하지만 막 식사를 시작해 본론을 꺼내기도 전에 샤오놘은 눈의 초점을 잃고 안색이 하얘진 채 숨을 헉헉대며 의자에서 미끄러져 떨어졌다. 낭패한 레이례는 그녀를 안고서 식당을 뛰쳐나와 택시를 잡아타고 병원으로 향했다. 특별히 차려입은 흰 와이셔츠는 그녀의 토사물로 쓰레기가 돼버렸고, 또 특별히 가득 채워온 지갑도 식사비와 응급치료 접수비를 치르느라 원래대로 홀쭉해져버렸다. 위 세척도 하고, 링거도 맞고 한바탕 난리를 치른 끝에 샤오놘은 겨우 기사회생해 맥박이 정상으로 돌아왔다. 알고 보니 그녀는 알러지 체질이었고 유독 땅콩 알러지가 심했다. 그런데 식전 간식에 땅콩소스가 뿌려진 것을 모르고 두 조각을 삼키는 바람에 톡톡히 대가를 치른 것이었다. 레이례는 온몸에 오물이 묻은 채 초조하게 그녀의 병상을 지키고 있었다. 두 시간 뒤, 샤오놘이 힘없이 두 눈을 떴다. 레이례는 퉁명스럽게 말했다.

"여자를 안아본 건 처음이야. 너, 나중에 나한테 시집와야 될지도 모르니까 단단히 준비해둬."

"그러면 먼저 여자친구가 돼서 천천히 결혼을 준비하죠 뭐."

이렇게 말하고서 그녀는 레이례를 외면한 채 몸을 돌려 잠이 들었다. 원래는 데면데면했다고 할 법한 관계가 병상 앞에서 그렇게 달라져버렸다.

연애를 시작한 지 얼마 안 돼 레이례는 졸업했다. 기숙사를 나와 학교 부근에서 다른 사람과 함께 집을 구했고 샤오놘은 틈 날 때마다 그곳에 들렀다. 2년 뒤, 건넌방 사람이 방을 빼자 레이례는 아예 부엌 하나, 방 두 칸인 그 집을 통째로 빌렸고 샤오놘이 자연스레 이사를 와서 알콩달콩한 지붕 생활을 시작했다. 그렇게 해서 데이트 비용이 확 줄었다. 식당과 영화관에 가지 않고 집에 틀어박혀 DVD와 책을 보고 게임을 했으며 배가 고파지면 학교 식당에 가서 샤오놘의 식사 카드를 긋고 밥을 먹었다. 처음에 레이례는 샤오놘이 철도 들고 사려도 깊으며 살림도 잘하는 줄 알았다. 하지만 나중에 그녀가 게으르고 집밖에 나가기를 싫어하며 이따금 외출하면 갖고 있던 돈을 깡그리 다 써야 집에 돌아간다는 것을 알았다.

2

"선배, 주말에 루루露露랑 애들이 밥 먹으러 온대. 시간 있어?"

샤오롼이 전화를 걸어와 웅얼거렸다. 레이례는 시계를 보았다. 오후 1시였다. 그녀가 막 깨는 시간이라 목소리에서 아직 잠의 여운이 느껴졌다.

"토요일에 온대, 일요일에 온대?"

레이례가 물었다.

"아 참, 그건 말 안 했다. 내가 물어보고 다시 연락 줄게. 끊을게, 선배."

"저녁에 퇴근하면 얘기해줘. 난 아마 별일 없을 거야. 염려 말고 오라고 그래."

"내가 염려할 게 뭐가 있어? 일이나 잘 해. 일 못 해서 나 골탕 먹이지나 말고. 저녁에 일찍 들어와, 꼬리곰탕 해놓을 테니까."

함께 산 지 6년이 넘었는데도 샤오롼은 아직도 레이례를 선배라고 불렀다. 레이례도 그 호칭이 듣기에 편했다. 가끔은 마치 무협소설 같다는 느낌이 들기도 했다. 무협소설에서는 보통 사매가 사형한테 시집을 가면 호칭을 '상공'이라고 바꾸지 않고 계속 사형이라고 부르는데, 그러는 편이 더 친근하게 느껴진다. 레이례는 전화를 끊고 밖에서 사온 국수를 계속 먹었다. 저녁에 꼬리곰탕을 먹을 생각을 하니 절로 미소가 지어졌다.

원래 샤오롼은 요리를 할 줄 몰랐다. 대학에 오기 전에는 심지어 물도 끓여본 적이 없었다. 무슨 부잣집 외동딸은 아니었어도 집안일을 통 안 하고 자란 것이다. 한번은 그녀가 재료를 잔뜩 싸들고 레이례의 셋집에 와서 대대적으로 요리를 한 적이 있었다. 한 시간쯤 지나서 그릇 세 개를 내왔는데 하나는 물이 많은 밥 혹은 물이 적은 죽이었다. 다시 말해 밥인지 죽인지 무척 애매했다. 그리고 다른 하나는 가지런히 자른 소시지였고 물에 쪘는지 김이 모락모락 났다. 마지막 하나는 토마토와 오이와 당근을 마요네즈에 버무린 것이었다. 속에 삶은 계란 하나를 으깨어 넣기도 했다. 레이례는 절망적인 표정으로 그 참담한 그릇들을 받으며 그녀와 정말로 결혼하면 어떡해야 하나 고민이 되었다. 이따금 괜찮은 밥상을 차릴 때도 있었지만 그럴 때는 언제나 레이례가 요리를 도맡고 샤오롼은 옆에서 멀뚱멀뚱 구경만 했다. 나중에 직장을 관두고 집에서 놀게 된 뒤에야 그녀는 대기만성으로 요리 인생을 시작했다.

대학을 졸업하고 그 이듬해에 샤오롼은 사장과 크게 말다툼을 하고 회사를 나온 뒤, 바로 "나 관뒀어"라는 쪽지 한 장만 남긴 채 짐을 싸서 고향으로 떠났다. 레이례는 집에 돌아와서 엉망으로 어질러진 침실과 야옹야옹 울어대는 네 마리의 고양이를 보고 정말 그 고양이들을 한 마리씩 두들겨 패고 싶었다. 이 게으름뱅이 여자가 인사 한마디 없이 길고양이 네 마리만 남기고 뺑소니를 치다니! 그날 저녁, 샤오롼은 기차에서 전화를 걸어왔다. 기차를 타고서야 인사도 안 하고 떠나온 것이 조금 심했다 싶었는지 특별히 전화를 걸어 레이례에게 미안하다고 했다. 레이례가 흥분해서 몇 마디 소리를 질렀지만 그녀는 다른 말은 안 하고 사장 욕만 했다.

그녀는 졸업하자마자 그 회사에 들어가 하루 8시간 동안 수시로 일을 받아 컬러링과 유머와 괴담을 녹음했고 이메일이나 전화가 올 때마다 녹음실로 달려가야 했다. 기본급은 한 달에 2000위안이었으며 녹음량에 따라 보너스를 받았다. 사실 일 자체는 어렵지도 않고 재미있는 편이었다. 그런데 매일 9시 정각에 출근 카드를 찍는 제도가 샤오롼의 성미에 안 맞았다. 그녀는 외국에 가본 적도 없으면서 언제나 유럽 시간에 맞춰서, 그러니까 베이징 시간보다 몇 시간 늦게 생활했다. 다른 사람이 잘 때는 정신이 말짱했고 다른 사람이 일어날 때는 졸리기 시작했다. 매일 자명종이 울리면 그녀는 오만상을 찡그리며 그것을 끄고 천연덕스레 더 자려 했다. 레이레는 그녀를 깨우기 위해 적잖이 마음고생을 해야 했다. 평소에는 별로 신경질이 없는 그녀가 웬일로 잠 욕심은 그리 많은지 깨우려고만 하면 짜증을 냈다. 그는 그녀의 콧구멍에 손가락을 끼워 호흡을 방해하기도 했고, 휴대폰을 진동 모드로 바꿔 그녀의 배 위에 올려놓아 경운기를 타는 꿈을 꾸게 하기도 했다. 그런 식으로 매일 어떻게든 그녀를 깨우고 정류장까지 끌고 가 하루를 시작하게 만들었다. 이따금 그가 마음이 모질지 못했거나 자기가 너무 성질을 부린 날에는 샤오롼은 아예 끝까지 잠을 자고 무단결근을 했다. 그 바람에 근무일이 들쑥날쑥해서 매달 적잖이 월급을 삭감 당했다. 하지만 그녀는 그때마다 반성을 하기는커녕 삭감액이 너무 크다고 회사에 항의했다. 기본급이 꼴랑 2000위안인데 하루 결근에 100위안, 한 번 지각에 50위안을 떼니 만약 자기가 한 달을 다 안 나가면 거꾸로 회사에 돈을 줘야 하는 게 아니냐는 것이었다. 졸린 봄과 늘어지는 여름과 노곤한 가을을 다 보낸 그 겨울에도 샤오롼은 결근이 잦아, 보너스까지 다 합쳐도 월급이 900위안밖에 안 됐다. 그녀는 얇디얇은 그 지폐 뭉치를 쥐고서 사장을 욕했고 직장을 때려치웠다. 그리고 이 시대의 청년 백수가 되었다.

우선 고향에 돌아가 한 달을 보내면서, 어쨌든 늘어지게 자도 월급을 깎는 사람이 없고 의식주도 부모님이 잘 챙겨준 덕에 샤오롼은 기분이 좋아져 집에 돌아오는 것도 잊었다. 레이례가 거듭 닦달을 하고 장인, 장모한테까지 통사정을 했는데도 그녀는 돌아올 생각이 없어 보였다. 결국 레이례는 모질게 마지막 통첩을 보냈다. 빨리 안 돌아오면 그 네 마리 고양이를 죽이겠다고, 이것은 절대 허투루 하는 말이 아니라고 했다. 그녀는 레이례가 홧김에 그런 일까지 벌일 행동력의 소유자가 아니라는 것을 알기는 했지만, 그래도 말을 듣는 척하며 서둘러 베이징으로 돌아왔다. 그녀가 역에서 나와 서로 두 눈을 마주쳤을 때, 낭만적이고 격정적인 포옹이나 눈물도 없이 두 사람은 서로를 밀치며 투닥거린 뒤 형제처럼 셋집으로 돌아갔다. 그런데 그 고양이들을 보자마자 샤오롼은 얼굴이 환해지고 눈빛이 부드러워졌으며 사료와 모래를 점검하고는 레이례에게 대견하다는 듯이 미소를 지었다. 그렇게 그녀가 고양이들을 다 따뜻하게 챙긴 뒤에야 레이례는 비로소 자기 차례가 된 것을 알았다.

레이례는 고양이들을 좋아하지 않았다. 그놈들은 살이 찌고 머리가 컸으며 먹는 것만 밝히고 게으르기 짝이 없었다. 또 크지도 않은 집 안에서 제멋대로 어슬렁거리며 물어대고 할퀴어대면서 아무것도 두려운 게 없었다. 하지만 그는 달리 방법이 없었다. 샤오롼은 장미도 다이아몬드도 화려한 옷도 원치 않고 오직 고양이만 목숨처럼 아꼈다. 그 네 마리 고양이 중에 이름난 품종은 없었다. 두 마리는 거리에서 주워온 길고양이였고 두 마리는 소식통인 전 주인이 일부러 찾아와

맡겼다. 샤오롼은 대학교 3학년 때부터 그 고양이들을 차례로 집에 들여 길러왔다. 원래는 아래층에 새로 나타난 길고양이도 데려와 키우려 했지만 레이뤠가 정색을 하고 잔소리를 하는 통에 겨우 입을 삐죽대며 생각을 접었다. 네 마리만으로도 이미 한계였다. 녀석들이 하도 뛰어다녀 눈이 어지러웠고 또 녀석들이 하도 울어대서 귀도 아팠다. 한데서 먹고 자며 사람들에게 미움을 사던 녀석들이 하루아침에 샤오롼의 보물이 되었다.

"메이메이美眉는 식욕이 별로 안 좋은 것 같고, 뉴완牛丸은 요즘 털이 빠지고 있고, 춘상村上은 또 강단鋼蛋을 괴롭히는 데 재미가 들렸고……"

그렇게 고양이 이야기만 하면서 샤오롼은 자신도 고양이라고 생각하게 된 것 같았다. 한번은 춘상이 열린 창문을 통해 바깥으로 뛰어내려 감쪽같이 사라진 적이 있었다. 그녀는 이틀 동안 식음을 전폐하고 충혈된 눈으로 그 집 나간 자식이 돌아오기만을 기다렸다. 레이뤠는 짐짓 위로하는 척하면서 속으로는 한 마리가 줄어 성가신 일도 조금 줄었다고 생각했다. 그리고 저녁 때 이틀을 꼬박 굶은 그녀를 데리고 아래층 작은 식당에 가서 밥을 먹었다. 그녀는 울상인 채 젓가락으로 그릇 속 밥을 깨작거렸다. 마치 젓가락이 밥을 먹어야 하는 것 같았다. 그렇게 울적하게 사나흘이 흐른 뒤, 갑자기 익숙한 고양이 울음소리가 들려왔다. 알고 보니 그 막돼먹은 고양이가 건물 입구의 차양 위에서 전등 보호대 옆에 앉아 있었다. 샤오롼은 뛸 듯이 기뻐하며 조심조심 녀석에게 다가갔다. 마치 녀석이 진심으로 돌아오고 싶어 하는 게 아니어서 거칠게 대하면 또 도망칠지도 모른다고 생각하는 듯했다. 그녀는 궁리 끝에 레이뤠에게 돌아가서 고양이 가방을 가져오라고 했다. 레이례는 고양이 가방을 들고 오면서 속으로 '저 자식은 밖에서 며칠 잘 놀아놓고 왜 또 뻔뻔하게 집에 돌아온 거야?' 하고 투덜거렸다.

돈을 버는 남자로서 레이례는 일을 관둔 샤오롼과 함께 그녀의 네 마리 고양이까지 부양해야 했다. 샤오롼은 매일같이 잠옷 차림으로 먹고 자는 것을 반복하면서 정말 어쩔 수 없을 때만 밖에 나갔다. 하지만 조금도 살이 안 찌고 종잇장처럼 가녀린 몸매를 유지했다. 집에서 할일이 없어 그녀는 요리를 연구하기 시작했다. 요리책을 잔뜩 사고 요리 도구도 전부 새것으로 마련해, 꾀죄죄한 셋집 부엌에서 냄비와 그릇과 국자만 반짝반짝 빛이 났다. 레이례는 그녀의 엄숙하고 진지한 모습을 보면서 그녀가 요리사 모자도 하나 사지 않을까 의심이 들었다. 그리고 뭘 하든 자신을 아마추어로 취급하곤 했는데 이번에는 시작하자마자 식신食神 흉내까지 낸다는 생각도 들었다. 그때는 매일 문을 열고 들어가면 집에서 새롭고 희한한 냄새가 났다. 미소수프, 와인배절임, 삼치구이, 그라탕 등등 요리가 동서양을 안 가렸다. 샤오롼은 심지어 도매시장에서 틀을 구해 『홍루몽紅樓夢』에서 주인공 가보옥賈寶玉이 먹던 연잎탕을 만들어보기까지 했다. 본래 레이례는 날마다 따끈한 집밥을 먹을 수 있을 것이라 생각했는데 뜻밖에도 매일 억지로 새 요리를 시식해야 했다. 하지만 맛은 그래도 다 괜찮았다. 레이례는 그녀가 이쪽으로 확실히 천부적인 재능이 있음을 인정했다. 단지 너무 지나치게 새로운 요리에 빠져 있는 것과, 식재료가 비싸고 늘 낭비되는 것을 참을 수 없었다. 집에서 먹는 것과 밖에서 외식을 하는 것이 비용 면에서 별 차이가 없었다.

3

토요일에 약속한 대로 루루 등이 왔다. 샤오놘이 전화로 어떻게 오는지 원격조종을 해준 덕에 루루는 여러 명을 태운 차를 몰고 마침내 베이징의 그 동쪽 끝까지 찾아왔다. 루루는 샤오놘의 대학 시절 룸메이트였으며 동승한 세 남녀도 그녀의 대학 동기였다. 그들은 음료수 한 박스를 들고서 와자지껄 떠들며 집에 들어섰다.

"선배, 집이 진짜 외진 데 있네요. 몇 십 미터만 더 가면 톨게이트가 나올 것 같았어요."

루루가 불평했다. 샤오놘은 부엌에서 한창 바쁘게 일을 하고 있어서 레이례 혼자 거실에서 그들을 맞이했다.

"맞아. 나도 오늘에서야 베이징이 얼마나 큰지 알았어."

샤오놘의 한 남자 동기가 말했다.

"맙소사, 두 사람이 여기 산단 말이죠, 선배?"

레이례가 뭐라고 대답도 하기 전에 루루가 또 하이데시벨로 고함을 질렀다.

루루의 고함에 뒤이어 그들은 집안을 훑어보기 시작했다. 저마다 표정은 제각각이었지만 확실히 모두 경악하고 있었다. 레이례와 샤오놘의 신혼집을 눈앞에 두고 그들은 비명을 지르거나 꿀 먹은 벙어리가 될 수밖에 없었다.

벌거숭이 집이었다. 그렇다, 레이례와 샤오놘은 벌거숭이 집에 살고 있었다. 벽에는 아무 색도 칠해져 있지 않았고 바닥에는 비닐 장판이 깔려 있었으며 조명은 절전 전구이고 식탁은 칠이 벗겨진 접이식 탁자였다. 아무튼 집의 안팎에 다 철근 콘크리트가 그대로 드러나 있었다. 거실과 침실에는 변변한 가구도 하나 없었다. 어디서 났는지 모를 낡은 소파에는 침대 시트가 씌워져 있었고 30위안짜리 비키니옷장이 일인당 하나씩 두 개가 있었으며 침대 옆에 놓인 간이 신발 선반 위에는 샤오롼의 화장품이 가득 쌓여 있었다. 아무리 봐도 그곳은 사람 사는 집 같지가 않았다. 마치 옛날에 정신이상자가 살다가 버리고 간 집 같았다.

"레이 선배, 두 사람 너무 심한 것 아니에요? 멋있다 못해 아주 머리털을 곤두서게 만드네!"

입을 반쯤 벌리고 있던 남자 동기가 겨우 입을 열었다.

"우리는 돈이 모자랐어. 첫 중도금을 내고 나니까 아주 조금밖에 안 남더라고. 잘 계산해서 화장실하고 부엌만 겨우 꾸몄어."(*중국의 새 아파트는 인테리어 공사가 안 돼 있어 주인이 직접 인테리어를 해야 한다.)

샤오롼이 접시 두 개를 들고 부엌에서 나왔다. 먹음직스러운 냄새가 집의 결함을 조금 가려주었다.

"잘 계산했다고? 다들 샤오롼이 하는 말 믿지 마! 벽에 붙인 저 타일이 얼마인지 알아? 한 장에 90위안이 넘어. 내가 좀 단순하고 소박한 걸로 사서 돈을 아끼자고 하니까 저 연분홍색 꽃무늬 타일에 꽂힌 지 십 년이 넘었다고, 드디어 우리 집도 생겼는데 죽어도 사야겠다는 거야. 그래서 화장실 타일에만 무려 7000위안을 썼다고. 생각해봐. 잘 계산하지 않았으면 적어도 2만 위안은 썼을 것 같지 않아?"

함께 그렇게 오래 살았는데도 레이례는 샤오롼이 왜 자기가 무척 알뜰하다고 생각하는지 이해가 안 갔다. 그녀는 왜 그런 착각을 하는 것일까?

"선배는 잘 몰라요! 여자한테는 반드시 쾌적한 화장실이 있어야 한다고요!"

샤오롼이 입을 열기도 전에 루루가 대신 받아쳤다. 정말 여자들은 다 한통속인지 샤오롼이 평소에 하는 말과 완전히 일치했다. 대체 여자가 뭐 그리 대단하다고 그렇게 터무니없는 가격의 타일을 붙인 화장실을 꼭 가져야 한단 말인가?

지난해 셋집의 계약이 거의 끝날 즈음, 집 주인이 방세를 조금 올리겠다고 했다. 본래 레이례는 데이트하기에 편해서 그 집을 세낸 것이었고 샤오롼도 졸업한 지 벌써 2년이 되었기 때문에 그들은 계속 학교 옆에 살 필요가 없었다. 샤오롼은 눈물을 머금고 세를 올려 계약을 갱신해야 하나 망설였지만 레이례는 장기적으로 볼 때 집을 사야 한다고 마음을 굳혔다. 샤오롼은 대뜸 말했다.

"집을 사자니 그게 무슨 잠꼬대 같은 소리야? 우리는 둘 다 빈털터리라고."

그때 그녀는 이미 직장을 나온 지 일 년이 넘은 상태였다.

"집값이 하늘 높은 줄 모르고 뛰고 있다고. 너는 지금 말도 안 되게 비싸다고 생각하겠지만 지금 안 사두면 나중에 꼭 후회하게 될 거야."

레이례는 앞뒤 안 가리고 결단을 내렸다.

당연히 무슨 2환, 3환, 4환 지역•은 거들떠보지도 않았다. 그런 곳은 아무리 허리띠를 졸라매도 비집고 들어가기 힘들었다. 복권에 당첨되지 않는 한 그들과는 인연이 없었다. 처음 집을 보러갈 때는 둘 다 기운차게 5환 가장자리 지역으로 갔다. 하지만 분양가를 듣자마자

• 베이징은 시내를 중심으로 하여 바깥쪽으로 여러 겹의 순환도로가 건설되어 있으며 안쪽으로 들어갈수록 부동산 가격이 비싸다. 이 당시 순환도로는 5개였고 현재는 7개까지 늘어났다.

자신감이 하늘 저편으로 날아가버렸다. 그래도 샤오놘이 고집을 부려 레이례는 맥없이 그 모델하우스들을 다 구경했다. 5환 밖, 5환 밖 5킬로미터, 5환 밖 10킬로미터, 이렇게 조금씩 멀어지다가 그들은 마침내 5환 밖 15킬로미터의 도시 끝에 이르렀다. 가격도 합리적이고 집도 괜찮았다. 샤오놘은 특히 대형 창문과 화장실을 마음에 들어 했다. 좀 멀기는 해도 멀지 않은 곳은 정말 너무 비쌌다! 그래서 두 사람이 몇 년간 모은 저축에 각자 집에서 받은 돈을 보태 계약금과 첫 중도금을 냈고 20년짜리 대출도 받았다. 수십 년간 힘들게 산 끝에 마침내 집 있는 사람이 된 것이다. 하지만 그러고 나니 여윳돈이 전혀 없었다. 인테리어는 어떻게 하고 가구 마련은 어떻게 하나? 돈이 없으니 최대한 간단하게, 중요한 것만 골라서 할 수밖에 없었다. 레이례는 말했다.

"먼저 침실을 꾸미자. 어쨌든 자는 게 제일 중요하니까."

그러자 샤오놘은 말했다.

"선배는 안심하고 출근이나 잘 해. 인테리어는 나한테 맡기고."

그래서 레이례는 계속 더빙 현장에서 땀을 흘렸고 샤오놘은 건축자재 시장과 새 집 사이를 왔다갔다했다.

사실 불안했다. 그들의 유일한 보물인 집을 어떻게 기상천외하고 어디로 튈지 모르는 샤오놘에게 맡기겠는가! 하지만 그렇게 하지 않고는 달리 방도가 없었다. 그는 매일 출근을 해야 했으므로 만약 토요일, 일요일에만 신경을 쓴다면 이사를 이듬해까지 미뤄야 했다! 어쨌든 그 집은 아직 인테리어가 안 돼 있고 또 샤오놘의 수중에는 돈이 얼마 없었다. 설마 창문을 뜯어낼 리는 없으니까 결과가 아무리 나빠도 아주 놀랄 일은 없을 것 같았다.

한 달 넘게 샤오놘은 먼지를 뒤집어쓰며 뛰어다녔다. 심지어 너무 피곤해서 요리에도 손을 못 대 매일 밥도 대충 때웠다. 공사가 간단치가 않은지 그녀는 인부를 찾고, 값을 깎고, 또 공사를 감독하느라 날마다 눈살을 찌푸린 채 아침에 나갔다가 밤이 돼야 들어왔다. 그녀가 유일하게 레이례에게 해준 말은 마침내 꿈에 그리던 꽃무늬 타일을 찾았다는 것이었다. 그것 말고는 아무것도 자세히 설명해주지 않았다. 어느 쉬는 주말에 공사가 얼마나 진행됐는지 점검하러 갔다가 레이례는 새 집이 원래 모습 그대로 썰렁한 벌거숭이 상태인 것을 발견했다. 알고 보니 샤오롼은 모든 열정을 화장실과 부엌에 쏟아 붓느라 다른 곳은 손도 대지 않았던 것이다. 그 적은 돈으로 그래도 꾸역꾸역 집 전체를 꾸미나보다 생각했는데 천만뜻밖에 그녀가 계속 공을 들인 데는 그 두 곳뿐이었다.

지금 레이례는 제 딴에는 무척 흡족해하는 샤오롼을 울고 싶은 심정으로 바라보고 있었다. 그녀는 호기롭게 말했다.

"부엌에서는 밥을 해야 하고 화장실에서는 목욕을 하고 볼일을 봐야 하잖아. 인테리어를 안 하면 안 되고 할 때 제대로 해야 한다고! 다른 데는 다 괜찮아. 침대 하나만 있으면 우리 둘이 행복하게 같이 잘 수 있으니까! 거실이나 베란다는 다 남들 보라고 꾸미는 거잖아. 부엌과 화장실이야말로 우리 거라고. 어쨌든 우리는 부자가 아니니까 허영은 삼가고 우리 편한 대로 살면 돼. 이미 가장 어려운 첫걸음을 디뎠으니까 다른 데는 나중에 돈 있을 때 꾸미면 돼!"

레이례는 순간적으로 그 억지에 넘어갔다. 그는 문득 자기가 가장 중시하는 것은 바로 그녀에게 전혀 허영심이 없다는 것임을 깨달았다. 삶에 대한 그녀의 인식은 소박하고 당당했으며 철학자처럼 늘 별나고 자기만의 논리가 있었다.

"선배, 이 집은 문들이 진짜 끝내주네요! 내 기억에 어릴 때 우리 집 문도 이랬던 것 같아요. 이런 문을 찾느라 꽤 힘들었을 것 같은데요?"

샤오롼의 남자 동기가 각 방의 초록색 나무문들을 바라보며 감탄했다.

"하하, 좀 그랬지."

레이례는 미소를 지으면서 다리가 끊어져라 그 문들을 구하러 다녔던 기억을 떠올렸다.

샤오롼이 부엌과 화장실 공사를 마친 후, 그들은 아쉬운 대로 적당한 침대를 샀고 또 고양이들이 감기에 걸린다고 샤오롼이 고집을 부려 바닥에 촌스러운 장판도 깔았다. 사이가 좋았던 셋집 주인이, 그들이 여러 해 사용한 그 낡은 빌트인 소파를 선물하기도 했다. 소파와 비키니옷장, 컴퓨터, 옷걸이 등의 잡동사니가 도시의 그 동쪽 끝으로 넘어왔다. 그런데 입주 첫날, 결정적인 문제를 잊고 넘어갔음을 깨달았다. 문이 없었다. 돈은 이미 딱 식비 밖에 안 남아 있어서 훔치는 것 외에는 문을 구할 방도가 없었다. 샤오롼이 도움을 구하러 친정에 전화를 걸려 했지만 레이례가 억지로 막았다. 그리고 주말에 버스를 타고 몇 군데 시장을 돌다가 막 절망할 때쯤 1980년대 드라마에서나 나옴직한, 옛날 기숙사 방들에나 어울리는 커다란 초록색 문들과 마주쳤다. 예쁘다고 말하면 확실히 허풍이겠지만 개성이 있다고 하면 그래도 인정해줄 만했다. 그리고 무엇보다 중요했던 것은 착한 가격이었다. 부족한 예산 때문에 레이례가 직접 그 눈에 띄는 문들을 날라왔을 때 샤오롼은 뛸 듯이 기뻐했다. 너무 예쁘고 색깔이 선명하며 요즘 유행하는 앤틱 스타일에도 딱 맞는다는 것이었다.

"우리 문만 부러워하지 말고 이 멋진 식탁도 좀 보라고!"

샤오놘은 활짝 웃으며 커다란 쟁반 하나를 내오고서 또 요리를 하러 부엌으로 돌아갔다.

작은 식탁에는 벌써 쟁반이 네 개나 놓여 있었다. 각기 오렌지 즙을 뿌린 동아 과육, 단호박 치즈구이, 통후추 스테이크, 고추가지볶음이었다. 식탁 위에는 신문지가 깔려 있었으며 사람 수대로 종이컵도 놓여 있었다. 샤오놘은 다들 먼저 먹고 있으라고 소리를 질렀다. 자기는 아직 고추생선찜과 콩꼬투리국수를 더 만들어야 한다는 것이었다. 루루 등은 동서양 요리가 다 모인 그 화려한 식단에 완전히 매료되어, 작은 식탁 앞에 서로 빼곡히 붙어 앉았다. 레이례는 마구 음식을 먹어치우는 후배들에게 살뜰히 음료수를 더 채워주면서 내심 흐뭇한 만족감을 느꼈다.

"너 아직 집에 있는 거야?"

한 남자 동창이 샤오놘에게 물었다.

"응, 퇴직자 신분으로 매일 고생고생 밥을 하고 옷을 빨지. 무슨 허드렛일 같은 게 있으면 나를 찾아줘. 나는 매일 남는 게 시간이니까!"

샤오놘은 지나가듯 얘기했지만 다시 직장에 다니고 싶어도 이리저리 부딪치는 어려움이 많은 듯했다.

"너는 자기가 없는 집 출신이라면서 어쩌면 이렇게 바닥을 못 치고 올라오는 거야? 성취욕이 너무 모자란 것 아냐?"

루루는 입에 가지를 쑤셔 넣으면서 이번에는 레이례를 향해 말했다.

"선배, 결혼식은 언제 해요?"

"왜? 빨리 결혼선물 해주고 싶어서?"

"돈은 좀 들겠지만 저는 정말 선배가 정식으로 결혼 예복을 입은 모습을 보고 싶다고요!"

"그러면 샤오롼한테 물어봐. 내가 식을 올리자고 하면 늘 귀찮다고 하거든."

"이미 결혼 신고도 했는데 식이야 하든 말든 무슨 차이가 있어? 무슨 유명인도 아니고 꼭 우리가 정식으로 결혼했다고 만천하에 알려야 돼? 결혼 피로연도 귀찮고 마음이 쓰여. 먼저 돈을 다 써놓고 뒤늦게 너희들 불러서 축의금을 긁어모으는 것도 의리에 어긋나는 것 같고. 내가 머리가 좀 길어지면 그냥 웨딩사진이나 찍고 말래."

샤오롼은 앞치마를 두른 채 고양이 먹이통에 소시지를 놓고는 다시 부엌으로 돌아가서 마지막으로 흰목이버섯수프를 들고 와 식탁 앞에 비집고 앉았다.

"야, 낯설다. 낯설어. 다들 보면 여자는 죽자사자 웨딩드레스를 입고 결혼 피로연을 하고 싶어 하잖아. 반대로 남자는 양심 없이 하기 싫어 하고."

남자 동창이 말했다.

"나도 이해가 안돼."

레이레는 조용히 먹고만 있는 샤오롼을 지켜보고 있었다.

새 집으로 이사 오고 그 다음 달에 레이레와 샤오롼은 합법적인 부부가 되었다. 레이레는 비록 그녀와 사귀기로 한 첫날부터 결혼할 마음을 먹기는 했지만 아직 둘 다 젊은데도 그녀와 함께한 지 벌써 6년이 지난 것을 생각하니 역시 만감이 교차했다.

"우리 결혼할까?"

콘크리트 벽이 훤히 드러난 침실의 커다란 침대에 누워 레이레가 말했다.

"그러지 뭐. 이번에 엄마 마음에도 든 것 같으니까."

샤오롼은 앞쪽 컴퓨터 책상 앞에 앉아 있었다. 손도 마우스에서 떼지 않고 고개도 돌리지 않았다.

"네 생각은 어떻고?"

"엄마가 하라는 대로 할 거야."

"언제부터 그렇게 착한 딸이 된 거야?"

그녀의 등에 대고 말했다.

"엄마가 그랬어. 여자한테 혼전 동거는 좀 창피한 일이고 결혼을 하면 남이 허튼소리를 하는 걸 걱정 안 하게 될 거라고. 나도 말이야, 사리를 좀 아는 사람이거든. 선배가 어린 여자를 사기 쳐서 데리고 산다는 소리를 듣게 하고 싶지 않으니까 좀 억울하긴 하지만 그 제안을 받아들일게."

"이봐, 진지한 문제를 논하는데 얼굴 좀 맞대고 얘기하면 안 돼?"

"아우, 얼굴을 맞대고 있으면 심미적 피로 때문에 아예 결혼 안 하고 싶어질지 모른다고! 아, 그래, 그래. 어쨌든 나는 일 없는 백수가 됐으니까 선배한테 조건을 따질 처지도 아니지 뭐."

샤오롼은 레이례에게 달려들어 두 손으로 그의 귀를 붙잡은 채 똑바로 그와 얼굴을 마주했다.

이튿날 아침, 두 사람은 전화로 양쪽 부모님께 소식을 알렸고 얼마 후 샤오롼의 생일에 결혼 신고를 했다.

"이봐요, 선배. 나중에 나를 차버리면 나는 생일도 못 챙기게 된다고! 오늘은 내가 이 세상에 온 날이니까 제발 슬픈 날로 만들지는 말아줘!"

"쳇, 좀 기쁘다고 말해주면 덧나나? 내가 너랑 허덕허덕 산 지 벌써 6년이지만 설마 나를 마음에 들어 하는 사람이 또 없었을 것 같아? 내가 네 생일을 골라 신고한 건 그냥 선물을 아끼기 위해서야. 안 그랬으면 결혼기념일에 선물하고 생일에도 선물을 해야 하잖아. 이렇게 이틀을 하루로 몰았으니 낭비를 줄인 셈이지."

"이래서 나이 많은 사람한테 잘해주면 안 돼. 정말 음흉해!"

그날 두 사람은 집 근처 가장 좋은 식당에서 밥을 먹으며 애인에서 부부가 된 것을 축하했다. 샤오롼은 레이례가 주문한 와인을 마시고 작은 얼굴이 빨개지는 바람에 식사를 절반쯤 했을 때부터는 줄곧 알딸딸한 상태였다. 그들은 들뜬 기분으로 먹고 마시다가 영업이 끝날 때가 돼서야 서로 몸을 의지한 채 식당 문을 나섰다. 도시의 외곽에는 밤 생활이라는 것이 없어서 사실 열 시밖에 안 됐는데도 벌써 거리는 고요하고 을씨년스러웠다. 아파트 단지 입구에서는 불법 택시 몇 대가 침침하게 불을 밝히고 있었다. 레이례는 약간 비틀거리는 샤오롼을 붙잡고 있었다. 팔이 물에 떠 있는 나무막대처럼 가늘기 그지없었다. 그는 그녀의 머리를 두드리며 "여보!"라고 불렀다.

달은 초승달이었고 칼슘 결핍 환자의 손톱처럼 얇디얇았다. 달빛 아래, 떠돌이 개 두 마리가 쓰레기통 옆에서 밥을 먹고 있었다. 마음 착한 사람이 일부러 밥을 놓아준 것인지, 아니면 어느 공중도덕이 희박한 녀석이 도시락을 버릴 때 밥을 흘린 것인지는 몰라도 어쨌든 허겁지겁 먹어치우는 중이었다. 술기운 때문인지 레이례는 조금 슬픈 기분이 들었다.

"쟤들, 꼭 우리 같지 않아? 우리 둘 다 떠돌이 개처럼 시내에서 멀리 떨어진 이 구석에 있잖아. 나는 매일 밖에 나가 먹이를 구해서 너를 먹이고. 그런데 너는 그렇게 먹어도 살이 안 찌니."

4

졸업한 지 벌써 3년이 돼 가는데도 샤오롼은 컬러링 녹음 일을 때려치운 뒤로는 줄곧 직장을 못 구했다. 처음에는 그녀 자신도 새 직장을 구할 생각이 없어서 너무 피곤하다, 너무 몸이 약해졌다, 떠들며 조금 쉬면서 건강을 회복하려 했다. 그러다가 다시 머뭇머뭇 일을 시작하고 싶다고 했는데 아무리 애써도 마음에 드는 직장이 구해지지 않았다. 먼지를 뒤집어쓰며 며칠을 뛰어다녔지만 결국 원래 하던 컬러링 녹음 일조차 구하기 힘들다는 것을 깨달았다. 해마다 새로 배출되는 대학 졸업생들 앞에서 샤오롼의 경쟁력은 점점 빛이 바랬다. 예전에는 그녀가 홧김에 스스로 일을 그만뒀다고 한다면 지금은 업계의 발전이 일에 대한 그녀의 권리를 거의 박탈해버렸다. 그녀는 바로 힘이 빠졌고 자포자기해서 날마다 늦게 자고 늦게 일어났으며 깨어 있는 시간에도 하는 일 없이 시간을 보냈다. 집안은 버려진 공장처럼 너저분했고 텅 빈 콘크리트 벽에는 온갖 잡동사니들이 걸려 있었다. 그녀와 고양이들은 그 안에서 꼼짝 않고 진을 치고 있었다. 전에 셋집에 살 때도 샤오롼은 청소와 정리에 통 관심이 없었다. 늘 말하길, 자기 집만 생기면 빠릿빠릿해질 거라고 했다. 하지만 그 말은 진담이 아니었다. 새 집에 들어왔는데도 그녀는 버릇이 나아지기는커녕 갈수록 더 나빠졌다. 전에는 남의 집이라 그래도 조심하는 면이 없지 않았는데 이제는 내 집이니 신경 쓸 게 뭐가 있느냐는 식이었다! 그렇게 게

으르게 살며 샤오놘은 낮이든 밤이든 고양이를 안고 침대에 누워 있었다. 이따금 더빙 아르바이트를 나가는 일도 있었는데 애니메이션 더빙을 하기도 하고 제품 전시를 진행하기도 했다. 비록 수입은 보잘것없어도 어떻게든 집안 살림에 보태려 했다. 이때 레이례는 혼자 무거운 부담을 지고 월요일부터 금요일까지 매일 아침저녁으로 정신없이 뛰어다녔다. 4000위안 남짓한 월급에서 2000위안은 대출을 갚고 나머지 2000위안으로 식비와 교통비와 공공요금과 고양이 사료 값을 치르고 나면 매달 남는 게 거의 없거나 심지어 빈털터리가 되었다. 인생은 그야말로 끝없이 갚아도 갚아도 빚이 줄지 않는 수수께끼와도 같았다. 바쁜 생활에 지친 레이례는 살이 쪘다. 그러다가 유감스럽게도 자신이 점점 중년 남자와 비슷해져가는 것을 깨달았다. 겨우 서른 문턱을 넘었는데도 말이다.

루루 등이 밥을 먹으러 온 그날, 샤오놘은 무척 기분이 좋았다. 그녀는 이틀 전에 미리 메뉴를 정하고 토요일에 새벽같이 일어나 장을 봐온 뒤, 바로 부엌에 뛰어 들어가 흥분해서 진수성찬을 만들었다.

그들은 오자마자 반가워 서로 호들갑을 떨었다. 마치 파란만장했던 대학 시절로 돌아간 듯했다. 모임이 끝난 뒤, 샤오놘은 아쉬워하며 아래층까지 내려가 그들을 전송했고 돌아와서 그릇을 정리할 때도 얼굴에서 미소를 지우지 못했다. 레이례도 그 정답고 허물없는 만남이 좋았지만 후배들이 가버린 뒤에는 조금 기분이 씁쓸했다. 루루는 위성방송국에서 교양프로그램을 만들었고 아주 잘나가지는 않았지만 그래도 매일 시청자들 앞에 얼굴을 내밀었다. 다른 세 명도 각기 스포츠채널의 취재기자와 농업채널의 책임 간부 그리고 모바일 매체의 새 메인 앵커를 맡고 있었다. 그들은 일이 힘들다고 계속 불평을 늘어놓기는 했지만 그래도 자기 궤도에서 착실히 한 발 한 발 나아가고 있었다. 루루는 모바일 매체의 보수와 의료보험과 주택기금에 관해 물었고 스포츠 기자는 지난번 장애인농구대회에서 일어난 방송사고를 언급했으며 농업채널의 아가씨는 자기가 곧 방송신문 기사에 등장할 것이라고 예고했다. 식사가 반쯤 끝나갈 때 그들의 대화는 더 전문적인 화제로 흘러 샤오완은 아예 낄 틈이 없었다. 레이례는 그들이 일부러 그러는 것이 아님을 알고 있었다. 다들 너무 바쁘고 오랜만에 만난데다 공동 대처가 필요한 그런 사업상의 일들은 본래 대화의 초점이 될 만했다. 하지만 그것들은 다 샤오완과 무관했다. 그녀는 얼떨떨한 상태로 밥을 먹으면서 대학 때 다들 싫어했던 어느 여학생을 혼자 비웃고 있었다. 루루 등은 그냥 건성으로 웃으며 맞장구를 쳐주는 척했다. 그들은 직장에서 온갖 고초를 겪으면서 이미 더 혐오스럽고 적응 안 되는 대상들이 생겼다. 그리고 대학 시절의 모든 것은 이제 불투명한 유리처럼 그저 아름답고 따뜻한 기억으로만 흐릿하게 남아 있었다. 하지만 샤오완은 달랐다. 그녀는 마치 졸업과 동시에 냉동이라도 된 것처럼 친구들이 다 대학 동창뿐이어서 인간관계가 협소했다. 게다가 사회생활도 일천했기 때문에 혐오스러웠던 학창 시절의 기억이 아직 생생했다. 그녀는 난잡하고 무질서한 현실 밖에 고립된 채 작은 집에 틀어박혀 있었고 어제와 오늘과 내일은 그녀에게는 모두 똑같이 공휴일이 무한히 연장된 것이나 다름없었다. 그는 충고해주고 싶었다. 면벽수도 십 년이면 벽을 부수려 시도해보기도 해야 한다고, 또 너무 오래 숨어 있으면 자칫 세상에서 잊힐 수도 있다고. 하지만 그녀라고 줄곧 마음이 편했을 리가 없다는 것도 알고 있었다. 안 되면 몸을 낮춰 다른 일을 찾아보라고 하고 싶었다. 그녀가 콧노래를 부르며 즐겁게 탁자를 닦는 모습을 보면서 그 말이 목구멍까지 치솟았지만 결국 입을 열지는 못했다. 됐다, 괜한 고민거리는 만들지 말자! 하는 일을 바꿔보라고 그가 권할 때마다 그녀는 눈물 콧물을 흘리며 외치곤 했다.

"나는 방송 일 말고는 할 줄 아는 게 없어! 나도 방송과 졸업생이라고, 우리가 발성 연습하고, 호흡 연습하느라 얼마나 고생을 했는데! 선배도 전공 일을 하고 남들도 다 전공 일을 하는데 왜 나만 딴 일을 하라는 거야!"

그렇게 말하고서 흑흑, 훌쩍이고 있으면 마치 누구한테 박해받은 방송 엘리트 같았다. 세 살이 많긴 했지만 자주 그녀가 자기보다 열 살 이상 어린 것 같다는 느낌이 들었다.

10시에 레이레는 양치질을 마치고 시간 맞춰 침대에 누웠다. 침대 바로 앞에서 샤오놘이 등을 구부리고 사이트에서 고양이 사육에 관한 글을 보고 있었다. 그들은 매일 이랬다. 샐러리맨 레이레는 꼭 그 시간에 자야 했지만 가정주부 샤오놘에게 그 시간은 체내 시계로 저물녘에 해당했으므로 한창 신나게 책을 보고, 텔레비전을 보고, 인터넷을 봤다. 레이레는 이미 습관이 되었기 때문에 샤오놘의 뒷모습을 보면서 키보드 소리나 한국드라마 캐릭터의 대화 속에서 꿈나라에 빠져들었다. 다른 방 하나는 거의 무용지물이었다. 그들은 오직 그 침실에서만 생활했다.

"나 잘게, 안녕. 너무 늦게 자지 마!"

"빨리 잘 자. 내일도 일찍 일어나야지."

이것이 매일 밤 그들이 어김없이 나누는 대화였다. 두 사람은 서로 다른 시간대에 속한 채 서로의 처지를 염려해주었다.

한 사람은 자고 한 사람은 계속 인터넷을 하면서 쌔근쌔근, 고른 숨소리에 키보드 소리가 뒤따랐다. 매일매일 변함이 없었다.

"안 돼…… 난 돈을 벌어야 해!"

샤오완은 컴퓨터 화면의 시간을 보았다. 새벽 2시 반이었다. 그녀는 몸을 돌려, 레이례가 힘없이 몸을 뒤척이며 그 말을 되풀이해 중얼거리는 것을 보았다. 조금 망설였지만 그래도 레이례를 흔들어 깨웠다. 그녀는 호기심을 억제할 수가 없었다. 함께 그렇게 오랜 세월을 살아왔지만 그의 잠꼬대를 들은 것은 이번이 처음이었기 때문이다.

"병에 걸려서 치료비로 돈을 다 날리는 꿈을 꿨어. 대출도 못 갚고 집도 몰수당해 길거리로 나앉았어……"

잠에서 깬 레이례의 이마에는 땀이 송골송골 맺혀 있었다. 아직 꿈에서 벗어나지 못해 그는 꿈속의 병과 파산에 완전히 겁에 질려 있었다.

"상상력도 대단하셔라."

샤오완은 조금 우습다는 듯 자기 남편의 혼비백산한 얼굴을 쳐다보았다.

"나는 절대 병에 걸려서는 안 돼. 당신이랑 메이메이랑 춘상, 저 애들까지 다 먹여 살려야 한다고."

레이례는 결심이라도 한 듯 또박또박 말했다.

"선배는 진짜 의리가 있어."

그 말을 했을 때 그녀는 이미 몸을 일으켜 컴퓨터 앞으로 돌아갈 채비를 하고 있었다.

그녀는 레이례의 잠꼬대에 벌써 흥미를 잃었다. 촌스러워도 그렇게 촌스러운 꿈이 없었다. 그야말로 낮에 하던 생각이 밤에 고스란히 꿈으로 나타난 것이었으며 그저 위태위태한 생존에 대한 슬픈 노래일 뿐이었다! 하지만 계속 인터넷을 하면서도 그녀는 조금 마음이 어지러웠다. 레이례의 꿈이 머릿속에 파고들어 이상하게 그녀의 생각들과 뒤섞였다.

창밖은 칠흑처럼 어두웠고 건너편 건물의 창들도 하나같이 컴컴했다. 마치 영원히 불이 안 켜질 것처럼 균일한 어둠이었다. 그곳 동쪽 교외는 이미 베드타운이라 불리고 있었다. 여기 사는 사람들은 대부분 시내로 출근하는 샐러리맨이었다. 다들 아침에 나가 자신들의 성실한 노동을 번영하는 시내에 바친 뒤, 저녁에 힘들게 먼 길을 달려와 다시 원기를 회복했다. 그래서 그곳은 꼭 군대처럼 불이 일찍 꺼졌다. 열 시만 되면 점차 불이 꺼지기 시작해 열한 시가 넘으면 천지가 다 조용해졌다. 샤오놘은 마치 그 지역의 밤을 지키는 파수꾼처럼 그 거대한 정적 속에서 홀로 깨어 있는 것이 습관이 됐다. 그녀는 다른 사람들과는 달랐다. 시간에 쫓기는 일 없이, 평생 출근할 필요가 없을 듯한 나날 속에서 즐거운 시간을 보냈다. 객관적으로 다른 사람들의 삶을 관찰하면 스스로 조금 비참하고 구차해질 법도 하건만 샤오놘은 그런 대로 말짱하게 지냈다. 그것은 꿈속에서도 병에 걸릴까, 직장을 잃을까 염려하는 남편이 뒤에 있기 때문이었다. 그녀는 결국 최악의 상황을 생각할 필요가 없는 덕분에 그렇게 살 수 있었다.

"선배가 지켜줘서 나는 직장이 없어도 괴롭지 않은 거야."

샤오놘은 다시 잠든 레이례를 보며 중얼거렸다.

그 꿈에서 벗어나 몇 시간을 더 잔 뒤, 레이례는 몸을 뒤척이다가 샤오놘이 자기 옆에 없는 것을 깨달았다. 그는 벌떡 일어났고 그녀가 아직 컴퓨터 앞에 앉아 있는 것을 발견했다.

"벌써 자고 일어난 거야?"

"설마. 당연히 아직 안 잔 거지."

그녀는 컴퓨터에 시선을 고정한 채 고개도 돌리지 않았다.

레이례는 장작개비처럼 마른 그녀의 뒷모습을 보며 뭐라고 말하려다가 그만 선수를 빼앗겼다.

"빨리 와봐, 이거 예쁘지 않아?"

샤오롼이 컴퓨터 화면을 가리키며 소리쳤다.

화면에는 기이한 디자인의 양장 한 벌이 떠 있었다. 천이 이리저리 겹쳐진, 어지럽고 도전적인 스타일의 옷이었다. 면과 삼베와 또 뭔지 알 수 없는 두세 가지 재료를 결합한 그 옷의 가격은 49위안이었다. 그 복잡한 손품과 해괴한 재료들을 생각하면 과하지 않은 가격일 수도 있었다. 하지만 레이례는 아무리 봐도 눈에 거슬렸다. 그는 샤오롼이 왜 밤을 꼴딱 새며 타오바오에서 그런 쓸데없는 물건들을 구경하는지 이해가 가지 않았다.

"너는 출근도 안 하면서 왜 이런 옷을 입고 싶은 거야? 시내에 나가 돌아다니려고?"

"모르는 소리. 나는 출근을 안 해서 이런 옷을 입고 싶은 거라고!"

샤오롼은 토라져서 한 마디 했다. 그녀는 여전히 화면에서 눈을 못 뗀 채 등 뒤의 남편도, 또 그가 불쾌해하는 것도 무시했다.

"너 정말 조금 심하다. 밤새 잠도 안 자고 말이야."

"선배가 한밤중에 잠꼬대를 해서 그런 것 아냐. 그것 때문에 잘 마음이 싹 가셨다고!"

샤오롼은 정말로 레이례의 꿈 때문에 잠을 못 잤다. 그의 스트레스가 꿈결에 노출되어 깊은 밤 그녀에게 커다란 슬픔을 가져다주었다.

그 꿈은 너무나 생생했다. 그는 힘없이 병상에 누워 있었고 샤오놘은 울고만 있었으며 시곗바늘 소리가 똑딱똑딱 울리는데 바닥에는 흰 천이 가득 덮여 있었다. 이미 꿈에서 깼는데도 그 스산하고 고통스러운 분위기가 손에 닿을 듯 느껴져서 레이레는 여전히 가슴이 두근거렸다. 의심의 여지없이 그것은 좋은 징조가 아니었다. 그는 외벌이 가장으로서 어떻게든 버텨내야 했다. 하지만 혹시나 뜻밖의 변고라도 생긴다면 두 사람과 네 마리 고양이의 운명은 어떻게 될 것인가!

레이레는 그녀의 뒷모습을 뚫어지게 보고 있었다. 그와 결혼 신고만 하고 결혼식은 하기 귀찮아하는 이 아가씨는 가장 자연스러운 방식으로 그에게 무거운 짐을 떠맡겼다. 그는 매일 있는 힘을 다했고 조금도 긴장을 풀지 못했으며 뜻밖의 실수로 이 보잘것없는 행복을 깨뜨릴까 두려워했다. 그런데 그녀 자신은 밤새 잠도 안 자고 인터넷 쇼핑몰에서 예쁘지도 실용적이지도 않은 옷 나부랭이나 끝없이 뒤지고 다녔다. 이런 사람을 아내라고 할 수 있을까? 아마도 딸에 더 가까웠다. 귀엽고, 순진하고, 제멋대로이고, 사람을 화나고 안타깝게 만드는 딸 말이다.

'너, 평생 이러고 살 거야?'

레이레는 이 말을 하려다가 꾹 눌러 참았다.

집을 나설 때까지도 샤오놘은 흥미진진해 하며 컴퓨터 앞에 앉아 있었다. 잘 생각도 없고 레이레를 알은 체도 안 했다. 요란하지만 값싼 그 옷들에 유혹당해 모든 정신을 화면 속에 쏟아 붓고 있는 듯했다. 사실 그녀는 레이레와 마주칠 자신이 없었다. 그 밤에 끝내 못 참고 눈시울을 적셨기 때문이었다. 레이레는 아무 말 않고 나갔지만 완전히 무시당했다는 기분이 들었다. 출근길 버스에서 젊은 아가씨들을 보고는 갑자기 존경심이 느껴졌다. 원기왕성하거나 축 처진 그 아가씨들은 아침 해와 함께 일어나 콩나물시루 같은 만원버스에 몸을 싣고 시내를 향해 씩씩하게 나아갔다. 그녀들도 샤오원처럼 잠에서 깨면 신경질이 날 것이다. 하지만 바로 자리를 털고 일어나 졸음을 감추고 회사를 향해, 사장을 향해, 예상 못한 갖가지 골칫거리를 향해 나아가고 있는 것이다. 갑자기 레이례는 조금 케케묵긴 했어도 사실은 친근한, 하지만 거의 말할 기회가 없는 단어인 여성 노동자라는 말이 떠올랐다.

5

샤오원은 자는 시간이 갈수록 늦어졌다. 아니, 더 엄밀히 말하면 갈수록 일러졌다. 그녀가 잠드는 시간은 한밤중에서 점차 이튿날 새벽으로 미뤄졌다. 레이례는 졸린 눈을 뜰 때마다 그녀가 꾸역꾸역 컴퓨터 앞에 앉아 있는 것을 보았다. 심지어 어느 날 그녀는 거기 있지 않고, 잠든 고양이를 안은 채 낡은 천이 덮인 소파에 멍하니 앉아 있었다. 넋을 잃은 그 모습은 손도 안 댄 벌거숭이 거실과 잘 어울렸고 그야말로 성냥팔이 소녀와 똑같았다. 레이례가 왜 안 자느냐고 묻자 그녀는 자기도 모르겠다고, 그냥 밤만 되면 시간이 너무 빨리 가는 느낌이어서 조금 늦게 자려는 것뿐인데도 저절로 밤을 새게 된다고 했다. 이에 따라 그녀가 일어나는 시간도 덩달아 늦어졌다. 어느 날인가는 레이례가 퇴근해 돌아왔을 때 막 이를 닦는 중이었다. 입 안 가득

한 거품을 그에게 넘기고 싶은 것을 억지로 참으면서 그녀는 깡충 뛰어오르며 웃었다.

"딱 맞춰 왔네, 우리 아침 먹자."

레이례는 쓴웃음을 지으며 그러자고 했다. 그리고 자기가 혹시 주제넘게도, 생각이 지구에 있지 않은 달의 여신과 결혼한 게 아닐까 의심이 들었다.

그는 그날 점심 때 루루가 황급히 자신에게 전화를 걸어왔던 일이 떠올랐다. 두 사람은 평소에는 거의 연락을 안 했다. 연초에 문자로 신년 인사를 주고받는 것이 고작이었다. 만약 그녀가 샤오롼의 친한 친구가 아니었다면 두 사람의 관계는 그저 서먹서먹한 선후배 사이에 그쳤을 것이다.

"선배, 샤오롼한테 연락돼요? 휴대폰이 꺼져 있어요."

루루가 단도직입적으로 물었다.

"샤오롼은 자고 있어."

"그러면 집 전화번호 좀 알려줘요."

"우리는 집 전화가 없는데."

"그러면 어떻게 샤오롼한테 연락하죠?"

"가서 초인종을 누르는 수밖에 없지."

레이례는 쓴웃음을 지었다. 점심에는 당연히 샤오롼에게 연락하는 것이 불가능했다. 이미 올빼미가 된 그녀에게는 낮이 없었다.

"무슨 드라큘라도 아니고, 그걸 어떻게 견뎌요? 선배도 방법이 없는 거예요?"

"응, 아무도 연락이 안 돼. 샤오롼은 낮에 자야 해. 주말에만 조금 일찍 일어나. 내가 집에 있으니까. 평상시 낮에는 늘 샤오롼 혼자 집에서 자고 있어."

"그러면 어쩔 수 없죠. 좋은 일이 있는데 연락이 안 되니⋯⋯"

알고 보니 루루가 샤오완을 찾은 것은, 자기가 만드는 프로그램의 임시 아나운서가 일을 그만둬서 좋은 기회다 싶어 샤오완을 테스트 해보기 위해서였다. 하지만 시간이 급박해서 반드시 그날 오후에 오디션을 봐야만 했다. 하지만 루루와 레이레는 근무를 해야만 해서 가장 원시적인 방법으로, 그러니까 가서 문을 두드려 샤오완을 깨울 사람이 없었다. 누구도 연락하는 것이 불가능했다. 낮의 현실 세계에서 그녀는 이미 너무 오래 자리를 비웠던 것이다.

오후에 레이레는 샤오완의 MSN에 불이 들어와 있는 것을 발견했다. 하지만 시간은 이미 24시 중 16시였다. 샤오완이 세수를 이미 마쳤고 또 당장 집에서 달려 나온다고 해도, 그들의 집이 동쪽 교외에 있는 것을 감안하면 아무리 서둘러도 6시는 돼야 루루의 방송국에 닿을 수 있었다. 레이레는 그래도 요행을 바라고 루루에게 전화를 걸었다. 혹시 아직 기회가 있을지도 모르지 않는가!

"두 사람 다 대단들 하네. 지금이 몇 시인데요? 진즉에 사람 뽑았죠. 요즘처럼 일은 적고 사람은 많은 때에 샤오완은 잠이나 자고 참 속도 편하네요. 개한테 일자리를 찾아주고 거실 인테리어 비용을 보태게 하는 건 아무래도 그른 것 같네요⋯⋯"

루루가 그렇게 말하리라는 것을 예상치 못한 것은 아니었지만 그래도 레이레는 자존심이 상했다. 그는 대학 시절 샤오완의 전공 실력이 루루보다 나았던 사실이 떠올랐다. 언젠가 두 사람에게 외부 더빙 아르바이트를 소개해줬는데 업체 사람은 몇 마디 테스트를 해보더니 샤오완만 마음에 들어 하고 루루는 거들떠보지도 않았다. 그래서 돌아온 뒤에 샤오놘은 계속 미안해했고 혹시 루루가 마음이 상해 두 사람 사이가 나빠질까 두려워했다. 다행히 그 일은 별 탈 없이 지나갔으며 지금은 오히려 루루가 사회에 자리를 잡고 샤오놘은 집에서 노는 신세가 되었다. 그들 사이에는 어느새 청년 백수와 텔레비전 프로그램 진행자라는 엄청난 격차가 생겨, 본래 둘이 같은 과 같은 반이었다는 것이 믿기지 않을 지경이 되었다.

레이례는 MSN으로 샤오놘에게 점심 때 있었던 일을 이야기해주었다. 그녀가 조금 속상해할 것이라고 생각했는데 웬일로 아주 담담하게 반응했다.

"나는 이 일하고는 인연이 없나 봐."

그러고는 바로 자기가 점심 때 꾼 꿈 이야기를 해주었다.

"꿈에서 누가 나한테 케이크 굽는 걸 가르쳐준다고 했어. 그런데 그 조건으로 먼저 양파를 한 판 썰어야 한다는 거야."

레이례는 화면 위에 양파 써는 것에 관한 수다가 쏟아지는 것을 보고서 자기도 모르게 눈썹을 찌푸리고 입을 삐죽였다. 케이크를 굽고, 양파를 썰고, 요즘 그녀는 정말 먹는 것밖에 몰랐으며 꿈조차 십중팔구 그랬다. 좋은 일자리를 놓치고도 정상적인 반응은 안 보이고 무심히 케이크와 양파에 관한 꿈 얘기나 하고 있었다.

"이거 어때?"

샤오놘의 대화창에 링크 하나가 떴다. 레이례는 전혀 흥미가 없었지만 그래도 시큰둥하게 클릭해봤다. 배트윙 슬리브가 달린 후드집업 한 벌이 튀어나왔다. 밝은 남색에 불규칙하게 붉은색 점이 찍혀 있었으며 가격은 36위안이었다.

"좋네. 마음에 들면 사."

사실 레이례는 자세히 살펴보지도 않았다. 튀는 색깔과 디자인이 눈에 거슬렸다. 그는 샤오놘이 컴퓨터 앞에 앉아 있는 모습이 머릿속에 그려졌다. 그녀는 틀림없이 베개에 눌린 머리를 하고서 세수도 하지 않은 채 일어나자마자 컴퓨터를 켜고 흥미진진하게 요모조모 옷들을 따져보고 있을 것이다.

"안 사. 그냥 보는 거야."

"알았어."

레이례는 뭐라고 말해야 할지 몰랐다. 그의 아내는 모든 신경을 인터넷에 쏟고 있었다. 희한한 옷과 고양이 카페, 미국 드라마 같은 다채로운 인터넷 콘텐츠가 샤오놘의 빈 시간을 꽉 채우고 있었다. 그것은 그녀의 모든 시간이기도 했다. 그는 동조해주는 척하는 것 말고는 달리 해줄 말이 없었다. 그녀는 너무나 무료했지만 또 너무나 즐거웠다. 그는 그녀의 즐거움을 깨뜨릴 수 없었고 또 자기가 그럴 수 있는 능력이나 있는지 의심스러웠다. 그는 그녀의 세계 안에 있을까?

"나는 더빙하러 가. 혼자 잘 놀고 있어."

레이례는 마지막 한 줄을 입력한 뒤 화면 앞에 멍하니 앉아 있었다. 사실 그는 지금 할 일이 없었다.

"선배, 내일 저녁에 밥 먹는 것 잊지 말아요. 형수님도 오시라고 하고."

MSN에 펑위馮雨의 메시지가 떴다.

펑위는 바로 옆 파티션 너머에 앉아 있었지만 와서 얘기하기가 귀찮은지 타자로 말을 대신했다. 그가 말하는 것은 이튿날의 회식이었다.

"알았어."

샤오놘이 보여준 그 후드집업 때문에 마음이 어지러워져, 레이례는 평위의 말에도 별로 흥미를 못 느꼈다. 심지어 불길한 예감이 들었다. 샤오완이 또 말도 안 되는 이유를 들어 회식에 안 나온다고 할 것 같았다. 그녀는 갈수록 바깥출입을 꺼렸다.

회사에는 젊은 사람뿐이었다. 그래서 다른 직장과 마찬가지로 갈등이 아예 없는 것은 아니었지만 그래도 관계가 대체로 좋았다. 정기적으로 같이 밥도 먹었고 보통은 가족도 불렀다. 예전에는 샤오완도 무척 오고 싶어 해서 가끔씩 또 회식 자리가 없는지 물어보곤 했다. 하지만 집에 있는 시간이 길어질수록 바깥 세상에 대한 흥미가 줄어들어서 요즘에는 침실에만 틀어박혀 거실에도 나가기 싫어했다. 아주 강력한 이유가 있지 않으면 그녀를 집 밖으로 끌어내기가 쉽지 않았다.

아니나 다를까. 저녁 먹을 때 레이례가 이튿날 회식 얘기를 꺼내자, 샤오완은 내키지 않아서 몸을 꼬며 머릿속으로 안 갈 수 있는 이유를 궁리했다. 가야 한다는 것을 알고는 있었지만 혼자 오래 버스를 타고 가기가 싫었고, 또 그저 가족의 신분으로 자기와 별로 관계도 없는 이들의 회식에 참석하는 것도 싫었다.

"선배, 나 안 가면 안 돼?"

"가지 마."

샤오완이 궁리를 마친 어리광과 억지를 미처 펼치기도 전에 레이례는 너무나 쉽게 그녀의 말을 들어주었다. 그녀가 무슨 여왕도 아닌데 같이 가서 밥 한 끼 먹자고 애걸을 해야 하나 싶었던 것이다. 가기 싫으면 가지 말라고, 그냥 편한 대로 하라고 마음을 접었다.

"자기는 참 화끈해서 좋아."

"그런데 내가 좀 돈을 줄 테니까 말이야……"

레이례는 부드러운 표정을 지으며 운을 뗐다. 그는 자기가 이미 궤도에 올랐다는 느낌이 들었다. 집에만 들어오면 자동적으로 자애로운 아버지 역할을 연기하고 있었다.

"뭐라도 좀 배워보는 게 어때? 안 그러고 이렇게 집에만 있으면 사람이 폐인이 된다고."

"선배는 내가 싫어?"

샤오놘은 확실히 애교를 부리고 있었다. 화난 듯한 표정 밑에 재미있어 하는 기색이 깔려 있었다.

"네가 심심해서 힘들 것 같아서 그래."

"안 힘들어, 나는 편하다고. 다 선배가 뒤에서 든든하게 지켜주는 덕분이야. 난 심심해도 다시 바빠지고 싶지는 않아."

"그래도 언젠가는 다시 사회생활을 해야 하잖아. 안 그러면 금방 아줌마 되고 나중에 너를 왜 집에 가둬뒀나 내가 후회하게 될 거야."

"나중 일은 나중에 생각하자."

"그래도 좀 생각해봐. 배우고 싶은 게 있으면 어디 학원이라도 등록하라고. 새로운 것이라도 좋으니까. 나는 네가 매일 타오바오에서 그 정신 나간 옷들이나 검색하고 있는 것을 생각하면 소름이 끼쳐."

"생각 좀 해볼게."

샤오놘은 아주 고자세였다. 마치 마지못해 밑의 사람의 부탁을 들어주고 있는 듯했다. 레이례는 언제나 그녀가 능청을 떠는 모습이 귀엽다고 생각했지만 이제는 점점 피곤함을 느꼈다. 그녀가 가짜로 귀엽다면 당연한 일이지만 사실 그녀는 진짜로 귀여웠다. 그래도 그 귀여움이 나이와 맞지 않다보니 사람을 피곤하게 했다.

이튿날 레이례는 혼자 회식 자리에 나타났다. 공교롭게도 이번 회식에는 샤오놘만 빼고 다른 가족은 다 참석했다. 모두 남녀가 짝을 맞

쳐 나왔는데, 신혼 깨가 쏟아져야 마땅한 레이례만 홀로 그들 사이에
고립되어 있었다.

"언니는요? 왜 안 나오셨죠? 고양이가 또 아픈가 봐요."

펑위의 여자친구가 친절하게 물었다.

"네, 조금 몸이 불편해서요."

레이례는 바늘방석에 앉은 듯했다. 왜 그렇게 쉽게 샤오롼의 억지
를 들어줬는지 후회가 되었다. 와주면 좋겠다고 직접적으로 말했어
야 했다.

"아내 분을 진짜 사랑하시네요! 또 언니는 일도 안 하고 매일 집에
계시는데 걸핏하면 몸이 안 좋으시고 말이에요."

펑위의 여자친구는 교묘한 말재주로 레이례를 더 불편하게 했다.

"그렇게 됐네요. 오고 싶어 했는데 너무 먼 길이라 힘들까 봐 제가
그냥 쉬고 있으라고 했어요."

레이례는 일부러 별일 아닌 듯 넘겼지만 속으로는 샤오롼이 무척
원망스러웠다. 지난번에도 그녀는 메이메이를 데리고 병원에 가야 한
다는 핑계를 대고 회식에 빠졌다. 그 길고양이가 무슨 공주라도 되는
것처럼 말이다. 사실 그런 일이야 하루쯤 앞당기거나 뒤로 미뤄도 상
관이 없었다. 어쨌든 그녀는 지금 전업주부나 마찬가지인데 나와서 남
편 체면도 세워주고 사람들도 좀 사귀면 얼마나 좋은가. 설마 그 벌거
숭이 집을 무릉도원쯤으로 여기고 평생 자유와 외로움을 즐겨보겠다
는 것일까?

지금 다른 쪽에서 샤오롼은 마음 편히 시간을 보내고 있을 것이다.
레이례가 없어 저녁을 안 지어도 되니 그냥 콩 한 컵으로 콩국과 콩비
지를 만들어 끼니를 해결할 것이다. 컴퓨터 책상 옆에 웅크리고 앉아

콩국을 마시면서 미드 『빅뱅이론』 시즌4를 볼 테고, 레이레도 없으니 이어폰을 끼는 대신 직접 스피커를 켤 것이다. 그리고 지금 남편이 휘궈를 먹으면서 자신의 온갖 나쁜 버릇을 떠올리고 있을 줄은 꿈에도 모를 것이다. 그녀가 자지도 않고, 일어나지도 않고, 일하지도 않고, 배우지도 않고, 남의 마음을 헤아리지도 않고, 눈치도 보지 않고, 어른스럽기는커녕 퇴행하고 있다고 말이다.

6

전쟁은 레이레가 자신의 가족카드에 새로 2500위안의 결제 기록이 추가된 것을 발견하면서 벌어졌다. 그때는 정오였고 평소 같으면 샤오놘이 얕은 잠에서 깊은 잠으로 넘어가 한창 꿈나라를 헤매고 있을 때였다. 그런데 난데없이 휴대폰 메시지가 날아와, 레이레에게 그의 가족카드에서 꽤 큰돈이 결제되었음을 알려왔다. 정신이 번쩍 들 만한 액수였다. 가족카드는 샤오놘의 수중에 있었다. 그러니까 웬일로 자지 않고 뭔가를 사고 있었던 것이다. 레이레는 전화를 걸어 어떻게 된 일인지 묻고 싶었지만 한편으로 샤오놘이 결혼한 뒤로 돈 관리를 잘 못한 것도 아닌데 너무 인색하게 굴면 안 된다는 생각이 들었다. 그래서 호기심을 꾹 눌러 참고 퇴근 후 집에 가서 천천히 알아보기로 했다. 그런데 뜻밖에도 집에 가보니 샤오놘이 없었다. 집에만 있던 여자가 웬일로 밖에 나가 저녁 먹을 시간이 됐는데도 들어올 생각을 안 했다. 레이레는 이미 집에만 오면 바로 따뜻한 저녁식사가 나오는 생활에 익숙해진 터라, 썰렁한 부엌과 마주하니 뭔가 냉대를 받는 느낌이 들었다. 전화를 걸어봐야 하나, 막 고민하고 있는데 문에서 열쇠 돌리는 소리가 났다.

"자기야, 너무 미안해. 저녁에 길이 이렇게 막히는지 몰랐어."

샤오놘은 무와 브로콜리를 든 채 곧장 부엌으로 들어갔다. 거실에 깔린 것은 요즘 인테리어에서는 완전히 역사의 무대에서 퇴출된 장판이었으므로 신발을 슬리퍼로 갈아 신을지 말지는 순전히 어느 쪽이 편안한지에 관한 문제일 뿐, 위생이나 청결과는 그리 관계가 없었다. 샤오놘은 하이힐을 갈아 신을 틈도 없이 주부로서의 책임감부터 챙겼다.

"자기 배가 부르면 남의 배가 고픈 줄 모른다고 당연히 출퇴근길이 얼마나 막히는지 몰랐겠지. 직장인의 가장 심한 고통은 일보다는 출퇴근에 있다고."

레이례는 샤오놘의 실수에 좀 화가 나기도 했고, 반대로 서둘러 밥을 하는 그녀의 태도에 살짝 기분이 좋아지기도 했다.

"왜 나갔던 거야? 이 시간에 맞춰 돌아오려고 직장인들을 더 성가시게 했겠군."

"하늘같은 우리 선배의 건의에 따라 시야를 넓히고 연구를 하러 가지 않았겠어? 사회와 단절되지 않고 또 선배와의 격차가 하늘과 땅만큼 벌어지지 않도록 하기 위해서 말이야."

"사회를 관찰하러 나갔었다고?"

"오늘 마침 루루가 쉬는 날이어서 먼저 가서 학원에 등록한 다음에 개랑 거리를 좀 쏘다녔지."

샤오놘이 학원에 등록했다는 말을 듣자마자 레이례는 두 눈이 반짝 빛났다. 에둘러 말한 자신의 권유를 그녀가 귀담아 듣고 갑자기 행동에 나설 줄은 꿈에도 몰랐던 것이다.

"정오에 카드 메시지가 날아와서 뭔지 궁금했었는데 알고 보니 우리 여보가 새 출발을 하려는 거였군!"

"맞아, 시험 삼아 먼저 들어보기도 했어. 요긴하게 돈을 쓰려면 먼저 잘 알아봐야 하니까."

"우리 여보는 진짜 알뜰하다니까!"

레이례는 뒤에서 와락 그녀를 껴안았다.

"다 배우고 나면 내가 블루베리케이크를 만들어줄게!"

레이례의 애정 표시에 신이 나서 샤오롼은 브로콜리를 썰던 손을 멈추고 소리쳤다.

"뭐라고?"

레이례는 불현듯 뭐가 잘못된 것을 느끼고 샤오롼의 어깨를 눌렀다.

"다 배우고 나면 블루베리케이크를 만들어준다니까. 선배는 그런 종류를 제일 좋아하잖아."

샤오롼은 여전히 방긋방긋 웃고 있었다.

"무슨 학원에 등록한 거야?"

"베이커리학원!"

"2500위안을 내고 베이커리학원에 등록했다고? 지금 농담하는 거 아니지?"

레이례의 목에서 두 줄기 파란 핏줄이 마늘종 모양으로 불거졌다.

"맞아, 베이커리학원에 등록했어. 선배가 나보고 그러라고 했잖아! 원래는 나도 망설였다고."

샤오롼은 다시 여유롭게 무를 썰기 시작했다.

"역시 나한테는 선배밖에 없다니까!"

"너 머리가 어떻게 된 것 아냐? 방송과는 취업률이 거의 백프로인데 너는 졸업하고 제대로 일을 해본 적이 없어. 난 네가 너무 오래 놀면 폐인이 될까봐 뭔가 쓸모 있는 걸 좀 배워보란 건데 케이크 만드는 거나 배우겠다니 그게 제정신이냐고! 2500위안은 내 월급의 절반이고 우리 집 한 달치 대출 상환금인데 그걸 그냥 케이크 기술자한테 찔러주겠다는 거잖아! 너, 그따위 기술을 배우는 게 무슨 소용이 있어? 정말 요리사라도 되겠다는 거야? 우리 집을 좀 봐, 바닥은 콘크리트이고 소파는 낡아서 공사 현장보다 더 처참해. 그런데 유독 부엌만 오븐에, 베이킹팬에, 믹서기까지 없는 게 없어. 웬만한 식당보다 더 잘 갖춰놓았다고! 너는 정말 자기가 먹고 살 만하다고 생각하는 거야? 아직도 그렇게 여유가 있는 거냐고? 날마다 별의별 쓸데없는 것들이나 만들고 말이야, 나는 네가 제대로 하는 일이 없다고 생각했지만 그래도 상관하지 않았어. 그런데 엇나가도 분수가 있지, 이제는 그만둘 때도 됐잖아! 너 진짜 미친 거야? 너……"

레이례는 도저히 감정을 통제할 수가 없었다. 심지어 샤오완의 눈물을 보고도 화가 수그러들지 않았다. 그 순간 그의 눈에 그녀는 우스꽝스럽고, 아무것도 모르고, 황당한 짓 말고는 우는 것밖에 못하는 사람으로 비쳤다.

"선배가 나를 먹여 살려준다고 했잖아! 나보고 새로운 걸 배워보라고 했지 않았냐고! 나는 이런 사람이야. 투지고 없고, 욕망도 없고, 게으른 사람이어서 차라리 굶을지언정 먹을거리를 구하러 밖에 나가고 싶지 않다고. 나는 선배하고 결혼할 때도 이랬고 쭉 이랬어. 그런데 왜 그렇게 신경질을 내는 거야?"

샤오놘도 화가 나서 발을 들어 레이례를 걷어찼다.

딱딱한 하이힐에 채여 레이례는 오만상을 찌푸렸다. 갑자기 모든 것이 환상처럼 느껴졌다. 부끄러운 줄도 모르고 스스로 굶을지언정 먹을거리를 찾아 나서기는 싫다고 큰소리를 치는 이 악독한 여인은 그가 오랫동안 사귀고 결혼해 계속 사랑해온 사람이었다. 그녀는 아직 이십대인데도 뻔뻔하게 은퇴 생활을 누리며 남과 상관없이 거의 비현실적인 방식으로 덧없는 삶이란 게 뭔지 증명해보이고 있었다. 그는 밖에 나가 뭔가를 배워보라고 했지만 그녀는 미쳤는지 베이커리학원에 등록했다. 그리고 그가 몇 마디 좀 했다고 성이 나서 사람을 걷어찼다.

"나가서 좀 걷고 올게."

그는 우느라 일그러진 그녀의 얼굴을 쓱 보고서 밖으로 나갔다.

아파트 단지 앞의 술집에서 레이례는 맥주와 꼬치를 시켰다. 조금 꾀죄죄한 탁자와 어울리는 상차림이었고 그는 실의에 빠진 남자처럼 보였다. 사실 그것은 틀린 인상이 아니었다. 그는 확실히 실의에 빠져 있었다. 모든 것이 평범한데 오직 아내만 평범치 않아 그를 몸서리치게 했다. 그는 아침에 나가 저녁에 들어오는 것을 책임질 뿐, 그 집의 구체적인 모든 것에 대해서는 권한이 거의 없었다. 그리고 샤오놘을 사랑하기는 해도 가끔씩 진저리가 쳐지는 것을 억제할 수 없었다. 주어진 대로 적당히 만족하고 살아가는 그녀를 보면 심지어 노년의 분위기까지 느껴졌다. 그는 자기 인생이 벌써 결론이 난 게 아닐까 의심이 들었다. 인테리어도 안 된 집에서 욕심 없고 의지 없는 여자와 함께 버려진 고양이 몇 마리를 껴안고 살다가 늙어 죽는 것으로 말이다.

"빨리 와. 그 정도면 됐잖아. 오면 내가 스크램블드에그 해줄게."

샤오롼의 문자가 적당한 때 도착했다. 그녀는 화를 잘 못 내서 항상 몇 마디만 나누면 기분이 풀어지곤 했다. 비록 2500위안을 내고 쓸데 없는 디저트나 만드는 저능아 클래스에 등록하기는 했지만 계란을 볶는 것만으로 언제 그랬냐는 듯 화가 싹 가시는 사람이었다.

레이례는 아직 골이 난 채로 집 문을 열었다. 그는 그녀의 유치함을 무시하라고 자기 자신을 타이를 수 없었다. 동시에 그녀는 이미 백약이 무효해서 더 싸워봤자 쇠귀에 경 읽기라는 생각이 들었다. 칠이 벗겨진 작은 탁자 위에 브로콜리 한 접시와 스크램블드에그 한 접시가 놓여 있었고 샤오롼은 꼼짝 않고 컴퓨터 앞에 앉아 있었으며 고양이들은 무심히 통조림을 먹고 있었다. 모두 각자 제자리에 있었다. 그만 침대에 누워 있지 않아 유일하게 빠져 있었다. 모든 것이 전날과 똑같았다. 레이례는 말없이 이부자리 쪽으로 가서 그 구부정한 뒷모습을 바라보았다. 그의 눈이 왠지 모르게 젖어들었다. 술기운 때문인지 불빛에 눈이 부셔서인지 알 수 없었다. 그는 다른 이유를 찾을 수가 없었다. 그 뒷모습은 몇 년간 날마다 똑같이 침대 앞에 있어서 진즉에 습관이 되었다. 그런데 눈물은 어째서 습관에 적응하지 못하는 걸까?

7

싸운 뒤로 두 사람은 며칠 동안 조금 어색했다. 그래도 레이례는 여느 때처럼 출퇴근을 했고 샤오롼도 계속 빨래를 하고 밥을 지었다. 단지 대화가 조금 줄었을 뿐이었다. 샤오롼은 매주 월, 수, 금 저물녘에 수업을 들으러 나갔다. 그 빌어먹을 베이커리 수업을 말이다. 그녀는 레이례에게 욕을 먹은 다음날, 바로 학원에 가서 등록을 취소하고 돈을 돌려받으려 했지만 전액환불은 안 된다는 소리를 들었다. 출석을 못하는 게 확실해도 70프로만 환불해줄 수 있다는 것이었다. 그녀는 낸 돈의 30프로를 헛되이 날릴 바에야 염치불고하고 학원에 다니는 것이 낫다고 생각해 레이례의 눈총을 받아가며 케이크 만드는 것을 배우기 시작했다. 처음 배운 것은 머핀류의 작은 케이크에 불과했는데 그 정도는 샤오완도 전에 혼자 시도해본 적이 있었다. 그녀는 나중에 근사한 기술을 배웠을 때, 조금 아껴서 자기 돈으로 솜씨를 발휘해 레이례에게 커다란 케이크를 갖다 바치고 싶었다. 그리고 자신의 베이커리 기술이 언젠가 아마추어 티를 벗으면 집안에 늘 훌륭한 빵과 케이크가 놓여 레이례가 배불리 먹고 흐뭇해할 것 같았다.

레이례는 월, 수, 금에는 제때 저녁을 못 먹었다. 샤오완이 수업을 마치고 집에 돌아와야 비로소 늦은 저녁을 먹을 수 있었다. 보통 그는 샤오완보다 조금 일찍 집에 들어갔다. 벌써 여러 해 밥을 짓지 않아서 배가 고프면 바로 샤오완을 찾는 게 버릇이 되었다. 그는 샤오완이 아직 졸업을 못하고 그들이 지금보다 훨씬 초라한 집에 살던 시절이 떠올랐다. 그때는 그가 앞치마를 맸고 그녀는 옆에 서 있기만 했다. 그녀는 심지어 국수를 삶을 때 물을 먼저 넣어야 하는지, 면을 먼저 넣어야 하는지 긴가민가하는 수준이었다. 이런 기억이 떠오르자, 문득 그녀도 전혀 성장하지 않은 것은 아니라는 생각이 들었다. 어쨌든 부엌에서는 완전히 달라졌다. 그녀가 있어서, 기분이 아무리 안 좋아도 그의 위는 만족스럽고 따뜻했다. 그래서 샤오완이 수업 시간에 만든 당근케이크를 들고 돌아왔을 때 그는 그것을 게눈 감추듯 먹어치우는 동시에 잊지 않고 그녀의 얼굴을 꼬집어주었다. 그것은 폭력이 아니라 친근감의 표시였다. 보통 두 사람은 사소한 마찰이 있어도 짧은 해빙기가 지나가면 다시 원래대로 돌아가 껴안고, 어루만지고, 뽀뽀를 하고, 온갖 스킨십을 나누곤 했다. 여기에는 꼬집고, 비비고, 긁고, 할퀴는 것도 포함되었다.

"토요일 날 선배 동창회에 이 케이크를 만들어서 가져가는 게 어때?"

샤오놘이 부쩍 기운이 나서 물었다.

"동창회가 있다는 건 어떻게 알았어? 아직 너한테 말도 안 했는데."

레이례는 하마터면 목에 음식이 걸릴 뻔했다. 샤오놘의 빠른 정보력에 놀라 손에서 땀이 다 났다.

주말에 작은 모임이 잡혔다. 외국에서 공부하는 녀석 하나가 귀국해, 대학 같은 반 친구였던 몇 명이 자리를 마련한 것이다. 레이례는 가기로 마음을 먹었었다. 그 유학생 친구뿐만 아니라 다른 몇 명도 못 본 지 너무 오래되었기 때문이다. 그런데 공교롭게도 친구들의 꼬드김으로 인해 일이 커져, 사쉐팅沙雪婷의 이사 축하 모임도 겸하는 것이 돼버렸다. 사쉐팅은 레이례의 대학교 1학년 때의 여자친구였다. 둘 사이에 무슨 돌이키기 힘든 추억이 있는 것은 아니었지만 그래도 만나는 것보다는 추억만 하는 게 나았다. 아니, 더 솔직히 말하면 레이례로서는 아예 추억하고 싶지도 않았다. 그러니 당연히 만나고 싶지도 않았다.

전 여자친구와의 로맨스는 벌써 거의 십 년이 지났고 돌아보면 가벼운 설렘으로 시작해 서로 합의 하에 끝낸 것이 전부였다. 밀당부터 이별까지 시간을 다 합쳐도 일 년이 채 안 됐으며 샤오놘이 대학에 입학하기 2년여 전에 벌써 관계가 끝났다. 헤어질 때는 그래도 친구로 지내자고 말한 듯하지만 두 사람은 약속이라도 한 듯 서로를 멀리했다. 계속 대학을 다니면서 레이례는 자기가 사쉐팅과 이야기를 나눈 적이 있는지 기억이 나지 않았다. 그들은 마치 서로를 경계하듯 지나가다 마주쳐도 못 본 체했다.

이별은 레이례가 먼저 제안했다. 그는 사쉐팅이 교양 있는 척하는 것을 참을 수 없었다. 사귀면 사귈수록 그녀가 공들여 가꾸는 단정한 이미지에 반감이 들었다. 예를 들어 그는 그녀가 삼복더위에도 고집스레 검은 팬티스타킹을 착용하는 것이 마음에 안 들었다. 자연스럽게 맨 다리를 드러낸 캠퍼스의 여학생들 속에서 그녀는 언제라도 레드 카펫 위를 걸을 준비가 돼 있다는 듯이 가늘지도 않은 두 다리를 눈에 거슬리게 감싸고 다녔다. 그리고 "사귄 지 6주 반이 되면 촛불을 켜고 만찬을 즐겨야 한다"거나 "연애 99일째에는 깜짝 선물을 해야 한다" 같은 상투적인 말들도 다 들어줄 수가 없었다. 매일 패션 잡지를 들고 다니며 이 머리 스타일이 어떤지, 저 목걸이가 예쁜지 묻는 것도 참아주기 힘들었다. 그녀가 생각하는 행복은 물질에 대한 끝없는 욕망에 지나지 않았다. 그리고 패션 잡지만 보고 그림 없는 책은 읽지도 못하면서 걸핏하면 남들과 책 보는 것에 관해 이야기하는 것도 싫었다. 그렇다. 그녀는 절대 책을 '읽는다'고 하지 않고 책을 '본다'고 했다. 레이례는 그녀가 쓸데없는 데에만 머리가 잘 돌아간다고 생각했다. 하지만 거기에 속하는 스테이크, 핸드백, 드레스 따위는 죄다 그와 무관했다. 그녀는 자신만의 뚜렷한 인생관을 갖고 있어서 여자는 부드럽고 고상해야 하며 로맨스를 즐겨야 한다고 말했다. 그러나 레이례는 그렇게 거창한 문제는 생각해본 적이 없었고 또 자기는 그녀에게 그런 고상함과 로맨스를 계속 보장해줄 수 없음을 어렴풋이 깨닫고 있었다.

레이례가 헤어지려고 마음먹었을 때 사쉐팅도 두 사람의 연애가 계륵처럼 짜증스럽다는 생각을 하고 있었다. 그녀가 그때 눈물을 흘린 것은 단지 그에게 차이는 것을 피할 수 없었기 때문이었다. 그녀의 고통은 이별 때문이 아니라, 그 이별을 상대방이 제안했고 자기는 먼저 우아하게 이별을 고하는 쪽에 서지 못했기 때문이었다. 요즘 소문을 들어보니 이미 사업가의 아내가 되어 그 많고 자질구레했던 삶의 이상을 손쉽게 실현한 듯했다. 생각해보면 꽤 여러 해 못 보기는 했지만 레이례는 그녀에 관해 전혀 궁금한 것이 없었다. 아무리 세월이 많이 흘러도 그럴 것 같았다.

"오늘 오후에 MSN에서 모기 언니랑 마주쳤지 뭐야. 이번 모임은 가족 동반이라면서 나도 같이 오라고 했어."

선후배의 좋은 점은 바로 같은 영역 안에 있다는 것이고 나쁜 점은 당연히 그 영역이 좁다는 것이다.

"우리 갈까?"

레이례는 조금 주저했다.

"가야 되지 않아? 선배도 사람이면 그래서는 안 되지. 친구가 외국에서 돌아왔는데 안 만난다고? 예전 여자친구가 좋은 데로 이사를 갔는데 축하도 안 해준다고?"

샤오롼은 레이례와 사쉐팅의 옛날 관계를 알고 있었다. 하지만 한 번도 꼬치꼬치 캐물은 적이 없었다. 이따금 참지 못하고 사쉐팅의 스타킹 속 굵은 다리를 비웃곤 했다. 레이례는 샤오롼이 둔해서 그런 것이 아님을 잘 알고 있었다. 그것은 사실 샤오롼의 기질과 도량이었다. 그녀는 무슨 가상의 적을 설정해본 적이 없었고 자기와 관련 없는 자잘한 일에 신경 쓰는 것도 싫어했다.

"너는?"

레이례는 샤오롼이 같이 가는 것을 결코 원치 않았다. 그는 샤오롼과 사쉐팅의 만남이 필연적으로 다른 친구들에게 볼거리를 제공하리라는 것을 알고 있었다. 게다가 사쉐팅은 기세등등하고 샤오롼도 지기 싫어하니 역시 필연적으로 보기 안 좋은 장면이 연출될 것 같았다. 그녀가 안 갔으면 했다. 쓸데없는 말썽을 피하기를 바랐다.

"내가 가는 게 싫어?"

"그냥 가."

레이례는 조금 고민했지만 결국 자신의 염려를 드러내지 않았다. 이런 때는 진짜 이유도 가짜 이유처럼 들리게 마련이고 또 괜한 걱정을 한다고 핀잔을 들을 것 같았다.

"그러면 케이크 만들어서 가는 건 어때?"

샤오롼은 그가 왜 머뭇대는지는 상관도 안 했다. 신경이 온통 케이크에만 가 있었다.

"괜찮아."

토요일 점심에 샤오롼은 평소처럼 자명종 소리를 듣고 몸부림치며 깨어났다. 샤오롼은 양치질을 하자마자 당근케이크를 만드는 자질구레한 일을 시작했다. 계란을 깨면서 어떻게 만들지 궁리를 했는데 계란 깨는 기계도 사실 가격이 몇 십 위안이나 했다.

"무슨 옷 입고 나갈 거야, 여보?"

레이례는 그녀가 전혀 치장할 채비를 안 하는 것을 보고 은근히 물었다.

"그냥 이렇게 가지 뭐."

샤오롼은 눈을 가늘게 뜬 채 그릇 속 밀가루를 반죽하고 있었다.

그녀는 오래 전에 산 청바지를 입고 있었다. 레이뢰는 심지어 옛날에 그녀가 땅콩소스를 잘못 먹고 실려가 응급처치를 받았을 때도 그 옷을 입고 있지 않았는지 의심이 들었다. 위에는 검은색 티셔츠를 입었는데 가슴에 색 바랜 미키마우스 무늬가 찍혀 있었다.

"네가 아무리 미모에 자신이 있어도 그런 꼴로 가면 안 돼! 너는 어쨌든 후배니까 우리 기수 여자애들보다는 더 젊고 예뻐야 하지 않겠어? 걔들은 오늘 틀림없이 잘 꾸미고 나올 테니까 너도 너무 신경을 안 쓰면 안 돼."

레이뢰가 기억하는 샤오롼은 항상 치장하기를 좋아했다. 학교에 다닐 때는 생활비를 거의 전부 갖가지 옷과 장신구와 맞바꿨다. 한번은 부츠 한 켤레 때문에 한 달 내내 식당에서 가장 싼 메뉴를 먹었다.

"허영기가 심하네, 선배. 그래, 옷을 갈아입지 뭐. 우리 레이뢰 선배가 체면이 상하면 안 되니까 조금 있다 갈아입을게."

레이뢰는 샤오롼의 옷장을 열어보고 조금 마음이 시큰해졌다. 비키니옷장 속에는 볼품없는 티셔츠 몇 벌과 쪼글쪼글한 바지 몇 벌밖에 없었다. 괜찮은 옷을 골라 샤오롼에게 입혀주고 싶었지만 정말 마땅한 것이 없었다.

"옷이 이게 다야?"

그는 부엌을 향해 소리쳤다.

"밖에도 안 나가는데 잠옷만 있으면 되지 뭐."

"그러면 그 희한한 옷들은 왜 나한테 보여준 거야?"

"그냥 본 거지. 보는 건 돈이 안 들잖아."

샤오롼은 팔에 밀가루를 묻힌 채로 자기가 얼마나 똑똑한지 자랑하는 듯한 표정을 지었다. 한 벌에 수십 위안 하는 그 괴상한 옷들을 구경하고 큰 이득이라도 본 것처럼.

"마음에 들면 사. 비싸지도 않잖아. 우리가 너한테 옷 살 돈도 못 보태줄 형편도 아닌데."

"신경 쓰지 마. 그럴 필요 없어."

"그러면 뭘 입고 나갈 건데?"

"선배가 좀 찾아줘. 밑에 보면 네이키드 스킨 컬러 티셔츠가 있을 거야. 작년 생일에 엄마가 사준 거야. 꽤 비싼 거라고 하던데."

"네이키드 스킨 컬러가 뭐야?"

"알몸 같은 살색이야. 아, 됐어. 모르면 조금 있다 내가 찾을게."

샤오놘은 손을 닦고 보통은 연분홍색이라고 부를 만한 색깔의 짧은 셔츠 한 벌을 찾아냈다. 그녀가 그 셔츠를 입으니 웃는 얼굴이 무척 환해보였다. 레이례는 얼른 예쁘다고 말했고 그러고서 두 사람은 서로 말없이 마주보았다. 옛날에는 레이례도 그녀에게 잘해주고, 행복하게 해주고, 함께 온갖 곳을 여행하겠다는 약속을 해주곤 했다. 그런데 지금 그의 아내에게는 고작 비키니옷장 하나밖에 없었고 또 그 안에는 입고 나갈 만한 변변한 옷 한 벌도 없었다.

8

사쉐팅의 집은 별장이었다. 구체적인 가격은 몰라도 레이례는 4환 안쪽에 위치한 그런 타운하우스가 얼마나 비싼지는 알고 있었다. 인테리어는 웅장하고 과장된 유럽 바로크 양식을 따랐고 갖가지 가죽과 목재로 만든 가구는 전부 진짜 재료를 썼는데 다양한 무늬와 굴곡과 주름을 새겨 넣는 번거로운 공정을 전혀 생략하지 않았다. 그런 정교한 장식 앞에서 자연스레 보통 집에 관한 연상을 하는 것은 무리였다. 대신 보호나 파괴의 잠재의식이 건드려졌다. 멋대로 움직이지 않고 가능한 한 그 정교한 본 모습을 유지하거나, 죄다 산산조각을 내고 흐트러뜨려야 할 것 같았다. 그리고 거대한 샹들리에와 가지런히 박힌 벽등을 비롯해 그곳은 확실히 전등이 많았고 또 많아야 했다. 실내가 너무 넓어서 등 하나로는 어둠을 밝힐 수가 없기 때문이었다. 집안에 풍기는 정체불명의 향기가 레이례의 폐를 자극했다. 그 냄새는 샤쉐팅과 흡사하게 과장되고 엄숙하며 지나치게 향기로웠다. 사쉐팅은 숄을 두른 채 주인 자리에 앉아서 고교 시절 학생주임을 연상케 하는 위엄 있는 표정을 짓고 있었다. 레이례는 연속극 같은 그 배경이 조금 거북살스러워 자신의 숨소리가 다 들릴 지경이었다. 그는 샤오난이 케이크를 건네는 것을 보았다. 사쉐팅은 쓱 보기만 하고 도우미 아주머니에게 눈짓을 해 그것을 받아가게 했다. 하지만 그 장면은 샤오난을 난처하게 하지 못했다. 오히려 사쉐팅의 뻣뻣한 태도를 강조해 마치 삼류 배우가 시연을 하는 것처럼 보이게 했다.

남자들은 거실에서 생존의 스트레스에 관한 갖가지 이야기를 하고 있었다. 그들은 느리게 올라가는 봉급과 빠르게 치솟는 물가를 걱정했다. 사쉐팅은 가이드가 되어 여자들을 데리고 자신의 영지를 구경시켰다. 한 여자가 드레스룸에서 탄성을 질렀다.

"이건 좀 너무한 거 아냐? 거의 우리 집 거실 만하잖아!"

레이례는 그쪽에 정신이 팔렸다. 샤오난이 사쉐팅의 놀랄 만큼 크고 화려한 드레스룸 앞에서 어떤 생각을 하고 있을지 궁금했다. 혹시 같은 여자인 자신의 운명에 대해 몰래 탄식하고 있지는 않을까? 그는 대학교 일학년 때의 어떤 공개 발표가 떠올랐다. 샤쉐팅은 이어지는 단어가 생각나지 않아 침착한 척하며 "세월이 흘러도 꽃은 비슷하지만 세월이 흐르면 사람은 달라집니다"를 두 번 반복해 말했다. 하지만 그래도 생각이 안 나서 발을 동동 구르며 무대 한가운데에 서 있었다.

세월이 흘렀는데도 샤쉐팅은 여전히 변하지 않았다. 그 물샐 틈 없는 엄숙함과 어마어마한 허세, 언제나 낭송하는 듯한 말투는 막 자고 일어난 사람까지 하품을 하고 싶게 만들었다. 몇 년을 못 봤는데도 그녀는 정말 달라진 게 없었고 순조롭게 자기 계획대로 착실히 길을 밟아왔다. 부자가 되고 싶다고 생각만 하다가 정말로 부자가 됐지만 그것은 별로 이상한 일이 아니었다. 꾸준한 노력으로 운명을 극복한 것일 뿐이었다. 레이례는 불현듯 그녀에게 한 가닥 존경심을 느꼈다. 아마도 그녀는 이제껏 가장한 적 없이 본래의 모습을 연출한 것이었는지도 몰랐다. 과거에 헤어질 때 그녀에게 실망한 것은 정말 오해였다. 그녀가 위선적이며 진실하지 않다고 생각했지만 사실은 선천적으로 그런 이들이 있는 것이다. 유전자와 세포가 그녀의 과거와 현재와 미래를 계속 그렇게 재미없게 결정지은 것이다. 그런 무미건조함이 바로 그녀의 가장 큰 진실이었다.

식사는 오성급 호텔에서 주문하여 가장자리가 도금된 식기에 담아 레이스 식탁보 위에 놓았다. 샤쉐팅은 숄을 두른 채 붉게 칠한 작은 입술을 벌려, 식사하러 오라고 정중히 사람들을 불렀다.

식후 디저트도 당연히 같은 호텔 것이었으며 그중에는 레이례가 좋아하는 블루베리 치즈케이크도 있었다. 레이례는 샤오완이 가져온 당근케이크가 아주머니가 가져간 뒤 종적도 없이 사라진 것이 마음에 걸렸다. 그는 옆에 앉은 샤오롼이 혹시 화가 나지는 않았는지 눈치를 보았다. 샤오롼은 정신을 집중해 케이크를 맛보다가 갑자기 고개를 돌려 그에게 말했다.

"이걸 어떻게 만드는지 배울 거야. 정말 맛있네!"

"이건 어려워. 여러 군데 것을 먹어봤는데 여기가 가장 잘 만들더라고."

사쉐팅이 조금 비웃으며 대꾸했다.

"언니, 나 요즘 케이크 만드는 것을 배우고 있어. 이걸 목표로 삼을 거야."

"케이크 만드는 게 얼마나 힘든데. 나는 그럴 여력이 없어. 이 땅콩 쿠키나 먹어봐."

사쉐팅이 케이크 쟁반 속 네모난 과자를 가리켰다.

"이것도 맛있어. 이 집에서 제일 잘 만드는 거야."

"난 배불러. 정말 더 못 먹겠어."

"한 입만 먹어봐. 한 입만 먹고 그냥 놔둬도 되니까. 진짜 입 안에서 살살 녹는다고. 나도 입맛이 꽤 까다로운 사람인데 이 과자는 처음 먹고 바로 반했어."

사쉐팅은 끈질기게 계속 권했다.

"나는 땅콩을 별로 안 좋아해."

"땅콩 맛은 그리 안 강해. 크림 맛이 더 강하지. 진짜야."

"샤오롼은 땅콩을 안 좋아해. 좋으면 네가 먹어!"

레이례는 샤오롼이 왜 자기가 땅콩 알러지가 있다고 말하지 않는지 이상했다. 그녀는 땅콩을 안 좋아하는 게 아니라, 땅콩만 먹으면 즉시 몸이 돼지처럼 부풀고 인사불성이 됐다. 사쉐팅은 성격까지 옛날과 똑같아서 여전히 남에게 싫어하는 일을 강요하는 것을 좋아했다.

레이례는 두 사람이 이야기하는 모습을 보면서 사쉐팅이 꼭 샤오 난의 이모 같다는 생각이 들었다. 높이 솟은 올림머리와 풀메이크업 을 한 얼굴, 심지어 수줍은 듯한 입체적인 목소리까지 그 고급 주택과 함께 동일한 장인의 손에서 빚어진 듯했다. 그녀는 그 모든 것과 이미 혼연일체였다. 비싸 보이고 화려하면서도 저속한 분위기가 묻어났다. 한편 샤오난은 자기가 가진 가장 비싼 옷을 입었는데도 그 집에서는 눈에 띄기에 부족했다. 하지만 그것은 가난도 초라함도 아니었다. 일 종의 더 고결하고 단순한 사람의 분위기였다. 그녀의 이마에서 청춘 의 광채가 빛나는 것 같았다. 그녀는 결코 이런 생기 없는 집에 속하 지 않았다. 눈앞의 화려함에 연연하지 않는 그녀는 하늘과 꿈에 속한 사람이었다.

"두 사람 집이 5환 바깥에 있다고 하던데, 맞아?"

잘 알면서도 일부러 묻는 게 분명했다. 사쉐팅이 입을 열자마자 레 이례는 식탁 위의 포크들이 일제히 멈춘 것을 느꼈다. 다들 자연스러 움을 가장하고 있었지만 사쉐팅의 의도가 뭔지 잘 알고 있는 듯했다.

"맞아, 그냥 바깥이 아니라 5환을 넘어 택시를 타도 30분 넘게 더 가야 해."

그래도 샤오난의 기분은 정상이었다.

"그렇게 멀리 사는데 출근은 어떻게 해?"

사쉐팅은 계속 귀찮게 굴며 천진한 표정을 지었다.

"아침 일찍 일어나고 저녁 늦게 들어오지. 밤길을 걸어야 해!"

샤오난은 아무도 못 살아본 훌륭한 삶을 자랑하듯 고개를 쳐들 었다.

"쉽지 않겠네."

사쉐팅은 체머리를 흔들며 탄식을 했다. 어떻게든 대화의 주도권을 쥐려고 안간힘을 쓰고 있었다.

"돈은 없고 또 어쨌든 젊으니까 고생하는 거지 뭐. 집이 선전深圳인데 매일 국경을 넘어 홍콩으로 출근하는 사람도 있다고 하지 않았나? 그런 생각을 하면 마음이 좀 편해져."

샤오롼은 또 케이크를 한 입 먹었다.

"아 참, 나 다음 달에 홍콩으로 쇼핑하러 가는데 같이 안 갈래?"

사쉐팅이 친한 척하며 물었다.

"엉? 우리는 별로 친하지도 않잖아. 난 불편할 것 같아."

사쉐팅은 난처한 웃음을 지었고 레이례는 그녀의 앞니에 초콜릿크림이 묻은 것을 발견했다. 크림과 웃는 얼굴이 합쳐지며 사람들에게서 어색한 웃음을 자아냈다.

"언니, 이에 크림 묻었어."

샤오롼의 한 마디에 사람들의 시선이 즉시 사쉐팅의 이에 쏠렸다. 하지만 그녀는 호의로 그 말을 한 것 같았다. 레이례는 웃음을 참을 수가 없었다. 샤오롼은 아주 자연스럽게 공격을 받아냈다. 방금 전 상황이 얼마나 긴박했는지도 모르고 멋지게 사쉐팅의 적의를 받아친 것이다. 그녀가 사쉐팅의 이에 묻은 크림을 지적한 것이 고의였는지 아니었는지는 그도 잘 몰랐다.

대학 시절, 사쉐팅은 음식을 깎아내릴 기회가 생기면 결코 놓치지 않았다. 학생식당에서 3위안으로 반찬 두 가지와 탕을 먹을 때조차 느끼하다거나 짜다고 불평하는 것을 좋아했다. 그 후에는 어떤 식당의 스테이크를 먹을 때 7할만 익혀달라고 했는데 먹어보니 8할을 익힌 것 같았다고 지적하면서, 그렇게 음식을 못 만드는데도 아직 차림표에 그 스테이크가 추천 요리로 올라가 있다고 했다. 아, 당시 그녀가 차림표라고 말했을 리는 없다. 항상 메뉴라고 말했다.

그날 저녁식사는 당연히 고급에 속했다. 오성급 호텔의 요리부터 역시 오성급 호텔과 전혀 다르지 않은 집과 인테리어까지 모두 훌륭했다. 하지만 레이례는 배불리 못 먹었다. 음식의 종류와 양은 충분한 것을 넘어 남아돌 정도였는데도 그랬다. 그것들은 인간적인 모습이 아니어서 그가 즐겁게 먹기에는 무리였다. 설마 요리에도 인간적이거나 비인간적인 구분이 있단 말인가? 이런 생각은 너무 우스꽝스러워 보일 수도 있었다. 하지만 그렇다 해도 지금 그의 가장 절실한 바람은 샤오롼의 요리를 먹는 것이었다. 때로 예쁘긴 해도 먹기는 힘든, 그녀가 직접 만든 요리를 먹고 싶었다. 그는 그 고급 만찬에서 요행히 살아남아 베이징을 절반이나 가로질러 집에 돌아가서 자기 집 요리를 맛보기를 고대했다.

집에 돌아가는 길에 저녁바람이 샤오롼의 노래진 긴 머리를 날리자, 레이례는 조금 도취되어 몰래 웃었다. 그는 영양 부족처럼 보이는 그녀의 야윈 몸매와 푸석푸석한 머리칼이 좋았다. 옛날에 그녀가 땅콩 알러지로 쓰러졌을 때 병상에서 아무렇게나 "그러면 먼저 여자친구가 돼서 천천히 결혼을 준비하죠 뭐"라고 했던 것이 떠올랐다. 그런데 그들은 이미 결혼한 지 여러 해가 되었다.

"자기, 내가 그렇게 훌륭한 블루베리케이크를 만들 수 있을까?"

샤오롼이 레이례의 생각의 나래를 멈췄다.

"쓸데없는 소리. 네가 그것보다 훨씬 더 맛있게 만들 거야."

"이건 좀 맹목적인 숭배인데!"

"내가 뭐 하나 물어봐도 돼?"

레이례는 문득 어떤 일이 생각났다.

"말해봐."

"왜 샤쉐팅한테 땅콩 알러지가 있다고 말 안 하고 그냥 땅콩을 안 좋아한다고 한 거야?"

"내가 왜 그 언니한테 그 얘기를 해? 그 언니가 누구인데? 뭐하러 내 약점을 알려주겠냐고! 혹시 땅콩으로 나한테 해코지를 한다고 생각해봐."

"너, 피해망상증 있니?"

"그런지도 모르지. 선배는 그 언니가 나한테 호의적이지 않은 거 못 느꼈어?"

"너 느꼈니? 나는 네가 둔하다고 생각했는데! 그런데 너 평소에 꽤 무섭잖아? 오늘은 웬일로 신경전만 벌인 거야?"

"그 언니를 잘 아는 것도 아닌데 싸워서 뭐해. 그리고 선배도 봤잖아, 거드름 피우는 거. 집안에서 숄을 두르고 있다니, 지금이 몇 월인데. 무슨 캠프파이어를 하는 것도 아니고 말이야. 그 사람은 확실히 정상이 아니야. 너무 고집불통이라 미친 것일 수도 있는데 나는 쓸데없이 그런 사람은 안 건드려. 아니면 사람이 너무 약한 것일 수도 있지만 나는 약자하고도 안 싸우거든. 동정심이 있으니까! 게다가 내가 왜 선배 전 여자친구랑 옥신각신하겠어. 앞사람이 나무를 심어 뒷사람이 그늘을 즐긴다는 말도 있잖아. 그 언니가 안 떠났으면 내가 선배랑 사귈 수 있었겠어? 나는 후계자인 셈이니까 사람을 너무 괴롭히면 안 되지. 안 그래?"

레이례는 너무 웃기는 동시에 허기를 느꼈다.

"여보, 우리 돌아가서 뭐 좀 먹자. 나는 많이 못 먹었어."

"엉? 왜 그랬어? 사람은 별로여도 요리는 정말 괜찮았는데! 선배는 내 요리는 가려도 방금 전 요리는 오성급이었잖아."

"나는 맛있지 않았어. 별로였다고."

"선배는 성격이 꼬였다니까. 사람이 싫은 건 싫은 거고 요리는 별개잖아. 속이 그렇게 좁으면 되겠어? 먹어야 할 건 먹어야지."

"당근케이크를 가져가면 안 되는 거였어. 안 가져갔으면 집에 가서 내가 다 먹는 거였는데."

레이례는 무시당한 샤오놘의 케이크가 생각났다.

"됐어. 그 언니가 알아서 하라고 하지 뭐. 그 언니는 별로 먹지도 않았으니까 분명히 우리가 나온 다음에 내 당근케이크를 미친 듯이 먹어치웠을 거야. 그 언니는 틀림없이 식탐이 많을 거야. 안 그러면 어떻게 그렇게 튼튼하겠어? 남들 모르게 많이 먹어서 그렇다고!"

지하철은 사람이 너무 많아 탈이었다. 이 도시는 늘 그렇게 사람이 많았다. 주말인데도 열차에 사람이 득실거렸다. 넘치는 인파 속에서 그는 그녀의 손을 꼭 잡았다. 따뜻한 기운이 손바닥으로 전해졌다.

"너는 그 집이 어땠어?"

레이례가 물었다.

"무지막지하게 크긴 하더라. 돌아다니면서 표시를 안 해놓으면 안에서도 길을 잊어먹겠던데. 게다가 인테리어가 너무 촌스러웠어."

"하지만 사쉐팅이 그렇게 큰 집에서 사는 걸 보니 갑자기 너한테 좀 미안했어."

"선배는 참 낭만도 없어. 그 집에는 우리 집의 초록색 문이 없잖아!"

샤오롼은 사람들에게 밀려 한 번 휘청하고는 다시 이어서 말했다.

"그런데 그 집 드레스룸은 정말 좋더라. 선배는 못 봤지만 꼭 연예인이 쓰는 데 같았어. 정말 장관이더라고. 나중에 우리한테 돈이 생기면 나도 드레스룸을 가질 거야!"

"돈이 안 생기면?"

레이례는 일부러 찬물을 끼얹었다.

"안 생기면 관두지 뭐. 옷도 몇 벌 없는데 드레스룸이 무슨 소용이람!"

샤오롼의 담담한 반응에 레이례는 목구멍에 생선 가시가 걸린 것 같았다. 사쉐팅도 전업주부였지만 매일매일 그녀의 생활은 쇼핑으로 드레스룸을 채우고, 아주머니를 감독해 집안을 정리하게 하고, 혹은 카드놀이를 하거나 연극을 보는 것으로 요약되었다. 레이례는 그런 귀부인의 생존 방식에 대해 전혀 아는 게 없었다. 샤오롼도 일을 안 하긴 했지만 그녀는 경쟁을 귀찮아하고 스트레스를 싫어해서 차라리 고양이들과 함께 자신만의 왕국을 이루고자 했다. 그는 며칠 전까지만 해도 그녀의 무기력함에 속이 탔지만 오늘은 문득 그녀에게 빚을 진 느낌이 들었다. 샤오롼은 다른 여자들과 달리 좋은 삶에 대한 정의가 더 복잡하면서도 더 단순하기는 했다. 하지만 남편으로서 그는 적어도 먼저 그녀에게 인테리어를 마친 침실을 선사하고 나서 그녀가 얼마나 낮 시간을 낭비하는지 불평해야 했다. 아마도 며칠 지나면 또 그녀의 베이커리학원이 싫어지거나, 틈을 노려 밖에 나가 할 일을 좀 찾아보라고 타이르거나, 갑자기 그녀가 웅크리고 인터넷을 하는 모습에 짜증이 날지도 몰랐다. 하지만 오늘 그는 그녀에게서 보일 듯 말 듯한 날개와, 가볍고 자유로운 영혼을 본 것 같았고 또 그녀가 날고 있는 것을 느꼈다. 오래 전 그가 구애할 때 그녀는 그랬고 지금도 역시 그랬다. 가장 본질적인 것이 변하지 않는 이상, 그녀는 소중한 사람이었다.

지하철을 나와 그들의 집까지는 버스 두 정거장 거리였다. 레이레가 걸어가자고 하자 샤오롼은 살짝 고개를 끄덕였다. 출구가 없는 듯한 곧고 넓은 길이 아주 먼 곳까지 뻗어 있었다. 그 길을 2킬로미터쯤 가면 그들의 벌거숭이 집이 있었다.

거대한
코끼리
巨象

—

푸웨이휘

□

1

거대한 코끼리 떼가 열대 우림을 가로질러 갔다. 숲이 어수선하게 좌우로 드러누웠다. 리성李生은 발밑의 땅이 요동치는 것을 느꼈다. 먼 지가, 울리는 북 위에 떨어진 듯 이리저리 뭉쳐 부채꼴이 되었고 등 뒤의 띠집도 진동 때문에 처마의 곰팡이 난 띠풀이 후두둑 화살처 럼 떨어져 어지러이 바닥에 흩어졌다. 코끼리 쪽을 보며 리성은 흐리 멍덩한 눈으로 입을 딱 벌린 채 몸을 뒤로 젖혔다. 황급히 두 손을 휘저었지만 아무것도 붙잡고 있을 만한 물건이 없었다. 그는 눈앞의 광경에 완전히 압도당해 도망칠 생각조차 하지 못했다. 그 코끼리들 은 너무나 거대해서 무성한 우림도 겨우 그들의 무릎 높이밖에 되지 않아 마치 난잡한 관목 수풀 같았다. 코끼리들은 침착한 눈빛으로 한 발 한 발 산에서 내려왔고 그들이 가는 곳마다 백년 넘은 거목들 이 세차게 흔들리다가 순식간에 쓰러졌다. 그때 지면에 끌려 나온 뿌 리는 집채만큼이나 컸다. 그리고 수백 마리의 새들이 분분히 날아올라 그들의 허리께를 맴돌며 알록달록한 깃털로 황혼의 축축한 햇빛을 반사했지만 시끄럽게 지저귀는 새소리는 그들의 바위처럼 무거운 발소리에 묻히고 말았다. 뒤늦게 날아오른 몇 마리는 거목이 넘어지는 진동에 깃털이 빠졌는데, 그것들은 마치 오색 안개처럼 허공에 어지럽게 떠다녔다.

리성은 어어, 중얼거리기만 하고 아무 말도 하지 못했다. 코끼리 떼가 점점 다가오면서 그들의 쟁쟁한 울음소리가 들렸고 동굴 같은 눈동자와, 거칠고 두꺼운 피부에 매달린 녹색의 이슬방울이 보였다. 선두의 코끼리가 목에 지고 있는 작고 빨간 보따리는 마치 암석 사이에 핀 아름다운 양귀비꽃 같았다. 좀 더 가까워져 코끼리들의 작은 회오리바람 같은 콧김이 얼굴에 느껴졌을 때, 그는 비로소 그것이 무슨 보따리가 아니라 빨간 비옷을 걸친 여자라는 것을 알았다. 얼굴은 잘 안 보였지만 어깨에 드리워진 긴 머리칼과 호리호리한 몸매가 그녀의 존재를 드러냈다.

코끼리가 지고 있는 것이 사람이라는 것을 알았을 때는 이미 도망치기에는 늦었다. 코끼리 떼는 속도를 높여 맹렬히 낡은 띠집과 충돌했다. 띠집은 놀란 새처럼 날아올랐고 서까래와 대들보는 우지끈 부서져나갔다. 리성은 코끼리의 발바닥이 어둠처럼 엄습해오는 것을 보고 숨이 막혀 짧게 아, 하고 외마디소리를 냈다. 그는 크게 숨을 내쉬고 눈을 감았다가 다시 떴다. 멍한 눈에 모기장 지붕이 보였다. 그는 두 번째로 이 꿈을 꿨다. 어릴 때부터 지금까지 늘 이랬다. 어떤 꿈들은 몇 번이고 되풀이해 찾아오곤 했다. 두 번째로 코끼리 꿈을 꾸고 나서 그는 은근히 불안감을 느꼈다. 자기를 향해 돌진하던 그 거대한 코끼리들이 곧 다가올 어떤 일을 상징하고 있는 듯했다. 코끼리든, 그 빨간 비옷을 입은 여자든 그녀와 어떤 관계가 있는 것이 분명했다.

창밖에서 새소리가 고향 하늘의 촘촘한 별들처럼 들려왔다. 이제 일어나야 할 시간이었다. 그는 다시 눈을 감고 잠시 누워 있다가 침대에서 내려와 세수와 양치질을 했다. 바로 집을 나섰지만 수염을 안 깎은 게 생각나 다시 돌아갔다. 수염을 다 깎고서 그는 눈썹을 찌푸렸다 입을 벌렸다 하며 거울 속 자기 얼굴이 괴상하게 변하는 것을 지켜보았다. 그러다가 이마에 굵은 주름살이 여러 개 지는 것을 보고 자기도 모르게 눈이 휘둥그레졌다. 그는 조금 마음이 불안해졌다. 자기가 늙기까지는 아직 멀었다는 것을 모르지는 않았다. 이틀 전에야 겨우 스물아홉 살 생일이 지났고 직장에서도 스물 갓 넘은 애 취급을 받으며 스스로 기꺼이 귀염둥이 역할을 맡고 있었다. 하지만 달리 보면 그는 서른이 코앞이기도 했다. 예수는 서른셋에 십자가에 못 박혔고 그도 자기가 서른셋에 삶의 어떤 곳에 못 박히게 될지 알지 못했다. 그는 본래의 표정으로 돌아왔고 이마도 평소처럼 매끄러워졌다. 비록 그녀보다 꼭 열 살이 많기는 했지만 그는 그녀 앞에서 늙어 보이지 않을 자신이 있었다.

2

전에 그들은 딱 두 번 만났을 뿐이며 진짜 데이트는 이번이 처음이었다.

첫 번째 만남은 기차에서 이뤄졌다. 그녀가 큰 배낭을 메고 트렁크를 끌고 와 헉헉대며 맞은편 자리에 앉았을 때, 대학 신입생인 것을 바로 알아보았다. 그때 그는 대학을 떠난 지 이미 4년이었다. 그래서 대학생을 보면 유치해보이기도 하고 옛날이 그립기도 했다. 자기가 벌써 늙었다는, 조금 억지스러운 생각이 들기도 했다. 어쨌든 그래도 대학생과 함께 앉는 것이 좋았고 그들 앞에서 늘 일종의 우월감을 표시하곤 했다. 하지만 다른 때처럼 그녀에게 먼저 인사를 건네지는 않았다. 그녀는 전혀 안 예뻤다. 피부가 새까맣고 코는 치켜들려 있어서 딱 시골 여중생 같았다. 서른 시간이 넘게 기차를 타고 가면서 그들은 얼굴을 맞대고 목석처럼 앉아 있었다. 종점이 얼마 안 남았을 때 그녀가 쭈뼛대며 그에게 물었다.

"혹시 전화 한 통 걸어주실 수 있나요?"

그녀는 휴대폰을 만지작거리며 까만 얼굴에 홍조를 띠었다.

"배터리가 다 돼서요. 친척분이 마중을 나오시거든요."

나중에도 그는 생생하게 기억이 났는데, 그 말을 하고 나서 그녀는 거의 울 것 같았다. 조금 내키지 않기는 했지만 그래도 그녀를 위해 전화를 걸어주었고 그녀에게 거듭 고맙다는 말을 듣고서 적잖이 만족감을 느꼈다. 그리고 이 도시를 아주 잘 아는 티를 내며 복잡한 역 안에서 친절하게 그녀를 안내해 친척에게 데려다주었다. 그는 바로 돌아서서 자리를 떴다. 그녀의 친척에게 감사 인사를 받으려 하지 않았다. 아마 그녀에게 좋은 인상을 남기기 위해서였을 것이라고 나중에 그는 생각했다.

문자가 왔을 때 그는 이미 그녀를 완전히 까먹고 있었다. 문자의 말투를 보고 여자라는 것을 알기는 했지만 그녀는 계속 자기가 누구라는 것을 안 밝히고 그에게 알아맞혀보라고 했다.

"잘 생각해봐요, 우리는 얼마 전에 만났었죠."

그녀가 애교를 부리는 것이 느껴졌다. 당시 사무실 책상 앞에 단정한 자세로 앉아 있기는 했지만 속으로 조금 흥분이 되었다. 일 때문에 그간 여자를 사귈 기회가 많지 않았다. 예쁜 여자는 특히 더 그랬다. 그 낯선 전화번호 뒤에 얼마나 귀여운 얼굴이 숨어 있을까 상상하며 다소 애매한 답장을 보냈다.

"아는 여자가 너무 많아서 당신이 누구인지 잘 모르겠네요."

어떤 구체적인 기대는 없었지만 그래도 약간의 환상을 품고 있었다.

"여자들한테 인기가 아주 많으시네요."

답장을 보고 그는 또 조금 흥분했다. 그리고 정말 여자들한테 인기가 많은지 생각해보았다. 사실 그런 것 같지는 않았지만 그녀가 그렇게 말해준 게 좋았다. 문자에서 분명하게 느껴지는 질투심이 썩 만족스러웠다. 기차역에서 도움을 받은 여학생이라고 그녀가 말했을 때, 그는 한동안 어리둥절했다. 그리고 그녀가 떠오르자 방금 전의 흥분이 삽시간에 사라졌다. 자기가 조금 혐오스러웠고 왜 진작 말해주지 않았는지 그녀에게 화가 나기도 했다. 그녀의 얼굴은 잘 안 떠올랐지만 정말 조금도 예쁘지 않다는 것만은 똑똑히 기억이 났다. 그는 일하는 중이어서 더 상대해주기 어렵다고 적당히 둘러대고 말았다.

그 후에도 그녀는 가끔 한두 통씩 문자를 보내 공부에 관해 물었다. 처음의 그 가벼운 흥분은 더 느껴지지 않았지만 그래도 답장은 해주었다. 한 번은 이런 말도 했다.

"남자친구 사귈 땐 조심해야 해. 속으면 안 돼."

그러자 그녀는 정말 착한 사람이라고 말했다. 그녀에게 그는 경험도 많고 아는 것도 많아서 다른 사람에게 존경받을 만한 사람인 것 같았다. 그는 저절로 자기 여자친구가 떠올랐다. 여자친구의 눈으로 보면 그는 갈수록 무능한 사람이 돼가고 있었다.

여자친구는 그 도시 출신이었고 두 사람은 대학에 다닐 때부터 사귀기 시작했다. 그렇게 4년 넘게 지내면서 그는 결혼을 하는 게 좋겠다고 꽤 여러 번 여자친구에게 말했다. 맨 처음 그 말을 꺼냈을 때는 마침 자전거에 여자친구를 태우고 오동나무 그늘을 지나가고 있었고 뒤를 돌아보니 여자친구의 얼굴이 빨갛게 물들어 있었다. 그런데 최근에 또 그 말을 하자, 여자친구는 사납게 그를 노려보았다.

"결혼? 무슨 수로? 길 한복판에서 자자는 거야?"

그는 어물대며 자기 집에서 살자고 했다.

"결혼해서 셋집에 살자고? 미쳤어?"

여자친구는 그렇게 딱 잘라 말했다. 그는 겉으로는 괜찮은 듯 허허, 웃으며 관두자고 했지만 내심 서글픈 생각이 들었다.

이렇게 또 경제적인 문제로 여자친구와 틀어지고 나서, 그는 마트에서 맥주 두 병을 사와 집에서 천천히 다 마셨다. 하지만 그래도 답답한 속이 풀리지 않았고 결국 대화 상대를 찾아 휴대폰 주소록을 뒤지던 중 그녀의 이름 위에서 손가락이 멈췄다. 그녀에게 문자를 보냈다.

"나는 네가 좋아."

한참 뒤에야 답장이 왔다.

"술 마셨어요?"

잠깐 뜨끔했지만 계속 집요하게 말했다.

"아니, 진담이야."

이번에는 답장이 빨리 왔다.

"진짜로 마셨군요. 우리는 절대로 안 된다는 것을 알잖아요. 당신은 대학도 잘 나오고 직장도 있지만 나는 아무것도 없다고요."

그는 문자를 읽고 복잡한 심정을 느끼며 답장을 보냈다.

"그런 게 중요해? 좋아한다는 것은 단순한 거야. 그런 것은 아예 불필요하다고. 나는 그냥 순수하게 네가 좋은 거야."

문자를 보내고 나서야 혐오감이 들었다.

'이 몹쓸 자식 같으니.'

속으로 자신을 욕했다. 좀처럼 답장이 안 오자 속이 뜨겁게 달아오르고 머릿속에서 하얗게 김이 피어오르는 듯했다. 그는 베란다로 가서 밤공기를 몇 모금 들이마시고 멀리 도시의 야경을 보며 마음을 가라앉혔다. 그리고 다시 문자를 보냈다.

"그렇게 생각하면 됐어. 그냥 내가 취한 셈 쳐."

온몸이 풀리면서 조금 실망감이 들었다. 잠시 후 답장이 왔다.

"그런 거였어요? 너무 빨리 변하네요."

마음속에서 또 잔잔한 물결이 일었다. 그 후로 꽤 여러 날, 그녀는 그날 저녁에 왜 그런 말을 했는지 계속 문자를 보내 물어왔다. 그는 매번 마지못해 다른 말로 얼버무렸다. 그리고 그녀의 용모가 생각나 후회가 되기 시작했다. 그날 저녁의 자신이 너무나 혐오스러웠다!

만약 여자친구의 집에 밥을 먹으러 가지 않았다면 그 일은 그쯤에서 끝났을 것이다.

화해를 한 뒤, 여자친구는 집으로 그를 초대했다. 그는 여자친구의 아버지가 자기 같은 외지 사람을 안 좋아한다는 것을 알고 있었지만, 그래도 어른에 대한 존경을 표시하려고 계속 술을 올리며 술잔을 비웠다. 그러다가 결국 취해서 세 번을 토하고 여자친구네 거실 소파에 널브러져 잠이 들었다. 그런데 그가 풀린 다리를 겨우 가누며 인사를 하고 그 집을 나왔을 때 여자친구가 입을 삐죽 내밀며 말했다.

"사람이 왜 이렇게 못났어?"

그는 정말로 이번 일은 망했다는 생각이 들었다.

"평소에는 잘 마시지 않았어? 도수 높은 바이주白酒도 거뜬히 마시던 사람이 왜 오늘은 황주黃酒 몇 병에 취해서 그 꼴이 된 거냐고!"

돌아오는 길에 그는 그녀에게 문자를 보냈다. 자기가 일을 보러 밖에 나왔다가 마침 그녀의 학교 근처를 지나게 되었는데 혹시 시간이 있느냐고 했다. 그녀는 바로 답장을 보내 어디 있느냐고 물었다.

지하철역에서 나왔을 때는 날이 완전히 어두워져 있었다. 역 앞의 작은 광장 한가운데에는 유럽식 분수가 있었고 그 분수를 빙 둘러싼 파란 조명들은 분수 중심에 세워진 나체의 여인상을 비췄다. 여인의 희미한 파란색 얼굴에 원한이 가득해보였다. 그녀가 한참 오지 않아, 그는 광장을 서성이며 이어서 무슨 일이 일어날지 생각했다. 그러면 여자친구를 볼 낯이 없을 듯해 돌아가는 것이 나을 것 같기도 했다. 그는 주저하며 분수 주변을 왔다갔다했다. 그러다가 그 나체 여인상이 뭔가를 몰래 알려준 듯, 이어서 무슨 일이 일어날지 어렴풋이 깨달았다. 그것은 범죄나 다름없었다! 그는 가슴이 떨렸고 그 잔잔한 물결이 온몸으로 세차게 퍼졌다. 그때 마지막 지하철이 떠났다. 그가 휴대폰을 꽉 쥐는 순간, 미세한 물방울이 얼굴에 튀었다. 온몸이 편안해졌다. 뭔가에서 벗어난 듯한 쾌감이 들었으며 끝내 어떤 일을 하겠다고 마음먹었다. 씨발, 하고 그는 속으로 중얼거렸다.

그녀가 나타나자마자 그는 그녀의 손을 잡아당겨 꽉 끌어안고 자기 입술로 그녀의 입술을 덮었다. 그녀는 펜치를 닫듯 입술을 꼭 오므렸다. 그는 혀를 내밀어 애써 그녀의 봉쇄를 돌파했지만 그 뒤에도 줄줄이 삼엄한 방패들이 늘어서 있는 것을 깨달았다. 전혀 욕망이 충족

되지 않았다. 하지만 절대로 포기할 수는 없었다! 그는 끈질기게 그녀의 이를 핥고 있었다. 그녀는 눈이 휘둥그레진 채 꼼짝도 않고 그가 하는 대로 내버려두었다. 결국 그는 흥이 식어 그녀를 놓아주었다.

"키스는 이렇게 해서는 안 돼."

그는 조금 풀이 죽어 말했다.

"그건 내가 할 말이에요! 내 첫 키스가 이렇게 날아가다니…… 또 술을 마셨군요."

그녀는 금방이라도 울 것 같았다.

그는 자세히 그녀를 살폈다. 얼굴색은 까맣고 코는 치켜들려 있어 정말로 예쁜 구석이 전혀 없었다. 게다가 몸에서, 전에는 몰랐던 이상한 냄새까지 났다. 꼭 화약이 다 탄 뒤의 매캐한 냄새 같았다. 그는 그녀가 조금 안쓰러웠으며 그것보다 더 강하게 자기가 혐오스럽다는 느낌이 들었다.

여관에 간다고 꼭 그걸 하는 것은 아니라고 그는 되풀이해 말했다. 그녀는 아무 말도 안 하고 있다가 불쑥 물었다.

"그게 뭔데요?"

그는 그녀를 힐끔 보았다. 그녀가 순진한 척하는 것인지, 아니면 진짜 순진한 것인지 알 수가 없었다. 그는 얼굴이 확 붉어져 말했다.

"그거, 섹스 말이야."

그는 그녀가 중얼거리는 소리를 들었다.

"미쳤어!"

그 한 마디가 그의 성미를 건드렸다. 그는 큰소리로 반문했다.

"뭐가 미쳤다는 거야? 그건 정상적인 일이라고. 너, 무서운 거야? 너는 왜 이렇게 보수적이야!"

그녀는 놀라서 주위를 둘러본 뒤, 그에게 소리치지 말라고 눈짓을 했다. 그는 그녀를 끌고 어떻게든 여관에 들어가려 했다. 하지만 그녀는 그를 뿌리쳤다. 송아지처럼 힘이 셌다. 그는 관두자고, 집에 가겠다고 하고 바로 그녀를 끌고 지하철역으로 돌아갔다.

"열차가 끊겼으니 택시를 탈 수밖에."

그의 집까지 택시 요금이 백 위안 안팎이 든다는 얘기를 듣고 그녀는 그를 붙잡았다.

"그러면…… 가지 말아요."

그녀는 망설이다가 말했다.

"안 가면 어디로 가라고?"

그는 그녀를 뚫어지게 보았다.

"여기 광장에서 그냥 걷다가 앉았다가 하면 안 되나요?"

그녀의 눈 속에서 가로등 불빛이 반짝였다. 그는 그녀의 시선을 따라 휑한 광장을 보았다. 미심쩍어 보이는 몇몇 남녀들이 서성이고 있었다.

"그게 말이 돼? 밤에는 얼마나 추운데. 모기도 있고, 또…… 저 사람들도 있고."

방은 하나만 잡았다. 텔레비전을 켜고 볼륨을 크게 높였다. 이어서 뭘 해야 할지 알고 있었으므로 텔레비전 소리가 조금이라도 자신의 나약함을 가려주기를 바랐다. 하지만 그가 아무리 말을 하고 다그쳐도 그녀는 굳은 표정을 풀지 않았다. 애써 불붙인 욕망이 조금씩 사그라질 수밖에 없었다.

"너는 왜 이렇게 보수적이야? 나를 따라 여기까지 와놓고 왜 안 해? 이럴 거면 뭐하러 여기 온 거야?"

그는 뻔뻔하기 그지없었다. 그녀는 두 무릎을 꽉 모으고 두 손을 교차해 가슴을 가린 채 눈물을 그렁거렸다.

"당신, 진짜 나를 좋아하는 거예요, 아니면 그냥 나랑 그게 하고 싶은 거예요?"

그는 짜증이 나기 시작했다.

"진짜로 좋아한다니까."

그는 마음속의 혐오감을 누르며 거의 이를 악물고 말했다.

"안 좋아하면 왜 너랑 그게 하고 싶겠어?"

그는 그녀가 입술을 깨물며 주저하는 것을 보았다.

"나한테 시간을 좀 주면 안 돼요?"

그녀가 말했다.

"나는 지금…… 나도 당신을 좋아해요…… 단지 술을 마시고 충동적으로 이러는 것 같아 무서워요."

그는 '좋아해요'라는 말을 듣자마자 힘이 빠져 그녀를 놓아주었다. 그때 문자가 왔다. 여자친구가 보낸 것이었고 집에 잘 돌아갔는지 묻고 있었다. 그는 휴대폰을 껐다. 그리고 얼굴을 그녀의 어깨에 묻었다. 자신의 헐떡이는 숨결이 부딪쳐 되돌아왔다. 술을 마시고 토한 냄새가 너무 역겨워 위에서 다시 신물이 올라왔다.

"그만 집에 들어가."

그는 가라앉은 목소리로 말했다.

"그냥 있으면 안 돼요? 자요, 나는 옆에서 텔레비전을 보고 있을게요."

"안 돼. 있으면 또 너랑 하고 싶어질 거야. 그러면 너한테 안 좋아."

그는 마음을 굳혔고 바로 착한 사람으로 돌아왔다. 그는 확실히 착한 사람이었다. 이제야 조금 두려운 느낌이 들었다. 방금 전에는 정말 위험했고 하마터면 실수를 할 뻔했다.

"겁이 났군요."

그가 택시를 태워줄 때 그녀가 그를 빤히 보며 말했다.

"겁이 나다니, 겁날 게 뭐가 있다고. 너를 위해 이러는 거야. 우리가 정말 그러면 너한테 안 좋으니까."

그는 그녀의 눈빛을 피하며 또 얼굴을 붉혔다.

그는 여관으로 돌아와서 한참 뒤에야 물 온도를 맞추고 샤워기를 자기 입에 대고 물을 틀었다. 가늘고 세찬 물줄기가 무감각한 혀에 부딪쳐 차츰 통증과 간지럼이 느껴졌다. 과거에 여자친구와 여관에서 서로 이렇게 물을 뿌려준 적이 있었다. 꽤 유쾌한 놀이였다. 하지만 지금은 그저 입속의 고약한 냄새를 씻어내려고 이러는 것뿐이었다. 얼마 후, 혀가 다시 무감각해졌다. 쭉 참고 있던 눈물이 눈가에 흘러 넘쳤기 때문이었다. 그는 침대에 누워 몸을 웅크렸다. 이날 밤의 일은, 그리고 그 여관은 뭐라 말할 수 없이 미묘했다. 잠이 안 와 엎치락뒤치락하다가 그는 희미하게 거대한 코끼리 떼를 보았다. 그들은 열대 우림을 가로지르고 있었다. 숲이 어수선하게 좌우로 드러누웠다. 그는 발밑과 주변 세상이 전부 요동치는 것을 느꼈다. 언제든 넘어질 수도 있고 코끼리의 발에 밟혀 죽을 수도 있었다. 그가 소리 지르며 깨어났을 때는 마침 달빛이 빈틈없이 쳐진 커튼을 뚫고 비쳐들고 있었다. 바닥에 일렁이는 커튼의 커다란 그림자가 마치 코끼리의 묵직한 몸통 같았다.

그때 자신이 코끼리 꿈을 꾼 이래 처음으로 코끼리의 목 위에 빨간 비옷을 입은 여자가 없었다는 것을 그는 똑똑히 기억했다.

3

　시민공원 주변의 높은 건물들도 거대한 코끼리 같았다. 리성은 그것들이 자기를 덮쳐오는 상상을 했다. 하지만 꿈속과는 다르게 지금은 안전했다. 그는 안전한 상황에서 위험한 일을 상상하는 것이 좋았다. 전혀 위험하지 않은 자극을 얻을 수 있기 때문이었다. 일찍 출근한 덕에 지난 한 달간의 일을 돌아보고 오늘 밤의 일을 미리 짐작할 여유가 있었다. 오늘 밤에 일어날 일을 상상하니 조금 흥분이 되었다. 이번에는 지난번과 달랐다. 이번에는 거리낄 게 전혀 없었다. 여자친구가 새 남자친구가 생긴 사실을 알려왔을 때, 그는 우리에 갇힌 짐승처럼 집안을 왔다갔다했다. 어느 방향으로 걸어도 다섯 걸음도 채 못 가서 벽에 부딪쳤다. 크게 고함을 지르고 싶었다. 하지만 잡동사니가 가득한, 좁은 베란다에 서서 십여 미터 밖의 다른 건물을 마주한 순간, 입만 딱 벌리고 끝내 소리를 내지 못했다. 누가 봤으면 그를 미치광이라고 생각했을 것이다. 그는 휴대폰을 꺼내 또 주소록을 뒤지기 시작했다. 손가락이 하나씩 이름들을 뛰어넘었다. 그들은 다 자기 삶이 있었고 그와 무관했다. 또 그녀의 이름 위에서 손가락을 멈췄다. 그날 밤이후, 그들은 연락이 뜸해졌다. 무슨 할 말이 있었겠는가? 그런데 지금, 이야기할 사람이 그녀밖에 없다는 것을 깨달았다. 이럴 때 그 많은 친구 중에서 오직 그녀하고만, 엄격히 말하면 친구라고도 할 수 없는 그녀하고만 이야기할 수 있다는 사실이 너무나 희한했다.

　그는 여러 차례 그녀에게 생각해보라고 요구했다. 그날 밤, 정말로 그랬다면 두 사람이 어떻게 됐을지. 그녀는 그때마다 다른 평계를 대고 화제를 바꿨다. 그는 활을 든 사냥꾼이었고 그녀는 어쩔 줄 몰라

하는 새끼사슴이었다. 마음대로 잡았다가 놓아줬다, 하는 그 사냥을
통해 그는 여자친구를 잃고 생긴 마음의 공허를 되는 대로 채웠다. 그
리고 그로 인해 슬픔을 느꼈다. 여자친구는 그의 마음속에서 어느새
그 도시의 상징이 되어 있었다. 여자친구와 함께 있어서 진정으로 그
도시에 들어와 있는 것 같았다. 그래서 여자친구가 떠남으로써 그 도
시에 진입하는 데 실패한 것 같았다. 자기는 어쨌든 '시골뜨기'라고 그
는 서글퍼하며 생각했다. 하지만 그녀는 자신처럼 외지 사람이기에 자
기가 먼저 도시에 왔다는 점을 이용해 쉽게 그녀를 손에 넣을 수 있
었다. 그녀는 어느 정도 그의 좌절감을 달래주었지만, 동시에 그가 자
신을 가엾어 하고 혐오하게 만들기도 했다.

'나는 아직도 착한 사람이라고 할 수 있을까?'

이따금 자신에게 물었다.

'아니, 난 아직 착한 사람이야. 이런 시대에 이 정도는 아무것도 아
니지. 안 그러면 너무 보수적인 거야.'

그는 바로 그렇게 그녀에게 말했다.

"너는 너무 보수적이야!"

그때 그는 그런 이유로는 진정으로 마음을 가라앉힐 수 없다는 것
을 알았다. 그래서 어쩔 수 없이 본질적인 문제를 외면하고 적당히 얼
버무리려 했다. 다행히 지난번에는 아무 일도 일어나지 않았지만 얼
마 지나지 않아 또 이렇게 자신을 통제할 수 없게 돼버렸다. 그는 다
소 부도덕한 일을 저지르고 싶어 완전히 안달이 났다.

사방을 둘러보았다. 공원은 우뚝 솟은 빌딩들에 포위되어 있었으며
빌딩 위 하늘은 어둑어둑했다. 얼마 안 있어 비가 내릴 것 같았다. 푹
푹 찌는 날씨는 고향과는 딴판이어서 거의 십 년이 돼 가는데도 적응

이 안 됐다. 옆의 벤치들에서는 연인들이 여느 때처럼 다정히 서로를 끌어안고 있었다. 보고 있기가 난처해 눈을 감고 몸을 녹나무 줄기에 기댔다. 그때 뭔가가 얼굴 위에 떨어져 눈을 떴다. 검붉은 낙엽 두 장이 가슴에 달라붙어 있었다. 이 도시에 와서야 그는 이렇게 봄에 낙엽이 지는 이상한 나무가 있다는 것을 알았다. 낙엽을 집어 입자루를 쥐고 손 안에서 돌리다가 다시 땅바닥에 떨어뜨렸다. 그는 정말로 그녀가 조금 불쌍했다. 하지만 이미 그런 일이 있었던 만큼 그녀도 마음의 준비를 해두었을 테고 그런 결정을 했다고 그를 탓하지는 못할 것이다.

그녀는 약속 시간보다 한 시간 가까이 늦게 왔다. 그는 불쾌한 표정으로 왜 늦었느냐고 따져 물었다. 그녀는 얼굴을 붉히며 말했다.

"열차를 거꾸로 탄 걸 종점에 다 가서야 알았어요."

그는 자기도 처음 이 도시에 왔을 때 그런 적이 있다는 것을 까맣게 잊고 말했다.

"왜 그렇게 사람이 멍청해? 방향도 분간 못하고."

그는 화를 못 참고 연달아 몇 번이나 멍청하다는 소리를 했다. 그녀는 고개를 푹 숙인 채 그의 쏟아지는 질책을 들으며 계속 말했다.

"다음에는 안 그럴게요. 절대 안 그럴게요."

"다음에?"

그는 코웃음을 쳤다.

"다음에는 또 네가 어디까지 가서 잘못 탄 걸 알지 누가 알아?"

그는 그녀의 눈이 촉촉해진 것을 보고서야 입을 다물었다.

그는 공원의 오솔길을 따라 성큼성큼 걸었고 그녀는 급히 따라갔다. 혼자 시내를 쏘다니던 버릇이 있어서 그의 걸음은 무척 빨랐다.

그녀는 종종걸음을 쳐야 겨우 따라갈 수 있었다. 그는 눈썹을 찌푸린 채 무작정 걸었다. 손을 맞잡은 연인과 자녀들과 함께 산책하는 중년 남자 그리고 휠체어를 탄 노인과 연달아 마주쳤다. 알록달록한 햇빛이 그들의 얼굴을 스쳐 지나갔다. 그는 또 그 코끼리들이 달려오던 광경이 떠올랐다. 이슬이 가득 맺힌 그들의 거친 피부 위에 햇빛이 마치 금빛 잉어가 헤엄치듯 무더기로 떨어져 내렸다. 그가 막 도망치려는데 뭔가가 그의 손을 꽉 붙들었다. 순간, 정신을 차리고 돌아보니 그녀가 헉헉대며 그의 손을 잡아당기고 있었다.

"왜 그렇게 빨리 가요, 나만 놔두고."

"혼자 걷는 게 버릇이 돼서."

그는 냉담하게 웃었다.

잠시 후, 그들은 그렇게 손을 잡은 채 공원을 천천히 걸었다. 다른 사람의 눈에는 틀림없이 한 쌍의 연인으로 보였을 것이다. 그는 거북한 느낌이 들면서 아는 사람이 볼까 걱정이 되었다. 혹시 여자친구가 보지는 않을까? 이런 생각이 황당하다는 것을 알고는 있었지만 머릿속에서 지우기가 힘들었다. 어느새 인공 호수에 이르렀다. 그는 그녀의 손을 놓고 난간 위에 엎드려 어두운 수면과 마주했다. 고무보트 몇 척이 서로 왔다갔다 부딪치고 오리 입처럼 수면 밖으로 나온 파이프에서 이따금 물기둥이 위로 솟구쳤다. 배에 탄 아가씨가 때맞춰 꺅꺅, 소리를 지르며 옆의 남자에게 안겼다. 물기둥이 금세 힘을 잃고 수면 위로 떨어지면서 물 몇 방울이 그들의 얼굴에 튀었다. 살짝 비린내가 풍겼다.

"우리도 탈까?"

그는 흥분해서 그녀를 쳐다보았다. 그녀는 호수 쪽은 보지 않고 우울한 표정으로 오가는 사람들을 바라보고 있었다.

"타지 않을래?"

그는 또 한 번 물었다.

"안 탈래요."

그녀는 짧게 답했다. 그는 의아한 눈으로 그녀를 보다가 말했다.

"그럼 관두지 뭐."

그런데 호수 반대편으로 걸어가 유람선 대여소에 이르렀을 때 그녀가 걸음을 멈췄다.

"노를 젓는 건 어때요?"

그녀가 조금 애교스럽게 그를 보았다.

"안 탄다고 그랬잖아."

그는 시큰둥하게 말했다.

"노를 젓고 싶어서요. 아까 그런 건 타고 싶지 않아요."

그녀가 말했다.

"고향집은 큰 강 옆에 있어요. 강폭이 넓고 물결이 잔잔한. 나는 배를 타고 맞은편 강변으로 건너가는 걸 아주 좋아해요."

리성은 그녀가 원하는, 손으로 노를 젓는 배를 빌리지는 않았다. 대신 속도가 느린 전동보트를 빌렸다. 그는 어릴 때 산악 지역에 살았기 때문에 이 도시에 와서야 처음 배를 타보았다. 그래서 지금도 배를 타면 흥분이 되었다. 그는 조종간 앞에 앉아 계속 방향을 바꿨다. 뱃머리가 교각과 기슭 쪽으로 번갈아 움직였다. 하지만 얼마 안 돼 피곤해졌다. 배가 너무 느렸고 조작도 너무 간단했다. 그는 그녀와 자리를 바꿨고 그녀가 조종간을 쥔 채 흥분한 얼굴로 이따금 소리를 지르는 것을 지켜보았다. 그녀는 들뜬 목소리로 어릴 때 강변에서 있었던 일을 이야기했다. 그는 마지못해 그녀가 강변에서 놀던 광경을 상상했다. 그녀는 여전히 안 예뻤지만 뭐라 말할 수 없는 변화가 느껴졌다. 얼마 안 가 또 피곤함을 느꼈다. 피곤해서 왼손을 뱃전에 기댄 채 멀리 흐린 하늘빛이 비치는 호수를 바라보다가 스르르 눈을 감았다.

리성은 뱃전에 대고 있던 손이 미끄러지는 바람에 번쩍 눈을 떴다. 그녀가 미소를 띤 채 바라보고 있었다. 그는 살짝 얼굴이 붉어졌다.

"자는 모습이 너무 재밌어요."

깔깔 웃는 그녀의 얼굴에 햇빛이 덮여 있었다. 그도 웃으며 몸을 일으키고 옷매무새를 고쳤다. 그녀는 여전히 그를 바라보며 소리 내어 웃고 있었다. 그는 눈썹을 찌푸리고 째려보았다.

"뭐가 그렇게 웃겨?"

그녀는 웃음소리를 낮췄다. 어느새 구름이 흩어지고 수면 위에는 마치 구리거울의 반사광 같은 저녁 빛이 넘실댔다. 이때 배는 호수 한가운데에 멈춰 있었으며 주위에는 다른 배가 없었다. 햇빛 때문인지 약간 머리가 아팠다.

"너, 코끼리 본 적 있어?"

그가 불쑥 물었다.

"아뇨. 왜요? 고향에 코끼리가 있어요?"

"나도 동물원에서밖에 못 봤어."

리성은 지나가듯이 말하며 수면 위의 흔들리는 빛에 시선을 멈췄다.

어스름이 짙어질 때 그들은 공원을 떠났다. 그는 여전히 조금 앞서 갔고 그녀는 종종걸음을 치며 가끔씩 그를 잡아당겼다. 그들은 어느 한산한 작은 식당에서 천천히 식사를 하며 이따금 한두 마디씩 말을 주고받았다. 유리벽 밖에서 어둠이 차츰 내려앉고 있었다. 그는 그녀가 탕을 먹는 것을 지켜보았다. 그녀는 맛있어하며 한 순갈씩 떠먹었다. 그는 그녀의 손가락이 가늘게 떨리는 것을 보았다. 좁고 긴 손톱이 파뿌리처럼 하얗다. 그는 이어서 무슨 일이 벌어질지 알고 있었고 그녀도 알고 있을 것이라고 생각했다. 그가 지난번 같지는 않으리라는 것을 그녀는 알아야 했다.

하지만 그녀는 지난번과 마찬가지로 두 손을 교차해 가슴을 가리고 힘껏 두 다리를 움츠렸다. 그는 위에서 누르며 말했다.

"내 생일을 챙겨주겠다고 하지 않았어?"

그는 말했다.

"이걸로 나한테 생일선물 주는 셈 치면 되잖아."

그녀는 그의 사나운 표정에 질렸는지 눈물을 글썽이며 거의 애걸하다시피 말했다.

"다음에 하면 안 돼요? 우리 다음에 해요."

오히려 그런 부드러운 거절이 그를 멈추게 한 듯했다. 그는 그녀 옆에 누워 천장을 바라보며 거친 숨을 쉬었다. 머릿속이 조금 얼떨떨했다. 그녀는 옷을 매만지고 그를 보다가 또 깔깔 웃었다. 그가 눈을 부라리며 말했다.

"왜 또 웃는 거야?"

그녀는 입을 삐죽이고는 몸을 돌려 그를 똑바로 바라보았다.

"당신, 지난번하고 많이 달라요."

"뭐가 다른데?"

그녀는 또 웃고서 조금 망설이다가 말했다.

"지난번보다 훨씬 늙었어요."

이 말 때문에 그는 다시 그녀를 덮쳤다. 다소 부도덕한 일을 저지르

224

려 했고 그녀에게 어떤 대가를 치르게 하려고 했다. 다만 순간적으로 망설이기는 했는데, 그것은 그녀가 여자친구와 달리 이 도시에서 그와 마찬가지로 가난하고 뿌리 없는 사람이기 때문이었다.

그녀는 처음이었다. 그녀의 저항과 그녀가 호소하는 고통은 그의 상상을 훨씬 초월했다. 그녀의 일그러진 얼굴을 보면서 잠깐 주저하기는 했지만 거꾸로 더 용기를 냈다. 그녀는 입술을 깨물며 그를 외면했다. 그는 그녀가 울 것이라고 생각했지만 그녀는 한곳을 뚫어져라 보고만 있었다. 전에는 이렇게 오래 해본 적이 없었다. 그 기나긴 시간 동안, 그녀는 시종일관 그에게서 얼굴을 돌리고 있었다. 그는 샤오옌小彥, 샤오옌, 하고 그녀의 이름을 불렀다. 하지만 그녀는 대답하지 않았다. 그는 어느 순간 전 여자친구가 떠올라 가슴이 죄어들었다. 그리고 지금 그녀가 무슨 생각을 하고 있는지 답답해하다가 얼굴을 그녀의 목덜미에 묻고 그 엷은 화약 냄새를 맡았다. 마침내 그녀가 얼굴을 돌리고 조금 성가시다는 듯 물었다.

"아직 안 끝났어요?"

그는 그녀의 눈빛에 쏘인 듯 얼굴이 홱 붉어졌다.

리성은 샤오옌이 깔고 누워 있던 목욕 타월에 예상했던 흔적이 보이지 않자, 오히려 긴장이 풀려 웃었다.

"어쨌든 괜찮은 거네."

그러나 욕실에 따라 들어갔다가 바로 그녀의 발밑에 흥건하게 붉은색이 번지는 것을 보았다. 그 붉은색은 어느 은밀하고 공포스러운 곳에서 줄기차게 흘러내려 금방이라도 그의 발등까지 타고 올라올 것 같았다. 나중에 그는, 그때 자기가 너무 놀라 머리가 아찔했던 것을 떠올렸다. 그리고 전 여자친구와 첫 경험을 했던 일도 기억이 났다. 그때는 그는 아무것도 몰랐고 전 여자친구는 그보다는 아는 것이 많은 듯했으며 피도 나지 않았다. 그는 그녀에게 되풀이해 말했다.

"왜 이렇게 많이 나오는 거야, 왜 이렇게."

그녀는 슬픈 눈으로 그를 보았다.

"내가 어떻게 알겠어요."

그는 황급히 괜찮다고, 괜찮을 것이라고 말했다. 그녀를 위로하는 것 같기도 하고 자기를 위로하는 것 같기도 했다.

"나를 사랑해요?"

그녀가 슬픈 목소리로 물었다. 그는 조금 뜸을 들이다 말했다.

"당연하지."

그녀는 더 슬퍼하며 말했다.

"직접 말해줘요. 대답만 하지 말고."

그는 역시 그 말을 못하고 "그걸 꼭 말로 할 필요가 있나!"라고만 했다. 그는 어색하게 그녀를 끌어안고 아무렇지도 않게 웃으면서 속으로 이제부터 자기는 더 이상 착한 사람이 아니라고 생각했다.

아침에 일어나서 그녀가, 전날 밤 그가 시끄럽게 이를 갈고 고함을 질렀다면서 무슨 무서운 꿈을 꿨느냐고 물었다. 그는 자기가 잘 때 이를 간다는 것을 처음 알았다. 전 여자친구는 그에게 그런 말을 한 적이 없었다. 언제나 그가 한밤중에 일어나 멍하니 전 여자친구의 곤히 잠든 모습을 살피곤 했다. 그는 잠시 생각에 잠겼지만 결국 그 코끼리 이야기는 못하고 그냥 그랬었냐고만 했다.

그녀가 그에게 준 생일선물은 검은 목도리였다.

"2주를 꼬박 떠서 만들었어요."

그는 고맙다고 한 뒤, 그녀가 화장실에 간 틈을 타 여관의 깊숙한 신발장 속에 그 목도리를 쑤셔 넣었다.

4

코끼리는 이제 하나의 완전한 꿈에서만 나타나지 않고 다른 여러 가지 꿈에서도 불쑥불쑥 모습을 드러냈다. 예를 들어 그가 동료와 함께 건물을 올라가는 꿈을 꾸었는데, 꼭대기에 이르러 동료가 얼굴을 돌렸을 때 갑자기 동료의 머리가 부풀어 거대한 코끼리의 머리가 되었다. 그는 겁에 질려 돌아서서 도망쳤지만 사방 어디에도 길이 없었다. 또 한 번은 막 잠이 들자마자 큰 산을 올라가는 꿈을 꾸었다. 넝쿨이 몸을 휘감고 벼랑이 가팔라서 죽을힘을 다해 겨우 정상에 올랐다. 그런데 발밑이 흔들려서 주위를 둘러보니 그가 오른 곳은 산이 아니라 코끼리의 어깨였다. 이런 종류의 꿈을 꾸고 깨어나면 온몸이 다 식은땀에 젖어 있었다. 그리고 샤오옌과 그러고 난 뒤로는 코끼리를 타고 있던 빨간 비옷의 여자가 더는 나타나지 않았다. 그는 조금 다행스럽기도 하고 또 조금 실망스럽기도 했다.

그는 매일 꿈에서 깨어 출근길을 나서기까지 시간이 좀 걸렸다. 눈을 뜬 채 침대에 누워 잠시 넋이 나가 있곤 했다. 그는 안색이 안 좋았고 클렌저로 열심히 얼굴을 씻기 시작했다. 얼굴을 다 씻은 뒤에는 또 꼼꼼히 수염을 깎고서 말없이 한동안 거울을 보았다. 그리고 거울 속 남자를 향해 짓궂게 귀신얼굴을 지어보이자, 거울 속 남자도 똑같이 복수를 했다. 그는 바로 차분한 표정으로 돌아왔고 거울 속 남자도 같은 표정을 지었다. 그는 정말 재미있다는 생각이 들었다. 누가 됐든 남의 앞에서나 뒤에서나 똑같은 모습을 유지하지는 못한다. 그리고 오직 그만이 자신의 귀신얼굴을 본 적이 있었다.

출근길에 그는 늘 수시로 예쁜 여자를 곁눈질했다. 도시에는 예쁜 여자가 정말 많았다. 어느 날, 길가에서 대학 친구인 라오장老蔣을 기다리다가 가까운 곳에서 배회하는 한 젊은 여자를 보았다. 흰 티셔츠와 검은 미니스커트를 입은 그녀는 예쁘고 날씬했으며 눈빛도 누구나 혹할 만큼 청순했다. 그는 참지 못하고 그녀를 몇 번 쳐다보았다. 그러자 그녀가 다가와 오빠라고 부르며 말했다.

"만족스러운 서비스로 모실게요."

그는 어리둥절해서 물었다.

"서비스요?"

여자는 정중히 또 말했다.

"꼭 만족하실 거예요."

그는 그제야 무슨 소리인지 알아듣고 얼굴을 붉히며 억지로 목소리를 가다듬어 물었다.

"얼마죠?"

여자가 말했다.

"풀코스 1회 300, 2회 500, 올 나잇 700이에요."

말을 마치고서 그녀는 기대가 가득한 눈빛으로 그를 보았다. 그는 확실히 마음이 끌렸다. 그가 아는 여자들 중에 정말 이렇게 예쁜 여자는 없었다. 고개를 숙인 채 갈등했다. 주저하는 것을 보고 그녀가 말했다.

"저는 근처에 살아서 안전은 문제없어요. 보통은 이렇게 밖에 나와 손님을 찾지는 않아요. 인터넷에서만 찾죠. 오늘은 조금 심심해서 산

책을 나왔다가 손님을 만난 거예요. 손님이 착해 보이더라고요."

잠깐 그녀를 훑어보았다. 깜찍한 얼굴에 엷게 아이섀도를 한 것이 오히려 천진한 느낌을 더해주었다. 그녀는 뜻밖에도 그런 일을 하는 여자였다. 그는 뭐라 말할 수 없는 심정이 되어 자조적으로 물었다.

"내가 착한 사람 같다고요?"

여자는 눈을 깜박이며 그를 재촉했다.

"어쩔래요? 갈 거예요?"

그는 간다고도, 가지 않는다고도 말하지 않고 얼굴을 붉히며 물었다.

"당신은 손님이 많나요? 혹시…… 건강은 어떤가요?"

그는 말을 더듬거렸다. 이마에 땀이 맺혀, 머리를 넘기는 척하면서 쓱 닦았다. 손이 식은땀에 축축하게 젖었다. 그는 여자가 화를 낼 것이라고 생각했지만 그녀는 화를 내기는커녕 거꾸로 하얗고 고른 이를 드러내며 웃었다.

"걱정 말아요, 오빠. 나는 아르바이트로 이 일을 하는 거니까. 내가 병이 있어 보이면 안 해도 돼요."

그는 미안하다고, 자기는 그런 뜻이 아니었다고 말하면서 내심 마음을 놓았다. 하지만 돈이 좀 아까웠고 혹시 무슨 사고가 날까 두려웠다. 사기를 당했다는 뉴스를 워낙 많이 들었기 때문이었다. 그는 주변을 두리번거리며 물었다.

"당신 사는 데로 안 가면 안 되나요? 여관에 가죠."

여자는 그를 쓱 보고는 안 된다고 잘라 말했다. 그가 뻔뻔하게 왜 안 되느냐고 묻자 그녀는 먼 쪽을 살피며 또 말했다.

"안 된다면 안 되는 줄 아세요. 나는 원래 밖에 안 나오는 사람이라고요."

여자는 초조해져서 자기도 모르게 하이힐로 아스팔트를 툭툭 치며 쌀쌀맞은 눈초리로 그를 보았다.

"대체 갈 거예요, 안 갈 거예요?"

또 이마에 땀이 맺히는 것을 느꼈다.

"친구를 기다리고 있어요."

여자는 바로 표정이 싸늘해지더니 낮은 어조로 욕을 했다.

"씨발, 시간만 버렸네. 피부 관리나 받으러 갈 걸."

여자는 돌아서서 또각또각 소리를 내며 멀어졌다. 괴로운 마음에 쫓아가고 싶었지만 주저앉아 꼼짝도 않고 그녀의 뒷모습을 바라보았다. 여자가 돌아봐주었으면 했다. 그랬으면 바로 따라나섰을 것이다. 하지만 그녀는 곧장 가버렸다.

여자가 가자마자 라오장이 왔다. 그는 뒤늦게 가슴을 쓸어내렸다. 만약 여자가 때맞춰 가지 않아 들켰으면 어쩔 뻔했는가. 혹시나 따라가는 것을 들켰으면 더더욱 야단이 났을 것이다. 하지만 그는 역시 실망감을 지울 수 없었다.

그는 못 참고 그 일을 농담처럼 말했다. 라오장은 그를 비웃었다.

"너는 세상을 몰라도 너무 몰라."

자기 집에 도착하고 나서 라오장은 음흉하게 웃으며 채팅 사이트 하나를 열고는 여성회원 란을 클릭해 그에게 보여주었다. 누구는 사진이 없고 누구는 사진이 있었지만 사진이 있는 여자들은 하나같이 예쁘고 청순했다. 라오장이 잘 아는 사람처럼 말했다.

"다 예쁘지? 사진이 있고 친구 조건을 안 달았으면 기본적으로 다 그런 여자들이야. 모두 아이디도 꽤 그럴 듯하지."

그는 그 여자들이 지역 란에 모두 다른 지역 이름을 적어 넣은 것에 주목했다. 그리고 조금 생각을 하다가 물었다.

"어떻게 그렇게 단정할 수 있지?"

라오장이 낄낄 웃더니 그에게 한 여자를 골라 메신저 친구로 추가한 뒤, "안녕하세요!"라고 인사를 보내게 했다. 그 여자는 즉시 "풀코스 300, 올 나잇 800. 편할 때 와서 편할 때 가세요"라고 답장을 보내왔다. 라오장은 그를 향해 득의양양한 미소를 지으며 이번에는 그 여자의 SNS 담벼락에 들어갔다. 10여 장의 사진은 다 하나같이 예쁘고 생기발랄했다. 또 글도 한 편 있었는데 감상적인 문체로 뼈에 사무치는 외로움과 사랑에 대한 집착을 호소하고 있었다. 특히 그중 한 구절은 가히 명구라 할 만했다.

"모든 게 정신에서 시작해 육체로 끝난다면 사랑은 한 편의 에로영화가 되고 말 거야."

그런데 그 글의 제목은 또 내용과는 전혀 상관이 없었다.

"세상은 어둡고 헤픈 여자는 넘쳐나는데, 사람이 성현이 아닌 이상 누구인들 돈을 사랑하지 않을까."

라오장이 그것을 보고 웃음을 터뜨렸다.

"씨발, 완전 시인이네! 요즘에는 정말 누가 창녀이고 누가 양갓집 규수인지 모르겠다니까."

리성은 기생의 사랑 이야기가 담긴 옛날 고전소설을 많이 읽었기 때문에 그런 여자들을 무시하지 않을뿐더러 조금은 동정하기까지 했다. 하지만 마음이 불편하기는 했다. 그는 또 그 예쁜 여자의 사진을 보았다.

'이 여자가 정말 그런 일을 하는 여자란 말이야?'

그는 다시 그쪽으로 생각이 기우는 자신을 느꼈다.

'맙소사, 나는 이제 정말 착한 사람이 아니로군.'

하지만 그런 생각을 했다고 해서 그가, 그날 라오장이 보여준 사이트를 다시 안 찾은 것은 아니었다. 나중에 결국 비슷한 사이트를 찾았으며 그 여자들의 사진을 띄워놓고 생리적인 문제를 해결했다. 볼일을 마친 뒤, 그는 책장에 가득한 책들을 한참 바라보다가 길게 한숨을 내쉬었다. 그 일을 꽤 오래 못했다는 생각이 든 것이다.

한 달 가까이 리성은 샤오옌에게 연락을 하지 않았고 그녀도 그에게 연락이 없었다. 조금 의외였다. 여자가 누군가와 첫 관계를 가지면 틀림없이 그 사람에게 집착한다고 생각했고 실제로 그것 때문에 걱정이 되기도 했기 때문이다. 하지만 그녀가 집착을 안 하자 오히려 조금 실망스러웠다. 그때 엉뚱하게도 전 여자친구가 연락을 해왔다. 실연을 당했다고 문자를 보낸 것이다. 그는 기뻐해야 할지 말아야 할지 몰랐고 우선 위로의 문자를 보냈다. 더 들어보니 그녀는 남자를 원망하고 있었다. 어떻게 둘이 멀리 산다고 해서 사귀는 것을 포기할 수 있느냐고 했다. 그는 속으로 웃음이 나왔다. 설마 그녀가 얼마 전 자기한테 어떻게 했는지 잊었나 싶었다. 그래도 상관없는 사람처럼 그녀를 위로해주었다.

며칠 뒤, 전 여자친구가 그에게 직장을 옮기게 도와줄 수 있느냐고 물었다. 전에 라오장이 자기가 연 회사에 지인을 직원으로 소개해달라고 그에게 부탁했을 때 그녀에게 그 얘기를 해준 적이 있었다. 그는 바로 라오장에게 연락해 있는 말 없는 말을 다 동원해서 그녀에 관해 좋은 말을 잔뜩 늘어놓았다. 라오장은 그녀를 회사에 보내 면접을 보게 하라고 승낙했다. 그 일을 성사시키고 나서 그는 조금 흥분했다. 자기도 모르게 그녀와 지낸 날들과 그녀와 그것을 했던 게 떠올랐다. 어느 날, 그는 참지 못하고 그녀에게 문자를 보냈다.

"우리 또 섹스할 수 있을까?"

몇 분 뒤, 답장이 왔다.

"돈을 주면 가능하지."

순간 그런 일을 하는 여자들이 생각났다. 어떻게 그런 말을 할 수 있는지 이해가 안 갔다. 마치 파리를 집어삼킨 기분이었다. 하지만 그는 뜻밖에 이런 답장을 보냈다.

"와, 얼마면 되는데?"

리성은 다시 전 여자친구의 정보에 주목했다. 그녀의 새 블로그를 찾았고 거기에서 그녀가 아직 실연당하지 않았음을 발견했다. 그날의 포스팅에도 그녀와 남자친구가 뜨거운 포즈로 찍은 사진이 있었던 것이다. 그는 화가 났고 그녀가 실연당했다고 말한 것은 단지 자신에게 동정을 사서 도움을 받기 위해서가 아니었을까 의심이 들었다. 그래서 홧김에 문자를 보내 물어보니 헤어졌다고 말한 적은 한 번도 없다는 답장이 왔다. 그는 화를 못 참고 그녀의 모든 연락처를 삭제해버렸다. 하지만 그녀의 휴대폰 번호는 일찌감치 그의 머릿속에 각인돼 있어 무슨 수를 써도 삭제할 길이 없었다.

삶이 갑자기 휑해졌다.

리성은 자주 베란다에 엎드려 멀리 도시 전체를 바라보았다. 도시도 삶과 마찬가지로 끝이 안 보였다.

이따금 리성은 샤오옌이, 그녀의 전혀 안 예쁜 얼굴이 떠올랐다. 그런데 의외로 조금 가슴이 뛰었다. 그는 그녀가 자기를 착한 사람이라고 말했던 것이 기억났다. 저절로 쓴웃음이 나왔다. 그는 그녀에게 연락하지 않았다. 그에게 그녀는 역시 낯선 사람이었다. 그녀와 실제로 그 일이 있었는지도 의심이 들 지경이었다. 어느 날, 갑자기 하늘이 어두워지고 하얀 번개가 침침한 고층 빌딩들 사이를 옮겨 다니며 번쩍였다. 그리고 폭우가 사무실 밖 녹나무 위에 쏟아져 땅바닥 가득 잎들을 떨어뜨렸다. 그때 휴대폰이 울렸고 얼핏 보니 샤오옌이었다. 그는 복도 끝까지 달려가 전화를 받았다. 샤오옌은, 이 도시 출신 친구 둘과 근처에 놀러왔는데 친구들은 가고 갑자기 비를 만났다면서 자기를 데리러 와줄 수 있느냐고 물었다. 그는 바로 상사에게 일찍 퇴근하겠다고 하고 택시로 약속 장소에 갔다. 그런데 그녀가 보이지 않아 덜컥 의심병이 도졌다. 그녀가 자신을 속였거나, 아니면 더 큰 음모가 있는 게 아닌가 싶었다. 혹시 복수하러 온 게 아닐까? 그가 안절부절못하고 있을 때 그녀에게서 그를 봤다는 문자가 왔다. 잠시 후 그녀가 앙증맞은 흰 핸드백을 머리에 이고 깡충대며 하얀 빗줄기 속에 나타났다.

리성이 우산을 펴자 샤오옌은 그 속에 쏙 들어와 그의 손을 붙잡았다. 그들은 공원 둘레를 걸었다. 공원의 철제 난간을 따라 커다란 녹나무가 줄줄이 솟아 있고 그 암홍색 잎과 작은 꽃송이들이 꽃무늬 보도블록 위에 가득 떨어져 있었다. 그는 물을 밟지 말라고 계속 말했고 그녀는 조금 천천히 걸어달라고 했다. 그는 최대한 걸음을 늦췄다. 주위가 금세 어두워졌고 그들은 정말 팔짱을 낀 한 쌍의 연인 같아 보였다. 마음이 조금 따뜻해졌다. 지난번 묵은 여관에 도착했을 때 그들은 우산 밖에 나와 있던 몸 한쪽이 다 젖어 있었다. 샤오옌은 우산 위에 묻어 있던 하얀 녹나무 꽃을 하나하나 떼어 화장실 세면대 속에 넣고 물을 틀어 흘려보낸 뒤, 깔끔하게 우산을 접어놓았다. 리성은 의자에 앉아 그녀가 그러고 있는 것을 빤히 바라보고 있었다. 그렇게 잘 정돈된 우산을 보니 조금 이상했다. 그는 우산을 다 쓰고 나면 아무렇게나 묶어놓곤 했다.

포옹을 풀고 나서 그들은 각자 이불을 덮었다. 그는 샤오옌의 찡그린 표정이 떠올라 조금 마음이 아팠다. 샤오옌, 하고 조그맣게 불러보았다. 샤오옌은 천장을 바라보며 조용히 말했다.

"그거 알아요? 나는 계속 억지로 참고 있었어요."

리성이 알고 있었다고 하자 샤오옌은 또 말했다.

"엄마 아빠는 우리 남매를 가르치며 늘 그러셨죠. 사람은 순결해야 한다고, 결혼 전에는 절대 이런 짓을 하면 안 된다고 말이에요."

리성은 말했다.

"무슨 말인지는 알아. 하지만 그건 네 부모님이 너무 보수적인 거야. 지금이 어떤 시대인데……"

샤오옌은 그의 말을 잘랐다.

"나도 엄마 아빠와 생각이 같았거든요. 그런데 당신을 위해 생각을 바꾼 거라고요. 가끔 돌아보면 머리가 어지러워요. 어쩌다 이렇게 됐는지 모르겠어요."

한참 만에 리성은 입을 열었다.

"알겠어."

샤오옌이 물었다.

"당신은 나를 사랑하나요? 대답해줘요."

리성은 이번에는 그렇다고 말하지 않았다. 조금 짜증이 나서 속으로 너무 유치하다고 생각했다. 그 사랑한다는 말을 그와 전 여자친구는 서로 몇 번을 주고받았는지 모른다. 하지만 몇 번을 주고받았든 그

횟수를 다 합쳐도 결국 제로가 된 것이나 다름없었다.

리성은 일부러 지난번 빌린 방을 잡았다. 눈치를 보다가 몰래 신발장을 뒤졌지만 그 검은 목도리는 어디에도 없었다. 손을 넣어 한참 동안 그 텅 빈 공간을 더듬다가 그는 스스로를 비웃었다. 이 머저리 같으니!

5

그 후로 2, 3주 간 그들은 함께 밤을 보내곤 했다. 리성은 일이 바빴고 샤오옌도 안 좋은 대학에 다니기는 했지만 관리가 엄격해서 수업을 빠지기가 힘들었다. 그래서 매번 직장과 학교가 끝난 뒤에 만났다. 두 사람은 밥을 먹고 이야기를 나눈 뒤, 이르면 시민공원을 걸었고 그렇지 않으면 길고 한적한 골목을 지나 곧장 그 여관으로 가서 방을 빌렸다. 그리고 끝난 다음에는 서로 안은 채 또 이야기를 나눴다. 그들은 많은 말을 하지는 않았다. 대부분 그가 말하고 그녀는 듣기만 했다.

샤오옌은 베개에 기댄 채 얼굴을 돌리고 미소를 지으면서 그가 들려주는 고향의 풍경과 어린 시절의 재미있는 이야기를 들었다. 그러다가 간혹 자기도 고향 이야기를 하곤 했다. 그들은 그런 이야기를 하고 나면 한참 조용히 천장을 바라보며 그 머나먼 곳을 떠올렸다. 그는 또 자기가 중고등학교 때 얼마나 성적이 좋았는지 이야기하다가 내친 김에 꿈 많던 그녀가 어째서 그렇게 형편없는 대학에 들어갔는지 비웃기도 했다. 그녀는 별로 신경 쓰지 않는 듯했지만 그가 자꾸 그 얘기를 하자 결국 입을 열었다.

"나에 대해 그렇게 말하면 기분이 좋은가 보죠?"

그는 그제야 확실히 자기가 자신의 영웅담을 이야기하는 한편으로 그녀를 깔아뭉갬으로써 잔인한 쾌감을 얻고 있다는 것을 깨달았다. 나중에 그는 대학 4년 동안 읽은 고전소설 이야기를 주로 해주었다. 『육포단肉蒲團』『춘규비사春閨秘史』『등초화상전燈草和尙傳』•을 천천히 차례로 이야기했다. 리성은 처음에는 구체적인 묘사를 피했다. 그런 장면이 나오면 웃으면서 그걸 했다고만 말했다. 하지만 시간이 지나면서 훨씬 직접적으로 말하게 되었다. 노골적인 단어를 많이 구사했다. 그는 신이 나서 이야기했지만 그녀의 반응은 신통치 않았다. 인물들의 운명에 대해서만 관심이 있었다. 그는 본래 그런 이야기로 섹스에 대한 그녀의 태도를 좀 더 적극적으로 만들 생각이었다. 하지만 그가 에로 영화를 말하면 그녀는 그것이 로맨스 영화로 들리는 모양이었다.

한 번은 이야기를 다 듣고 그녀가 피곤해하며 말했다.

"당신은 정말 경험이 풍부하네요!"

그는 무심코 여자친구가 있었기 때문이라고 말했다. 그녀는 입을 다물었다. 그는 그녀에게 전 여자친구와의 일을 이야기한 적이 있기는 했지만 적어도 여관에서는 그런 적이 없었다. 그 여관방은 엄연히 둘만의 비밀스러운 공간이라는 것을 서로 무언중에 동의하고 있었던 것이다. 그도 입을 다물었다. 그들은 순식간에 거리가 멀어졌다. 아직 서로의 몸에 상대방의 체온이 남아 있는데도. 그녀는 고개를 들어 텅

• 세 권 모두 중국 고대의 색정문학으로 당시에는 금서에 속했다.

빈 천장을 바라보았다. 둥근 형광등에서 희미한 석회색 빛이 비쳤다. 그녀는 길게 한숨을 쉬고 말했다.

"앞으로 그 여자 얘기는 하지 말아줘요. 이것만은 좀 지켜줘요. 어쨌든 지난 일은 바꿀 수 없으니까요."

샤오옌은 전 여자친구와 달랐다. 확실히 그에게 뭔가를 요구하는 일이 적었다. 그녀는 그에게 전화를 걸어달라고 한 적은 있었지만 자주 문자를 보내라고 하지는 않았다. 그것은 그의 문자가 거의 섹스와 관련된 내용인 탓도 있었다. 그는 대충 몇 번 전화를 걸어주기는 했지만 그녀가 전화로 어리광을 피우는 게 싫다고 호되게 꾸짖은 뒤로는 전화를 걸지 않았고 그녀도 더 요구하지 않았다. 심지어 그에게 걱정하지 말라고, 자기는 그렇게 뻔뻔한 여자가 아니라는 말까지 했다. 자신들은 희망이 없다고 그가 말했을 때도 그녀는 수긍했다. 그녀는 무리하게 뭔가를 바란 적이 없었다. 언제 그가 떠나더라도 순순히 보내줄 것 같았다. 그는 다소 마음이 놓이면서도 괴롭기도 했다. 어느 순간에는 또 외지에서 와서 그런 일을 하는 여자들이 불쑥불쑥 떠올랐다.

샤오옌은 기분이 나쁠 때는 작은 얼굴이 더 보기 싫게 변했다. 그는 그녀가 조금 무서워 저녁 내내 옆에서 조심했다. 이튿날 지하철역에 갔을 때까지도 그녀는 표정이 굳어 있었다. 그는 결국 화를 냈다.

"정말 이러기야? 그 말, 하지 말래서 내가 더 안 했잖아!"

샤오옌은 그를 외면했고 그는 또 마음이 켕겨 말했다.

"다시는 그 여자 얘기 안 할게. 지금 나는 그 여자가 미워 죽겠다고. 이래도 안 돼?"

샤오옌은 여전히 그를 외면했다. 그때 지하철이 플랫폼으로 들어왔고 많은 사람들이 타고 내렸다. 하지만 그녀는 차가운 표정으로 꼼짝도 않고 서 있었다. 그는 또 화를 냈다.

"타야지!"

그녀는 고개를 돌려 끝없이 뻗어 있는 철로를 바라보았다. 비가 내리다가 막 날이 개서 철로가 반짝반짝 윤이 났다. 샤오옌은 한참 뒤에야 입을 열었다.

"당신이 그 여자 얘기를 해서 화가 난 게 아니에요. 그냥 여관을 나오고 나서 당신과 내가 서로 모르는 사람처럼 느껴져서 그래요."

그 후 또 언젠가 그들이 만났을 때는 시간이 평소보다 한두 시간 일렀다. 시민공원에 들어가서 그는 그녀의 손을 잡았다. 하지만 어색하게 그녀의 손가락 끝을 쥐었다. 슬쩍 옆을 보았을 때 그녀는 입술을 깨문 채 그를 향해 영악한 미소를 지었다. 지난 2년 동안, 그들은 공원의 인공호수와 잔디밭 그리고 오솔길과 그 옆의 나무와 화초에 이르기까지 익숙해지지 않은 것이 없었다. 두 사람은 무의식적으로 공원을 한 바퀴 돌았다. 뭔가가 시작될 것 같기도 했고, 또 뭔가를 애도 하려는 것 같기도 했다. 그들은 녹나무의 암홍색 낙엽을 밟으며 호숫가에서 니스 칠을 한 하늘색 긴 의자를 찾아 나란히 앉았다. 황혼이 다가오고 있었고 눈앞의 호수는 너무 휑해서 조금 서글픈 느낌이 들었다. 몇 마리 외로운 물새가 높이 날아갈 때 그 아래로 어렴풋이 호수의 시커먼 바닥이 비쳤다. 황금빛 황혼이 순식간에 수면에서 사라졌다. 그들은 뭔가를 멀리 내다보듯 조용히 수면을 응시하고 있었다. 아직도 맞잡은 두 손이 두 사람 사이에 놓여 있었다.

"여자친구가 생겼군요."

샤오옌이 담담하게 말했다.

"설마 너, 이제야 내 여자친구가 된 거야?"

리성은 흠칫 놀랐다가 다시 장난스레 웃으며 말했다.

"내 말은요, 당신에게 진짜 좋아하는 사람이 생겼다는 거예요. 그 사람은 내가 아니고요."

샤오옌은 수면 위의 뭔가를 보고 있었다. 수면 위의 석양은 마치 깊은 밤 창가에 비친 등불 같았고 지금은 막 꺼져가고 있었다.

리성은 아무 말도 하지 못했다. 머릿속이 윙윙 울리고 있었다. 그녀가 어떻게 알았는지 놀라웠다. 그는 최근 두 달 사이, 실제로 한 대학여자 동기와 가까워졌다. 그들은 졸업 6주년 동기 모임에서 우연히 만났다. 학교에 다닐 때는 별 느낌이 없었는데 뜻밖에도 그날 저녁 함께 노래를 부르고 술을 마시고 나니 서로 호감이 생겼다. 그와 그 여자동기의 연애는 이미 친구들 사이에 다 알려졌다. 여자 동기는 이 도시출신이며 집도 있고 나이도 적지 않아서 여러 번 그에게 결혼을 하자고 재촉했다. 하지만 그는 회피하고 있었다. 뭐가 두려운 건지, 아니면 뭐가 기대되는 건지 자신도 잘 몰랐다. 그리고 요즘에는 샤오옌에게 어떻게 말해야 할지 고민하던 중이었다.

"당신은 말했었죠, 우리는 희망이 없다고. 나도 그렇게 생각해요. 지금 내 능력으로는 이 도시에서 계속 살아남는 게 불가능하니까요. 그래도 당신한테 그 말은 듣고 싶네요. 나를 사랑하나요?"

그 말을 할 때 샤오옌의 눈에 담긴 황혼은 막 어두워져 밤이 되어가고 있었다.

"그런 말이 지금 무슨 의미가 있어? 너도 좋아하는 사람이 생겼나보군."

리성은 오히려 그녀에게 반격을 가했다. 샤오옌은 몸을 굽히더니 두 팔 사이에 얼굴을 묻고 조용히 흐느꼈다.

"누가 나를 좋아한대요. 아직 대답은 안 했지만 졸업하면 나를 데리고 남쪽으로 가고 싶대요."

그녀는 수척한 어깨를 들썩였다. 리성은 머릿속이 더 심하게 웡웡 울렸다. 갑자기 가엾은 생각이 들고 아쉬움이 느껴졌다. 조금 질투가 나기도 했다. 그 남자가 어떤 놈인지 궁금했다. 그는 그녀의 어깨에 손을 올리고 그녀를 품에 안고 싶었다. 하지만 그냥 주먹을 꽉 쥐기만 했다. 어떻게든 그녀를 위로해야만 했다. 2년 동안 그녀에게 사랑한다는 말 한 마디 하지 못했고 지금은 또 그게 무슨 소용이냐고 말해버렸다. 그는 아무것도 할 수 없었다. 그저 그녀의 울음소리가 천천히, 천천히 황혼의 쓸쓸한 기운에 물들어가게 내버려둘 수밖에 없었다.

그것은 그 국제화된 대도시의 황혼이었다. 황혼이 사라지고 있었고, 봄도 사라지고 있었다.

6

두어 달 뒤, 리성과 여자 동기는 혼인 신고를 했다. 결혼식은 노동절에 올리기로 했다. 혼인 신고를 하고 그 이튿날 저녁, 리성은 비좁은 베란다에 서서 반대편을 바라보고 있었다. 기분이 그닥 좋지는 않았다. 그 다음 달에는 이사를 갈 예정이었다. 이 도시에서 진짜 자기 집을 갖고 비로소 이 도시의 진짜 일원이 되는 셈이었으니 이치상으로는 당연히 기분이 좋아야 마땅했다. 그는 잠시 도시 위의 까맣고 빛나는 밤하늘을 바라보다가 방 안으로 돌아와 서성였다. 그러다가 옷장에서 최근 선물 받은 파란색 목도리를 보고서야 자기가 뭘 하고 싶은지 별안간 생각이 났다. 지난번에 헤어진 뒤로 샤오옌과는 서로 연락을 한 적이 없었다. 그는 이미 법적인 아내가 된 여자 동기가 떠올랐다. 그래도 연락을 해야 하나? 연락을 해도 되나? 그는 갑자기 욕망이 부풀어 올랐다. 샤오옌의 화약 냄새 같은 땀 냄새를 다시 맡고 싶었고, 그녀의 치켜 들린 코에 또 입을 맞추고 싶었다. 그는 끝내 몸속에서 좌충우돌하는 욕망에 지고 말았다. 처음으로, 그녀가 그렇게도 해주기를 바랐던 그 말을 문자로 보냈다. 약 십오 분쯤 지나서야 그녀는 "그 시간, 그 장소에서"라고 답장을 보내왔다.

또 조금 후회가 됐다. 즉시 아내의 듣기 좋은 웃음소리가 떠올랐다. 만약 간다면 그래도 자신은 착한 사람이라고 할 수 있을까? 그는 창문 쪽으로 몸을 돌려 멀리 도시의 휘황찬란한 불빛을 바라보다가 답을 찾았다.

'나는 이 도시를 강간하려는 거야, 이 도시가 나를 강간한 것처럼.'

그는 부르르 몸을 떨었다. 감당하기 힘든 피곤이 몰려와 온몸의 뜨거웠던 피가 조금씩 식어갔다. 화장실에 가서 찬물로 얼굴을 씻었다. 이미 차가워진 피를 더 차갑게 만들려 했다. 그는 거울 속의 자신을 뚫어지게 보다가 별안간 귀밑머리에 흰머리가 생긴 게 아닌가 싶었다. 하지만 자세히 보니 형광등의 반사광 때문이었다. 세수를 다 마치고 그는 후회했다. 역시 아내에게 미안한 짓을 할 수는 없었다. 하지만 그는 이튿날 약속을 취소한다는 문자를 바로 보내지는 않았다.

리성은 침대에 누워 서글픈 심정으로 지난 30년간의 인생을 돌아보았다. 실로 녹록치 않은 세월이었다. 정말 울고 싶었지만 울음이 나오지 않았다. 그때 별안간 창밖에서 쿵쿵, 큰 소리가 울리고 집이 흔들리기 시작했다. 그는 지진이 난 줄 알고 몸을 굴려 일어나 휘청대며 문 쪽으로 달려갔다. 그러다가 얼핏 창밖의 광경을 보고 그만 몸이 얼어붙어버렸다. 도시의 드넓은 밤하늘 아래, 거대한 코끼리 떼가 음침한 눈을 빛내며 성큼성큼 그의 집을 향해 다가오고 있었다. 그리고 맨앞에 선 코끼리의 어깨 위에는 빨간 비옷 차림의 여자가 앉아 있었다. 그는 필사적으로 비명을 질렀지만 목소리가 나오지 않았다. 마음은 몹시 급한데 다리도 움직이지 않았다. 어렴풋이 이 도시 전체에 자기가 사는 이 건물만 덩그러니 남은 듯했고, 또 이 건물에서도 혼자만 남은 듯했다. 꼼짝없이 죽게 된 것을 알고 목구멍이 콱 막혔다. 새로 이사 갈 집이 때맞춰 떠오르기도 했다. 그는 허공에 붕 떠올랐고 곧바로 무거운 콘크리트 덩이에 맞아 코끼리 앞에 떨어졌다. 꿈틀거리며 몸을 일으켜보았지만 또 다시 밑으로 추락했다. 빨간 비옷을 입은 여자가 고개를 돌리는 것을 보았다. 그런데 놀랍게도 그 사람은 여자가 아니라 긴 손잡이가 달린 거울이었다. 그 타원형 거울은 망토 같은 비옷에 딱 맞게 감싸여 있었다. 그는 거울 속에서 있는 힘껏 얼굴을 일그러뜨리고 있는 자신을 보았다. 전에는 지어본 적도 없는 고난이도의 표정이었다.

리성은 비명을 지르며 잠에서 깼다. 온몸이 식은땀투성이였다. 그는 방을 둘러보고 또 창밖을 내다보았다. 아무것도 달라진 것이 없었다. 시계를 보고서야 한 시간 동안 잠을 잔 것을 알았다. 길게 한숨을 토했다. 오랫동안 코끼리 꿈을 꾸지 않았고 그 빨간 비옷을 입은 사람도 보지 못했다. 그래서 존재를 거의 잊고 있었는데 어째서 오늘 저녁 다시 그들을 꿈에서 본 것일까? 게다가 사람이 아니라 거울이었다니! 거울 속에 그 자신이 있었다니! 이튿날의 약속이 생각났고 두 일 사이에 어떤 필연적인 관계가 있다는 직감이 들었다. 그는 정말 후회가 되었고 두려움으로 인해 욕망이 완전히 사라졌다. 그는 휴대폰을 들고 문자 한 통을 보냈다. 방금 직장에서 이튿날 일이 생겼다는 통보가 와서 약속을 취소할 수밖에 없다고 했다. 약간 그녀가 가엾기는 했지만 마음이 놓였다. 편안히 잠들 수 있을 것 같았다. 그런데 갑자기 전화벨이 울렸다. 샤오옌의 전화번호였다. 그녀가 치근덕거리려는 걸까? 벨이 세 번 울리고 나서 그래도 그는 전화를 받았다. 갑자기 낯선 남자의 슬프고 목이 잠긴 음성이 들렸다.

"네가 리성이냐?"

"당신은……"

"나는 샤오옌의 오빠다, 이 개새끼야! 바로 네가 샤오옌을 죽였어!"

리성은 경악했다. 겨우 몇 시간 만에 샤오옌이 어떻게…… 그는 믿을 수가 없었다.

"샤오옌이…… 어떻게 죽었죠?"

샤오옌의 오빠는 거칠었던 태도를 거두고 나지막이 울음을 터뜨렸다. 그가 흐느끼는 방식은 샤오옌과 너무나 흡사했다.

"목을 매고 자살했어. 자기가 짠 검은 목도리로."

순간 그 검은 목도리가 마치 시커먼 독사처럼 리성의 눈앞을 스쳤다.

"죽은 지 거의 2년이 됐지만 아쉬운 마음에 전화번호를 남겨뒀지. 그 애는 죽기 전에 내게 말했어. 누군가의 중요한 한 마디를 기다려야 한다고. 하지만 기다릴 수가 없다고 했어. 너도 알지? 그 사람이 바로 너였어!"

남자는 목 놓아 울었다. 2년 동안 그는 그렇게 울어본 적이 없었던 게 분명했다.

"그 사람이 바로 너였다고."

남자가 흐느끼며 되풀이해 말했다.

리성은 온몸이 부들부들 떨리기 시작해 휴대폰을 쥔 손으로 벽을 짚었다. 떨리는 몸을 주체할 수가 없었다. 휴대폰이 벽에 부딪치며 탁탁, 소리를 냈고 울음소리가 계속 휴대폰에서 흘러나왔다. 불현듯 리성은 그 울음소리의 주인공이 샤오엔의 오빠가 아니라 샤오엔인 것을 알아챘다. 샤오엔은 호숫가 벤치에 앉아 머리를 두 팔에 파묻고 나지막이 흐느끼고 있었다. 그녀의 그림자가 넓고 고요한 수면에 비쳤고 수면 위의 붉은 석양은 빠르게 어두워지고 있었다. 리성은 잠시 넋을 잃고 있다가 휴대폰을 끄고 주먹으로 벽을 친 다음, 또 힘껏 손바닥으로 자기 뺨을 쳤다. 확실히 꿈은 아니었다. 차갑고 딱딱하며 통증이 느껴지는 현실이었다. 바로 그때, 리성은 꺼진 휴대폰에서 또 샤오엔의 울음소리가 흘러나오는 것을 들었다. 낮은 울음소리가 엷은 안개처럼 방 안을 가득 채웠다. 그는 두려움으로 휘둥그레진 눈으로 창밖을 바라보았다. 도시는 여전히 불빛이 휘황찬란했다. 그는 "그 시간, 그 장소에서"라고 중얼거리며 비틀비틀 베란다 쪽으로 걸어갔다. 정말 자기가 늙어버렸다는 생각이 들었다. 그래도 그는 자기 삶의 유일한, 마지막 비상을 완성할 수 있을까?

뜻밖에도 베란다에서 몸을 날린 리성이 떨어진 곳은 침대 위였다. 몽롱한 눈을 뜨고 나서야 그는 방금 전의 일들이 또 꿈이었음을 깨달았다. 차가운 이마를 훔치자 손바닥이 땀으로 축축해졌다. 한숨 돌릴 틈도 없이 그는 머리맡의 휴대폰을 보았다. 그리고 잠시 망설이다 휴대폰을 움켜쥐었다. 확실히 약속 장소에 나가면 안 되겠다고 그는 생각했다. 하룻밤의 번민 끝에 나가고 싶지 않아졌다. 그는 귀신에 홀린 듯 꿈속의 게시에 맞춰 문자를 적고서 조금 주저하다가 그것을 보냈다. 온몸이 부르르 떨렸다. 이유 없이 공포가 느껴졌다. 그는 잠자코 기다리고 있었다. 자기도 모르게 기다리고 있었다! 아니나 다를까 전화벨이 울렸다. 샤오옌의 전화번호였다. 벨소리가 한 번, 두 번…… 세 번 울렸다.

도톰한 계란말이

초판 인쇄	2021년 1월 4일
초판 발행	2021년 1월 11일

지은이	서우즈·수차오 외
옮긴이	김택규
펴낸이	강성민
편집장	이은혜
마케팅	정민호 김도윤 최원석
홍보	김희숙 김상만 이소정 이미희 함유지 김현지 박지원

펴낸곳	(주)글항아리	**출판등록** 2009년 1월 19일 제406-2009-000002호
주소	10881 경기도 파주시 회동길 210
전자우편	bookpot@hanmail.net
전화번호	031-955-2682(편집부) 031-955-2696(마케팅)
팩스	031-955-2557

ISBN	978-89-6735-858-7 03820

글항아리는 (주)문학동네의 계열사입니다.

이 도서의 국립중앙도서관 출판예정도서목록(CIP)은 서지정보유통지원시스템 홈페이지
(http://seoji.nl.go.kr)와 국가자료종합목록 구축시스템 (http://kolis-net.nl.go.kr)에서
이용하실 수 있습니다. (CIP제어번호 : CIP2020053908)

geulhangari.com